新潮文庫

信長

あるいは戴冠せるアンドロギュヌス

宇月原晴明著

新潮社版

6994

信長

あるいは戴冠せるアンドロギュヌス

1 剣の揺籃《ようらん》

嫌い抜いた寺院の中でおのが護衛の兵士らによって殺された墓場なき死者、信長の屍をめぐって夥《おびただ》しい剣が炎に煌《きら》めいたのと同様に、彼の出生の時にもその揺籃をめぐって、無数の剣が炎に煌めいたのであった。信長は、誰でもが誰でもと殺し合う時代に生まれた。彼のような日本の、そのまた取るに足りない小国の王子にとって、家系は剣によって形作られるのである。

信長の系図を遡《さかのぼ》ってみると、一つの剣に間違いなく行き当たる。織田という彼の姓と剣の名を持つ越前の神殿、織田剣《つるぎ》神社こそ、彼の体内に流れる血のすべての源である。日本という列島が大陸に向かって湾曲したちょうど上顎にあたるこの地は、海流の存在を考えても、様々なものが辿《たど》り着く重要な場所であった。織田一族そのものが大陸から剣とともに渡って来たのかもしれない。もしそうなら、信長の祖先達の列島を横断する移動の軌跡も理解できる。

大陸に口を開けている北の湾から、大洋に口を開けている南の湾まで。織田一族の南下は、もう一つのより巨大で聖なる剣の神殿、熱田を目指したものだともいえるからだ。神殿に祭られているのは、草薙剣《くさなぎのつるぎ》。日本皇帝の伝説の三秘宝の内の一つだ。一族は剣から剣へ向かって流浪した。いや、こう言うべきかもしれない。織田の家系こそ剣とともに越前の湾に上陸し、剣を抱いて尾張の湾岸に辿り着いた剣の使徒の系譜である、と。

どこから？　父の信秀の時代から少しずつその光を回復し、十四歳の信長が初めて戦場に姿を現わすや否や、彼がかぶった頭巾の真紅の線条のように爆発的な輝きを放ち、幾筋もの血の川を流しながら猛然と活動を開始した、この剣の宗教はどこから来たのか？　この世に誕生した瞬間に、口に含まされた乳首をことごとく嚙み切ったという鋼《はがね》の歯を持つ赤ん坊を生み出した血統は、どこからこの列島に持ち込まれたのか。

ここで私は、ユーラシア大陸を飛び越えねばならない。日本のはるか西方、シリアの地に。時間的にも千三百年ほど遡ることになる。

キリスト紀元二〇四年。信長誕生からちょうど一三三〇年前のこの年、アンティオキアに一人のアナーキストが生まれた。少年でありながら皇位につき、少年皇帝のまま暗殺されたもう一人の墓場なき死者。

ウァリウス・アウィトゥス・バッシアヌス、すなわちヘリオガバルスである。

十四歳、信長初陣《ういじん》の年にローマ皇帝となり、十八歳、信長が信秀の後を継いだ時、おのが宮殿の厠《かわや》の中で惨殺された彼を、私はアナーキストと呼ぶことをためらわない。ヘリオガバルスがその美貌と早熟な知性によって実現しようとしたのは、なによりも統一であった。太陽神エラガバルスの名の下に、様々な神々の蠢《うごめ》く地中海世界を覆いつくし、ついにその神と自分とを同一視しようとする情熱。私がアナーキーと呼ぶのは、この狂おしいまでの魔術的一神教をさしている。すなわち、事物の気まぐれと多様性を認めぬ全体の感覚をアナーキーと私は呼ぶのである。

ならば、織田信長もまたアナーキーであった。ヘリオガバルスと同じく、人間の多様性を還元し、それを血と残酷さと戦争によって統一の感情に導いたのである。ただ彼はヘリオガバルスのように皇帝というこの上もない地位から始めるわけにはいかなかった。ローマ帝国ならせいぜい一軍団長ほどの位置から始めなければならなかったのだ。しかも、それすら弟をはじめ何人もの一族を殺すことでようやく手に入れた。信長がヘリオガバルスよりもなお三十年余の命を長らえたとしても、彼にはまずカエサルのようにふるまって帝国そのものを創造する必要があったことを考えれば、同じく夭折《ようせつ》の生涯といってもいい。

さて、今やあの問いに答えることができる。

信長の血は遠くシリアから持ち込まれたのだ。ヘリオガバルスを生んだエメサのバールは神殿から。アナーキーの枝は一つは西方に伸びてローマに花開き、もう一つははるか東方に向かい、日本で実を結んだのである。千三百年とは、一つの魔術的な狂気の情熱が、広大なユーラシア大陸を幾つもの沙漠や山脈を越えて横断するのにふさわしい時間ではなかろうか。シリアと日本。およそ東洋《オリエント》の西端と東端に位置するこの二つの地ほど、たがいに無関係な場所はありえないように思える。

だが、ならば古代においてこれらの地に、ともに特異な太陽信仰が栄えたのはなぜだろう。日本の最高神はアマテラスという名の太陽の女神であり、それはエラガバルスの巫女で、ヘリオガバルスを皇帝に擁立したシリアの女皇達《ユリア》になんと似ていることか。二〇〇年代のシリアがそうであるように、日本においても神と太陽と王権は、母達の系譜によって形作られたのだ。

ユリア・ソエミアが息子ヘリオガバルスとともに帝権を弄《もてあそ》んでいた頃、日本列島では、今はもう場所すらもわからない幻の王国で、ヒミコという名の女王がその弟と魔術的政治を行っていた。日本の隣でローマ帝国に勝るとも劣らない高度な発達をとげていた中華文明には、たった一人の女帝しか生まれなかった。古代日本の女皇の数の多さは、この列島が極東の小アジアに他ならないことを教えてくれる。

エメサの祭司のように王国と太陽の血脈とを母から息子へと受け継いできた日本古代の王族の血は、もちろん直接には信長の体内に流れてはいない。しかし、例えば草薙剣は、太陽神アマテラスの弟で月と海の凶暴な神であるスサノオが、多頭のドラゴンの体内から抉《えぐ》り出したものなのだ。

そして、熱田の神殿とともにスサノオを祭る津島の神殿を持つ尾張の王国は、日本で最も神聖なアマテラスの伊勢の神殿と、小さな湾を挟んで向かい合っているのである。織田剣神社がスサノオの神殿であることはいうまでもない。

剣の神官である織田一族は常にスサノオの記憶とともにあった。

象徴的であろうとなかろうと、このような土地の伝説由緒の類《たぐい》は、すべての象徴と同様に、だが逆の方法で、最も厳密かつ明白な真実を隠しつつそれを白日の下に曝《さら》け出す。暗黒の太陽神エラガバルスに較べられるのは、この暗黒の月神スサノオであろう。太陽の女神アマテラスにはむしろ、エメサから数キロ離れたヒエラポリスの清浄な神殿に安置されていたタニト・アスタルテという、月と聖なる膣《ちつ》の女神がふさわしい。ユーラシアの西と東では、宇宙の生命がそれにかかっている二つの原理、男性原理と女性原理が、それぞれ逆転した形で神格化されている。

シリアと日本では、二つの原理は混乱状態《アナーキー》である魔術的段階にまで達していた。どちらも神殿は、現実となった驚異、客観化された魔術の共鳴器であった。黄金で過剰に装飾され、顎の下に黒く長く太い毛を植え付けられたシリアの太陽神が、汗みずくの群集の手によってアスタルテの神殿にかつぎ込まれるように、現存する日本最古の神話の書が伝えるところによれば、長い髭をなびかせながらスサノオもまた、大音響とともに天上のアマテラスのもとに昇っていく。

エラガバルスはアスタルテと兄妹であり、アマテラスはスサノオと姉弟であった。二つの原理は一者から分離したものであり、そうであるからこそ、再び一つになろうとするのだ。シリアでは兄は妹と交わり、日本では弟は姉と交わり、そこからすべてが創造されていく。

何もかもを生み出す一者の子宮たる渾沌《カオス》は、ただ近親相姦の汚れた血の沸騰だけが創り出せるのだ。そのアナーキー、至高の魔術的段階は文字通り血と炎にまみれる。日本の神話が教えるように、弟と姉の交接は、武装した二人の戦闘としてなされるからだ。太陽と月との、天と海とのハルマゲドンが、統一のための詩《ポエジー》と化す。ランボーが海に溶け合う太陽に見つけた、永遠のように。

シリアではヘリオガバルスの死後、この黒い宗教は急速に消滅する。ローマ帝国は、イクトゥスすなわち魚の宗教、ナザレのイエスの教えを受け入れていく。魚のキリスト教が黄金と牡牛の宗教を破壊したのだ。今日のシリアは、さらにイスラームによって徹底的に消毒されてしまった。

しかし、極東の島国である日本には、ちょうど極西の島アイルランドがそうであるように、流入してきた古《いにしえ》のものを保存しておく力があった。もちろん、我々ヨーロッパをキリスト教が覆ったごとく、日本も信長の時代までには、仏教によって覆われていた。だが、インドの王子の教えはユダヤの大工の教えより寛大であり、古代の特異な太陽信仰を滅ぼすことなく、ほどよく混血したのだ。信長はしかし、その仏教にさえ我慢ならなかったことを忘れてはならない。

そう、この物語は本来、私がまだ発表していない『ヘリオガバルス』の続篇として書かれるべきものなのだ。本篇すらまだ書き上げていないのに、私があえて続篇を書き始めたのには理由がある。一九三〇年を迎えた今、シリアは本質的な何かを失ったままだが、日本にはまだ、恐ろしい、充実した、苛酷な何ものか、忌《いま》わしいといってもよいような何ものかが、残っているからだ。信長の時代に千年の時を経て残っていたように、それはまるで切開されたことのない膿腫の内部で、生命に満ちた膿が蠢《うみ》く様に似ている。七年前、首都東京が壊滅した大地震もそんな膿の迸《ほとばし》りであったかもしれない。

ヘリオガバルス亡きシリアは無力だが、信長亡き日本は依然、不吉である。アナーキーはやって来る。日本は今も確実な沸騰状態にあり、みるみるうちに増殖して太陽をその内側から膨張させる黒点のように、やがてそこから迸った血と炎と膿は世界の表皮を引き攣《つ》らせ、すべてを滅亡の淵に近づけるだろう。ヨーロッパの隠秘的《オカルト》諸書が口々に東方からの滅びの来襲を警告しているのだ。そして、その日はもはや遠くないと思われる。

2 東洋からの客

日射しの中で、アルトーは目を細めた。

一九三〇年七月、ベルリン。カフェに降りそそぐ夏の日射しが、グラスを凝集した光の塊に変える。頬づえをついたアルトーは、じっとそれを見つめていた。

約束の時間までまだ、十八秒ある。いや、もう十七秒だ。糞、くだらない。いつものように遅れてやって来るべきだった。一人で待っていると、思考が腐食していく音が聞こえるようだ。お願いだ、頭よ、一秒待て。一秒待った。ああ、漏れていく。こうして私の考えは漏れていく。畜生め、この病気さえなかったら……。

アルトーは目を閉じた。磁気を帯びた不思議な輝きを放つ黒い瞳が目蓋に隠れると、鋭く頬の痩《こ》けた彼の顔は、驚くほど禁欲的に見える。

「アントナン・アルトーさんですね」

パリで聞くのがふさわしい、完璧なフランス語だった。

「一目でわかりましたよ。マシュウ神父が座っているんですから」

『裁かるるジャンヌ』で彼が演じた聖人の名を聞いて、アルトーは薄く笑った。

「ほう、初めて日本に支持者を持ったわけだ」

アルトーは目を開けた。

端正な、彼に負けないほど大きな目をした青年が微笑んでいる。一瞬、少年かと思った。アルトーの射るような視線を受けてはにかんでいる様子は、少女のようですらあった。華奢《きやしや》な躰《からだ》にスーツをはおったボーイッシュなインドあたりの少女。ルージュをひいたように朱《あか》い唇が余計そう思わせた。ただ、色は自分達のように白い。東洋ではアルビノ扱いされるほどだ。瞳も髪の毛もあのオリエンタルな漆黒ではなく、淡く透き通った灰青色だった。あるいは、混血かもしれない。

「発音でわかりましたか」

「フランス語は私の方が怪しい。きみの署名だよ」

アルトーはテーブルの上に投げ出した紙片を、指で叩いた。

「この優雅な象形文字を使うのは、中国人と日本人だけだ。そして、きみはぴったり時間通りにやって来た。その几帳面さは大陸的ではない」

「それでもお待たせしたみたいで、恐縮です」

「早く来てしまったのは、私の勝手だ。このメモの意味を考えてみたくてね」

ヘリオガバルス、それは男であり、女である。

また太陽信仰は男の宗教であるが、男の姿を反映する女という男の模像がなければ、それは無きに等しい。

活動するために二つに切断されて二者となる唯一者の宗教。

存在するため。

唯一者を冒頭から分断した宗教。

唯一者と二者とは両性具有者《アンドロギュヌス》において結ばれる。

両性具有者とは男。

そして女。

同時に。

唯一者において一体となる。


明日、午後二時。ホテル前のカフェにてお会いしたく。

総見寺龍彦

「シュルレアリストという愚か者どもとつき合っていたおかげで、奇妙な走り書きには慣れっこだ。自動筆記と称する戯言《ざれごと》はしょっちゅう送りつけてこられるし、やっとパリから離れたと思ったら、『二十世紀の神話』などという屑本を御丁寧にもレセプションに届けてくださる方もいらっしゃる」

アルトーは神経質に指を組み換えた。

「だが、こういうのは、初めてだ」

黒い目が鋭い光を放って、総見寺の透き通った瞳を見据えた。

「これは、私の言葉だ。正確には、私自身がこれから書こうとしている言葉だ。きみは、どうやってこの数行を手にいれたんだ？」

やはり、私の頭は漏れているのか。誰かが思考を盗んでいるというあの感覚は、現実だったのか。昨夜自室のドアに挟まれていた紙片を見つけた時の驚き。約束の一時間も前に、アルトーはカフェにいた。

本当は今、人に会える状態ではない。もうすぐ三十四になろうとしていたが、アルトーはこの十年間にすべてを失っていた。とっくの昔に詩作は放棄していたし、シュルレアリストとの交流を断って以来、全力を傾けてきたアルフレッド・ジャリ劇場の公演は中断したままだ。どうあがいても再開の見込みがないことは、もうわかっている。ジョゼット・リュッソンとの仲も、例のごとく最悪の結末で終わった。珍しく気に入ったルイスの『修道士《マンク》』を映画化するプランも、いつの間にか立ち消えになった。今の彼はただの、阿片中毒の失業者だった。

ニューヨーク市場につき合って、アントナン・アルトー株も大暴落だ。

そう自嘲していた彼には、二つの映画撮影のためにベルリンに行く仕事を断ることはできなかった。大恐慌直後のワイマール共和国と同様に、アルトーも死にかけていた。

「読心術……ああ、冗談です。当り前の方法です。ごくごく当り前の」

総見寺は笑みを絶やさず、アルトーに凝視された者が誰でもそうするように、視線をはずすこともなかった。

「僕はずっとあなたを追いかけているのですよ。あなたが、最初にヘリオガバルスの名を口にされてから」

シュルレアリストの聖地カフェ・シラノをはじめパリの幾つものカフェ、ビストロ、ホテル、劇場、撮影所、出版社。総見寺はアルトーの行きつけの場所の名を、すらすらと口にした。

「信じられん。第一、きみのような東洋人が顔を出していれば……」

憶《おぼ》えていないはずがないと続けようとして、アルトーは言葉を呑み込んだ。あらためて、総見寺を見つめる。なるほど、この白い肌と透明な瞳の青年なら、こうして対座しないかぎり異邦人だとは気づかないかもしれない。身長も同じくらいはありそうだ。それに、自分が、喋《しゃべ》り始めると相手が誰であろうと全く気にもとめないことを思い出した。ブルトンやデスノスなら話は別だが。

アルトーは頭をふった。

「日本人が私をつけまわしていたとは」

ブルトンが聞いたら、彼らしい顰《しか》めっ面《つら》で言うだろう。

「阿片の妄想さ。きみをつけまわしているのは阿片さ。大概にしたまえ」

総見寺の目が悪戯《いたずら》っぽく輝いた。

「それどころか、あなたをアパルトマンまで抱えて帰ったことも」

「きみが？」

ワインや阿片チンキで酔いつぶれた幾つもの夜、眼を醒ませばベッドに横たわっていた幾つもの朝。毒づきながら、時には、おたがいわけのわからぬ議論を大声で続けながら、自分を運んでくれた幾人もの友人。その中に、この日本人がいたのか。

「きみがね！」

自分の間抜けぶりに呆《あき》れ果てたかのように、アルトーは繰り返した。

「あのメモは、あなたが折々に漏らされたヘリオガバルスについての言葉をまとめただけです。不愉快に思われたなら謝ります。しかし、ありふれた伝言では会っていただけないと思いまして」

「驚いただけさ。これからは飲む前に、あたりを見まわすことにしよう。こんなふうに」

アルトーはおどけた仕種でグラスを飲み干した。

「どうやらきみは私ではなく、あのローマの狂帝の崇拝者らしい。で、何が知りたい？」

「知りたがるのは、あなたの方だと思いますよ、ムッシュ・アルトー」

総見寺は熟練した手品師のような鮮やかな手つきで、書類の束を取り出した。

「僕は、もう一人のヘリオガバルスを追ってるんです。織田信長という日本の王のことを」


信長の事蹟について、総見寺の一通りの説明を聞きながら、びっしりと打たれた薄いタイプ用紙をアルトーは気怠《けだる》くめくっていた。これが、日本語ならどんなにいいだろう。あるいは英語なら。そうすれば、読まなくてもすむのだが。もちろん、そんな間違いをこの日本人が犯すはずもなかった。

「Nobunaga、ノブナガ……」異言語の発音を確かめるように、アルトーはその名を何度かつぶやく。「だが、この奇妙な名前の王が何者であれ、ヘリオガバルスに較べられる者がいるとは思えない。きみの話では、彼はむしろカエサルに似ている」

「今、お話ししたのは、日本では誰もが知っている退屈な部分にすぎません。あなたに聞いていただきたいのは、僕の家系に伝わる信長伝承のことなのです」

「もちろん、それは秘密文書とともに極秘にきみの一族だけに伝えられて来た、と」

「ええ」

アルトーは鼻を鳴らした。

「話が怪しくなってきたな。きみは、我こそは信長王の正統なる末裔だとでも言う気か」

自称伯爵や男爵はパリには腐るほどいて、事実、腐り果てている。

「残念ながらノンです。信長の嫡流《ちゃくりゅう》は孫の秀信の代で絶えている。生物学的には僕は、信長の導師《グル》・堯照の血統となります」

「導師《グル》」という言葉に、アルトーは反応した。

「こう言ってもいいかもしれません。堯照は信長にとって、ユリア・ソエミアがヘリオガバルスにとって師であるように師であった」

「ユリアは彼を創ったのだ！」

アルトーはいきなり叫んだ。

「彼も信長を創った。堯照が、畸形に苦しむ彼を戴冠《たいかん》せるアナーキストに変えたのです」

「畸形？」

「総見寺家口伝に曰《いわ》く〈信長公は両性具有《ふたなり》なり〉と」

総見寺の朱い唇が、きゅっと両頰に吊《つ》り上がった。

「ね、おわかりでしょう。僕がなぜヘリオガバルスに興味を持つのか」

3　天王覚醒

信長御焼香に御出《い》づ。其の時の信長公御仕立、長つかの大刀、わきざしを三五《みご》なわにてまかせられ、髪はちやせんに巻き立て、袴もめし候はで、仏前へ御出でありて、抹香をくはつと御つかみ候て、仏前へ投げ懸け、御帰る。

三郎信長公を、例の大うつけよと、執《とり》〳〵《どり》評判候ひしなり。其の中に筑紫の客僧一人、あれこそ国は持つ人よと、申したる由なり。

「備後守病死の事」『信長公記』

「坊主、坊主！」

僧形の男は歩みを止めた。

空は一面に焼けている。

残照が川面に煌めく土手道を、ただ一騎駆けて来る武者が見えた。

「待てい」

疳高い声の持主はたちまち追い抜くと、荒ぶる馬の手綱を操りながら男の進路をふさぐ。茶筅髷《ちゃせんまげ》に縄の帯。万松寺の本堂に現れた時と同じ姿だ。

「これは、織田の若殿。何事でしょうかな」

「おまえが、筑紫から来たという坊主か」

「いかにも、その坊主だが」

「平手から聞いた。俺のことを、あれこそ国持ちになれる者だと言ったそうだな」

「おお、確かに」

信長の顔にさっと血が上った。夕日の光よりも紅《あか》く、その白い顔を染める。

「なぜだ！　なぜ、そのようなことを言う！」

信長の叫びは僧形の男を驚かせた。どこか金属的なその響きが耳を打った。

馬上の信長は唇を嚙んで、男を睨《にら》み据えている。明らかに理不尽な怒りの叫びだった。

一瞬、返答につまった男は、信長の目が異様に輝いているのに気づいた。

涙、か。

この、まだ少年の顔をした尾張半国の主は、今にも泣かんばかりに身を震わせて、自身の未来を祝福した一人の客僧を詰問している。男は、突然ぶつけられた怒りと、それ以上の悲しみにたじろいだ。

「俺には、三郎信長という名がある。だが、そう呼ぶ者はいない。うつけ、あほうと笑う奴ばかりよ。織田の家督は継いだが、一族郎党ことごとく敵だ。母者人《ははじゃひと》は隙あらば俺を廃嫡しようとし、兄も弟も俺を殺そうとし、家老どもは俺を侮《あなど》るばかり。ただ一人、頼みの父者も死んだ。さあ、どうして俺が国持ちになれる？　尾張半国すら失いかけてるこの俺が！」

男はすっと動いた。信長のたかぶりに反応して泡を嚙み猛《たけ》り立つ馬に近づき、その口縄を取った。鼻面を二、三度撫でると、馬はたちまち大人しくなった。

信長は憑かれたような目をして男の動きを見つめている。思わず口にした叫びを、激しく後悔しているようだった。

「御家中ことごとく敵とか」

信長は黙っていた。

「では、平手政秀殿は？　何よりも同じ野に寝、同じ飯を食らいながら若殿が養い育てた三百名もの手の者がおられるではないか」

「……平手は老いぼれだ。手兵が三百では足りぬ。それに、あ奴らは俺と同じ穀潰《ごくつぶ》しにすぎぬ」

うって変わった沈痛な声で信長が答えた。

「おまえは何者だ？　美濃の蝮《まむし》の乱破《らっぱ》か、それとも駿河のお歯黒の間者《かんじゃ》か。いずれにしろただの坊主ではあるまい」

「素破《すっぱ》、乱破の類ではない」

男はつるりと頭を撫でた。

「実をいうと、坊主でもないのでな」

信長が目を剝いた。

「ただ、若殿に国を取らせるためにやって来た」

「そのようなたわけた話を信じると思うか」

「信じねばそれまで。その身で一人国を守るがよろしかろう」

信長の目が零《こぼ》れ落ちんばかりに見開かれた。眼球を這う血管すら見えそうだ。

「その身、と言ったな」瞳が再び憤怒の光を放った。「し、知っているのか。どこまで知っているのだ？」

「思われている以上に。筑紫からやって来るほどにな」

男は馬から離れた。呆然としている信長に背を向け、歩き出す。

「国が取りたければ、後刻、津島の社《やしろ》にまいられよ」

「俺は……できそこないだ。この身で国が取れるか！」

うめくような信長の呼びかけに、僧形の男はふり向きもせず答えた。

「その身でなければ、天下は取れぬのだ」

神域は闇に沈んでいる。

三十三の社殿と十五の堂塔を誇る六千坪の広大な社領の片隅に、信長はうずくまっていた。

ひときわ濃い闇が煮こごっている小さな堂の中で、二人は対座している。

「名を聞いてなかった」

「堯照、と名乗っておる」

「偽《にせ》坊主が、名前だけはそれらしい」

燭台の炎に浮かんだ信長は、力なくつぶやいた。

「満更、偽ではない。高野で真言の伝法を受けた」

信長は思いつめたように眉根を寄せたまま、うつむいている。

十八になったばかりの横顔は、堯照も思わず見とれるほど美しかった。

織田の殿御は美形揃《ぞろ》いとの噂は近隣にも聞こえている。

「御膚《はだ》は白粉の如く、丹花の唇、柔和の姿、容顔美麗人にすぐれていつくしきとも、中々たとへにも及び難き御方様なり」

元服した十三歳の信長の様子を知らせた書状の一文を、堯照は思い出した。

織田一族が主君である斯波氏をしのいで頭角を現わせたのには、主筋よりもはるかに貴種にふさわしいその美貌も明らかに一役かっているはずだ。近くは、土岐家を乗っ取った斎藤道三の例がある。今では老獪な蝮としかいわれないが、一介の油売りから身を起こしたと伝えられる彼は、油壺から抜け出たような美男であったという。

信長が十五の時に娶《めと》った濃姫はその道三の娘であり、二人の婚姻は、尾張の人々に瑞《ずい》祥《しょう》と受けとめられるほど美しい領主夫婦を誕生させた。織田一族の末流で、信秀の才覚一つで台頭してきたこの家系が、誰もが認める尾張筆頭の家となったのはこの時だった。

信長はこの世の者とも思われぬ貴い申し子であった。少なくともこの時までは。

三年後の今は、信長をうつけ、たわけ、あほう以外の言葉で語る者は絶えている。

沈黙に耐えかねたのか、信長はその端正な顔をあげた。

「その身でなければ国は取れぬ、と言ったな」

「国ではない、天下だ」

「……」

「日の本六十余州を、ことごとく取るのよ」

信長は声を立てて笑った。

「埒《らち》もない」

小娘のようにけらけら笑いながら太刀を抜いた。

「おのれこそ本物のうつけだ」

抜き身を肩に担《かつ》いで信長は立ち上がる。

「天下なぞどうでもよいわ！　俺をあほう扱いする奴らを見返してやりたいだけよ。第

一、どうやって天下を取る。言うてみよ」
「まずは、美濃を取る」

「あほぬかせ、たった一つの同盟相手に攻め込めるか」

「この同盟は尾張統一までのお守りがわり」

「攻めるなら、三河しかない」

「三河はいかんな。今川義元と争っているうちに、武田が山から逆落としにやって来る」

信長はぐっとつまった。

「言われんでもわかっておるわ。今川と武田を破っても、北条がおる」

堯照は微笑んだ。この少年の美しい頭は、空っぽではない。

「斎藤道三、今川義元、武田晴信、それに北条氏康。いずれ劣らぬ大物に囲まれた。これではどうにもならぬ」

「道三は長うはない。簒奪《さんだつ》の家は一代限り。家督相続で必ず割れよう」

低くうなって信長は座り直した。しかし、抜き身は担いだままだ。

「美濃さえ取れば、近江を押さえて京に上れる。尾張、美濃、近江、山城。この四つを手に入れれば、秋津島六十余州の心の臓を握ったも同じ」

堯照の目の前には、ありありと日本の絵図が広がっている。再びぎゅっと眉根を寄せて泣き出したいような顔で床板を睨んでいる信長も、かつて父に見せられた尾張周辺の図を、懸命に思い出そうとしているようだった。

「うまいことに、四ヵ国のまわりには強国がない。信濃、飛騨、若狭、伊賀、大和、河内、摂津、丹波、いずれも小物達が割拠し四分五裂しておる国ばかり」

「なればこそ、かえって取るのは手間がかかろう」

「しばらく取らずともよい。四ヵ国を完全に掌握するまでは、逆に格好の緩衝地になる」

「なるほど……晴信が動いたとしても、信濃の有象無象《うぞうむぞう》をすべて潰《つぶ》さねば、美濃には辿り着けぬ」

「ほ、えらく呑み込みのよいうつけ殿よ」

　堯照のからかいの言葉を無視して、信長は続けた。

「信濃は大国、しばらく時は稼げる」

「それほど武田が気になるか」

「なる」

「甲斐は小国ぞ」

「すぐに大きゅうなる。晴信はどこぞのうつけと違って、家中一丸となって守り立てられておる。それに、甲斐の兵は強い」

「強いか」

「強い」

「尾張の兵はどうか」

「弱い」

「弱いか」

「弱い」

信長は全身で考えていた。

華奢な躰を丸めるようにして、この少年はこうやって繰り返し繰り返し考えてきたに違いない。自分に与えられたものは何か。何を持ち、何を持っていないのか。たった一人で自問自答を続けてきたのだ。その答に淀みも迷いもなかった。

信長は唇を噛んでいた。

堯照は素知らぬ体で話を続ける。

「かろうじてまとまっておるのは越前の朝倉と伊勢の北畠だが、いずれも名族気取りで覇気がない。仕掛けてはこん」

「一つ忘れている」

信長が初めて堯照の目を正面から見つめた。太刀を握る拳《こぶし》に力が籠もる。

「今川をどうする。駿河・遠江・三河の三ヵ国の軍をどう迎え撃つ」

「三河の松平を背《そむ》かせる」

信長の目が輝いた。

「どうやって」

「夢を見させる」

「夢？」

「このまま今川の配下として終わるよりも、尾張と対等な同盟を結んでともに京を目指そうとな。美濃を半分くれてやってもよい」

「乗ってくるか」

「二つの条件さえ整えば、間違いなく」

「どんな条件だ」

「太原崇孚と今川義元を亡き者にすること」

　身を乗り出した信長に、堯照はしれっと言った。

　太原崇孚。雪斎と号するこの臨済僧は、義元がわずか四歳の時からその傍らにあり、軍師として今川家の政治・軍事の中枢を握っていた。帷幄《いあく》にあって策をめぐらすだけではなく、自ら軍を指揮し巧みな戦闘を展開した。天文十七年、小豆坂の戦いで織田信秀の軍をさんざん撃ち破っている。

「……落ちが着いたか。もってまわった剽気話《ひょうげ》とはな」

「どこか剽気ておるか」

「おらいでか！　雪斎坊主とお歯黒殿の二人を倒せれば苦労はせぬ」

「一人ではない。太原崇孚はわしがやる。若殿はただ義元一人を狙《ねら》えばよい」

信長は堯照の顔を見つめた。

幼女が不思議なものを見るような、何の感情もない視線。

重瞳《ちょうどう》！

堯照は、その瞳が二重であることに、気づいた。微妙に重なった瞳の輪郭のぶれが、信長の視線に独特の透過力を与えている。今も、信長の視線は堯照の頭のはるか後方で焦点を結んでいるようだった。古来、重瞳を持つ者は、常ならぬものを見るという。

信長は静かに身を震わせていた。太刀の鍔《つば》が音を立てた。

笑っているのだ。今度は心の底から。すべてが哀しいくらいに滑稽だった。

涙が一筋、頬を流れる。

「終わりだ」

太刀を床に突き立て、信長はゆらりと立った。

「軍略を授けてもらった礼をやる」

鞘を抜き、荒縄の帯を投げ捨てる。湯帷子《ゆかたびら》が肩から落ちた。

堯照が声をかける間もない。

全裸の信長が、燭台の光の中に仁王立ちになっていた。

「どこまで聞いているか知らぬが、冥土の土産《みやげ》にしかと見い！」

十八歳のしなやかな筋肉に覆われた細身の躰は、自ら光を放っているようだった。

堯照は息を呑んだ。

繊細な感じさえする長い首に、丸みを帯びた肩。そして……信長の胸には、乳房があった。堅く上向いているそれは、まぎれもなく少女のものだった。しかし、滑らかな下腹のけむるような恥毛からは、逞《たくま》しい男根が屹立している。男根のつけ根には、すっと切り込んだような赤い陰裂が見えた。みずみずしくすらりとのびた脚は、かすかに震えている。

「まさに、変成男子《へんじようなんし》、百合若《ゆりわか》様」

目を打たれおろがむ堯照に挑むように、信長は胸をそらした。

「十五の年から、この病《やまい》よ。今では半分女になった。どうだ、この身にどうやって国を取らせる？」

伏し拝んでいた堯照が、突然、からからと笑い出した。

「天下を取らせると申しておるのに、くどい姫若よ」

顔を上げた堯照はすっかり落ち着いていた。平然とした冷徹な視線を裸身に受け、信長の方がとまどう。そげ落ちたような堯照の頬に、にいと笑みが浮かんだ。

「このままでは、御成敗は必定。まだ死にたくはないのでな。わしもとっときのものをお見せしようか」

いきなり指を左の目に突っ込む。堯照は声一つ立てず、眼球を抉り出した。静かに床の上に置く。よくできた義眼だった。大きく口を開けた真っ暗な眼窩から、輝くものが零れ落ちる。

途端に部屋が明るくなった。受けた堯照の掌から、幾筋もの光が放射されている。限りなく球に近い正二十面体。その中で、黄金の炎が踊るように燃えていた。

信長は声もなく、堯照の手に乗った発光体を見つめた。白い裸身が結晶の放つ輝きに染められる。

「よっく見られよ。これぞ牛王《ごおう》の霊石」

堯照はつと立ち、堂の奥に向かった。

灯火の明りが届かない闇の中から、霊石の輝きによって一つの像が浮かび上がる。二本の鋭い角を戴《いただ》いた頭を持ち、右手に剣、左手に宝珠を携えた鎧姿の漆黒の座像。牛頭人身のその顔は、上下に噛み合わさった牙を剝き、憤怒の相を浮かべている。

「天王よ、ついに生き身の独り子を見つけましたぞ」

堯照は、捧げ持った霊石を像の額に嵌《は》め込んだ。

その時、結晶体の輝きは波打ち、像は立ち騒ぐ光の渦の中で、歓喜の声を上げているようだった。何かが屋根に舞い降りる音がした。一つ、二つ、たちまち降りしきる豪雨のような夥しい数に。無数の翼と駆けまわる小さな足音とともに、口々に囁《ささや》き交わす声が堂を取り巻き、耳を圧するまでに高まった瞬間、風となって堂をゆらし、どっと吹き過ぎた。

信長は、ただ呆然と立ちすくんでいた。

4　牛の王

アルトーは撮影所のざわめきの中で、一人でいるのが好きだった。役者仲間の誰もが嫌がる撮影待ちの時間を、彼は愛していた。どこよりも集中して考えることができるからだ。『夜の女』の撮影は順調に進んでいる。アルトーは例のタイプ用紙の束をスタジオに持ち込んだ。いかれたちょい役専門の彼には、総見寺のぶ厚いモノグラフィーを読みふける時間はたっぷりある。台詞《せりふ》はとっくの昔に暗記していた。もっとも、ジァロスラフ役の台詞は恐ろしく少ない。妙なアクセントで喋るロシア人の裏切者という設定なのだから当然だった。そんな男が長広舌をふるっては、マルセル・レルビエ監督のロマン・シネフォニックが、コメディーになってしまう。

まあ、これが人生《セ・ラ・ヴィ》だ。演劇の革命も、映画の端役《はやく》で日々のパンを稼がねば始まらない。

それにしても……。

アルトーは総見寺とのカフェでの対話を思う。モノグラフィーの内容も彼の話も、常軌を逸している。だが、馬鹿馬鹿しく、秘教的であり、そして何よりも詩《ポエジー》があった。物に憑かれたパラノイアックな情熱と思考の、果てしない蕩尽《とうじん》があった。似た者同士なのだろう。

自分にとってはヘリオガバルスが、彼にとっては信長が、とりとめなく拡散していく光を炎に変える精神のレンズなのだ。

ヘリオガバルスはここ数年のアルトーの切札だった。金も仕事も阿片すらない時、彼はパリ国立図書館に行く。ローマ史、隠秘学、カバラ、占星術、異端学、新旧聖書の外典《アポクリファ》、世界の古代宗教、神話学、民族学、考古学、時には、ヴェーダや仏典の訳本まで、ありとあらゆる関係書籍を読み耽《ふけ》った。ロベール・ドノエルからの伝記執筆の依頼がきっかけだったが、今では、ヘリオガバルスは自分だった。

総見寺もそうなのだ。あの美しい東洋人も、自分こそ信長だと思っているはずだ。

彼も膨大な蔵書の海を縦横に泳いで来たらしい。博覧強記のブルトンでさえ匙《さじ》を投げたアルトーのオカルティックな会話に、総見寺は楽し気についてきた。もちろん、日本と信長に関してはアルトーはもっぱら聞き役だ。インドや中国ならともかく、さすがの彼も極東の歴史や神話にまでは通じていない。しかし、興味は人一倍持っていた。ラフカディオ・ハーンの『耳なし芳一』を改作して『哀れな音楽家の驚くべき冒険』という散文を書いたり、『サムライ　または感情のドラマ』という舞台を創作したこともある。

他人の話を聞くのは苦手なアルトーだが、総見寺の朱い唇から洗練された自国語が話されるのを聞いているのは心地よかった。パリのどこかのカフェで、植民地生まれの男装のマドモアゼルと語らっているようだ。

牛の王。

落日の中で煮えたぎっているベルリンで、二人の異邦人が一体の異形の神について対話している。そのシュールな記憶が、アルトーをいつになく上機嫌にしていた。

「信長とヘリオガバルスの最大の共通点は、二人が同じ神を奉じてることです」

総見寺の言葉に、アルトーは我ながらありふれた返事しかできなかった。

「十三世紀以上の時間の差と、ユーラシア大陸の東と西の空間の差がある。信じられない」

「どこから始めましょうか……、そうだ、確認から。少年皇帝がローマ帝国に持ち込んだエラガバルスは、バールの名を持つシリアの太陽神ですよね」

「ああ、まずバールを説明しよう。一般には最も強力なデーモンとして知られている。コラン・ド・プランシーの『地獄の辞典』では、六万個師団の悪魔軍を率いる地獄の大公爵で、一説には地獄の軍団の総大将だそうだ。もちろん、与太話だよ。実際は、古代オリエントで広く崇拝された至高の太陽神だ。カナン、カルタゴ、カルディア、バビロニア、シドン、一時はイスラエルでも信仰された。バエルやベルともいわれる。例えば、あのハンニバルは〈バールの恵み〉の意味だ。もともと、バールは〈王〉や〈主人〉という意味の普通名詞で、古代オリエントの神々には大抵この名がついている。やがて、キリスト教がヨーロッパに蔓延《まんえん》すると、彼らはまとめて地獄に放り込まれちまった。B音で始まる名前の悪魔がごっそりいるのはそのためさ。ベリアル、ベルフェゴール、バルキエル、バルク、バールゼフォン、バルバスン、バルバドス、ベリト、バフォメット、最も有名なのが……」

「バール・ゼブブ、蝿の王ですね」

「そう。ベルゼブブともいう。つまり、堕天使達の系譜を除けば、我々の地獄は異教の太陽神でいっぱいなのさ。そこで、エラガバルスだが、これは、ELとGABALに分けられる。ELは神そのものの意味だ。そしてGABALはそれ自体、アラム・カルディア方言では〈山〉を意味する。だから、この神は〈山から来たりしもの〉とか〈輝ける頂上〉と呼ばれるんだが、重要なのはGABALの中にBAALあるいはBELが入っていることだ。つまり、神の頂上であり王たるもの、そのものなのさ」

「ヘリオガバルスは、HELIO-GABALUS、〈太陽の山〉、もしくは〈太陽の王〉」

「太陽は最も単純なイマージュにすぎない。バールは至高のもの、すべてを原理に還元する除去と統一の神なのだ。七つの色彩が一つの白色光に還元される比喩として、太陽はある」

アルトーは、空《から》のグラスを夕日にきらきらと反射させて見せた。

「我々は衰弱したキリスト教徒の末裔だ。だからこそ、剝き出しの活力であるバールの輝きは私を魅了する。健康な東洋人であるきみが、なぜ無理やりバールを信長と結びつけねばならないのかわからない。第一、きみの話によれば、信長は無神論者であると宣教師どもが報告しているそうじゃないか」

「確かにイエズス会士ルイス・フロイスは、〈神仏の祭祀や礼拝はどんなことでも軽んじ、異教の卜占《ぼくせん》や迷信的な慣習はすべて軽蔑した〉〈誇らし気にすべての偶像よりも自分を優れたものとし、霊魂の不滅などということはなく、来世における賞罰もないと考え〉ていたと『日本史』に書いています。しかし、これは信長が無神論者であることを意味しません。ヘリオガバルスだって、エラガバルス以外のすべてを軽蔑したでしょう？　もし彼が、エラガバルスの祭祀を秘密裏に行っていたとすれば、異邦人の目には同じように見えたはずです」

「信長が、宣教師達に隠れてバールを礼拝していたと？」

「宣教師達だけにではありません。誰からも隠れて、です。唯一、我が祖である堯照を除いて」総見寺は言葉を切った。「……いや、そうじゃないな。信長のバール信仰はみんな知っていたけれど、誰もそれがバールだと知らなかったという方が正確ですね。小瀬甫庵も『信長記』で〈鬼神を敬ひ、社稷《しゃしょく》の神を祭り給はざりし〉と書いてるくらいですから」

「知っていたのに、知らなかった？　わからんな」

「簡単ですよ。バールは、おっしゃられたように古代シリアから中世の日本までの長い時間と空間を移動しているうちに、別の神格に変化してしまったからです」

「では、きみの国では十六世紀までバール信仰が生き残っていたのか」

「もし僕の考えが正しければ、今も生き残っています。日本はユーラシア大陸の東の果ての島です。なんでも生き残りますよ。ガラパゴスと同じです」

「神々のガラパゴス、か」

アルトーはうなった。

総見寺がすっかり冷めたカフェオレに、初めて口をつける。

蒼《あお》ざめたヨーロッパで、地獄の門が開く。蝙蝠《こうもり》の翼をつけ爬虫類の姿をした暗黒の群が、粘液を滴《したた》らせ、ぎちぎちと鳴きながら東方へと飛び立っていく。東に行くにつれ、群は透明度を高める。闇と汚泥の塊から、ガラスと金属の球体へ。昇る太陽に向かうもう一つの太陽のように、群は次第に輝き、もはや尾も鱗《うろこ》も牙も翼さえもない。球体は太陽に呑み込まれ、無数の精霊達に分裂し、太陽の中に万神殿《パンテオン》を誕生させる。

カップを置く音で、アルトーは我に返った。

総見寺の色の薄い瞳が変わらず彼を見つめている。なぜか瞳の輪郭がはっきりしない。一瞬がひどく長く感じる。催眠術にかけられているようだ。

総見寺の小さな舌が、唇の滴《しずく》を舐めた。

「バールの姿ですが、この太陽神は牡牛の形で表わされますよね」

「豊饒と多産の象徴である輝ける牡牛。『創世記』でモーゼの兄のアロンが礼拝した黄金の犢《こうし》で表わされることもある。悪魔の荒唐無稽な姿を押しつけられるまでは、牛の頭を持った巨人として描かれるのが一般的だ。クレタの怪物ミノタウロスも、この神の落ちぶれた末裔の姿だと思う。ついでに言うと、巨大な蠅の姿で出現するというベルゼブブも、時に大きな子牛の姿をとるとプランシーは言っている。ファウスト伝説では龍の尾を持つ炎を吐く牛の形で現れたという」

「バールとベルゼブブがもともと同一神であったことを裏づけますね」

「バール・ゼブブは本来、バール・ゼブル、つまり、〈高い館《やかた》の王〉を意味する。それではソロモン王を連想させるので言い換えたのさ。〈高い館〉は〈糞の山〉、〈蠅〉そのものになっちまった。エホバの妬《ねた》みが、新しい悪魔の姿を生んだわけだ」

「牛頭人身の至高神。信長のすぐ側にこの神はいました」

「シリアの古代神が？」

「その日本での名は、牛頭天王。信長が自らの一族の守護神とした異形の祟《たた》り神です」

ゴズテンノオ。アルトーはしばらくその発音に苦しんでいたが、総見寺が神名の意味を教えると、驚きの声を上げた。

「牛の頭を持つ天界の王、か。まさにバールそのものじゃないか」

「牛頭天王は決して秘密の神ではありません。今でも、広く人々に信仰されています。その主な聖地は二つ。一つは京都の八坂にある祇園社、もう一つが、尾張国津島にある天王社です。この神社は、信長の父のいた勝幡城から十分歩いて行ける距離にありました。祖父・信定の代にはもう関係があったといわれ、『摂津名所図会《ずえ》』には〈信長の生土神《うぶすながみ》は尾州津島牛頭天王也〉とはっきり書かれています」

「しかし、織田一族の神殿は織田剣神社だときみは言わなかったか」

「信長の代で氏神を変えたと考えることもできますが、そもそも織田剣神社の祭神はスサノオで、この神は牛頭天王と同体だとされているんです」

「すると、織田剣神社が牛頭天王の神殿であってもおかしくないわけか」

「そうです。織田剣神社から津島天王社へ織田氏の神が変わったのではなく、一族の移動にともなって越前から尾張まで、神が移っただけだと思うんです。スサノオの神が神剣と縁が深いのはすでにお話しした通りですが、決定的なのは『七種問答記』という古伝に、牛頭天王が自らを〈剣取渡主〉と名乗ったと記されていることです。つまり、越前から神剣とともに尾張に移動したスサノオ＝牛頭天王が、津島と熱田に分れて祭られたというのが真実ではないかと」

「草薙という名の日本のエクスカリバーが、熱田という神殿の神体なら、なるほど偶然とは思えないな。剣とその持主の神が、信長の領地で隣り合っているとはね」

「そう、熱田神宮は那古野城のすぐ側です。勝幡城もこの城も、ともに信長がそこで生まれたという伝承を持っています」

「まさに、スサノオ＝牛頭天王の申し子だな」

「牛頭天王は自ら〈渡りの神〉と名乗る外来神です。神話では、インド、中国、朝鮮半島を経て日本にやって来たと伝えられています。朝鮮の牛頭山から最初に上陸したのが対馬で、それに因《ちな》んで同音の津島という地名が名づけられたと『神道雑々集』にありますが、対馬から海流に乗ると一気に日本海を北上し、スサノオが草薙剣を得て領土とした出雲の沖を通って、ちょうど越前のある若狭湾あたりに漂着する確率が一番高くなるんです」

アルトーが肩をすくめると、総見寺は慌《あわ》てて手帳を取り出した。

「失礼しました。つい夢中になって……」

ぶ厚い革の手帳からひっぱり出された地図は、テーブルに広げてみると意外に大きかった。無数の記号とマークが書き込まれている。

アルトーは初めて見る日本列島の姿を興味深気に覗き込んだ。総見寺の指の後を追う。

「ちょうど海に向かってこの湾が口を開けているわけか。そこに海流が、山から来たりし神を運んで来る。よくできた話だ」

「織田剣神社から津島と八坂はほぼ等距離です。越前に上陸したスサノオ＝牛頭天王が、二つに分かれて尾張と京都に移動したのでは？　信長が他の戦国大名と違って、ためらうことなく京都を目指したのも、神の統一への願いがあったからだとは思えませんか」

活動するために、二つに切断されて二者となる唯一者の宗教。

存在するため。

唯一者を冒頭から分断した宗教。

牛頭天王、そしてスサノオ。

それは、京と尾張に分断され、さらに津島と熱田に分断される。

分断することで、統一するための、融合するための、あるいは不純物を除去しつくすための、恐るべき欲望と意志の力が沸騰する。

信長、それは男であり女である。

すべてを原理に還元し、原初に引き裂かれた原理を一身に具有する。

欲望するために、意志するために、分けられたのだ。

二者は輝きの中で、唯一者となる。地上にもう一つの太陽を生むために。

いや、待て。

「きみの国の太陽神は、牛頭天王ではなかったはずだが」

「もちろん。日本の最高神は太陽ですが、その名はアマテラスで、女神です。牛頭天王は何よりも疫病の神です。ポーの描いたペスト王のような」

「私好みの神ではあるが、そうするときみの立論はどうなる？　バールは長い流浪の末に、そこまで零落してしまったのか」

「ある意味ではそうです。しかし、ここでも分断が起きていると僕は思っています。唯一者バールは、冒頭から分断されたのです。アマテラスとスサノオに」

総見寺は地図を指さした。

「アマテラスの聖地は伊勢です。ご覧の通り、津島と熱田は、伊勢と湾を挟んで対面しています。津島は伊勢に渡るための重要な港でした。津島と伊勢の神殿は、ペアとして信仰されるべきものと人々は信じていました。一方だけでは、〈片まいり〉として不満足なものとされていたのです。なぜなら、アマテラスは牛頭天王そのものであるスサノオと姉弟なのです。バールの、至高の太陽神である光の面はアマテラスに、犠牲を要求する荒ぶる暗黒の面はスサノオに分けられ、さらにスサノオはその剣と分断され安置された……」

アルトーは大声でギャルソンに追加のワインを注文した。そして、意地悪く指を立てた。

「一つは説明できたな。もう一つの神殿はどうなる。首都にある八坂の神殿は、ペアになるべきアマテラスを持っているかい」

「最高の神殿をね。王宮ですよ。京都にはつい数十年前まで、天皇がいました。アマテラスの子孫でありアマテラスの化身と信じる、日本の皇帝が。信長とは無関係ですが、天皇が京都から現在の首都である東京に移った今でも、このペアは維持されています。東京を守護するのは、武蔵国一の宮の氷川神社に祭られているスサノオなんですから」

分断と並立。唯一者は、どこまでも解消されることのない関係の二者となる。

ボトルを片手にたて続けにグラスをあおったアルトーは、「同じだ、同じだ」と不機嫌につぶやいた。興奮した時の彼の癖だ。

「エメサとヒエラポリス、エラガバルスとアスタルテの兄と妹のペア。津島と伊勢、スサノオとアマテラスの姉と弟のペア。男と女、太陽と月は入れ替わるが、これは……」

「正確には、スサノオは月神そのものではなく、兄であるツクヨミという月の神がいるのですが、この神はスサノオの影にすぎず、事実上一体です。さて、二つのペアの属性が入れ替わっているのはなぜかですが、答はここでも簡単です。スサノオとアマテラスとが元々一つであったように、エラガバルスとアスタルテは一つだった。シリアでも日本でも、唯一者は太陽と月とを一身に備えた両性具有神《アンドロギュヌス》だったのです。ここで興味深いのが、熱田の主神です。この神は熱田大神といい、神体は草薙剣ですが、正確には、草薙剣と一体となった状態のアマテラスのことなのです。つまりスサノオとアマテラスの両性具有神《アンドロギュヌス》。この神は剣神でありながら楊貴妃に変身して、日本を侵略しようとした唐帝国の玄宗皇帝を、その絶世の美貌で骨抜きにしたという伝説さえあるくらいです」

「両性具有神《アンドロギュヌス》……。そうか、バールとアスタルテは男でも女でもなく、またそのどちらでもある。ミルトンが『失楽園』で書いているのはその意味か。三世紀の修辞学者アルノビウスも、〈バールに、崇拝者達は明確な性別を認めなかった〉と記録している」

エラガバルスと常に寄り添い、その妻とも妹ともいわれるアスタルテ。二つの神を取り巻く、去勢者と倒錯者の群。女装した司祭と男装した処女達。切断した血まみれの男根を、黄金の盆に載せて奪い合う男と女。

スサノオとアマテラスの祭もはるか古代はそのようなものであったのか。火山と流血と叫喚とペストの神。生皮を剝《は》いだ獣を投げ込んで、神に仕える処女の性器を辱《はずかし》めたスサノオ。その弟とともに、武装した姿で玉を齧《かじ》り、剣を嚙み砕いたアマテラス。

「もちろん、血や性にまつわるどろどろとしたものは、信長の時代にはすでに完全に抑圧されていました。でも、古代からのバール信仰の記憶を守り続けていた人々はいたと思うんです。シリアから日本まで、牛頭人身のこの神を運んだ人々がいるのなら、彼らはそう容易に両性具有神《アンドロギュヌス》への信仰を捨てるはずがない」

「信長が、そうした人々の血統だと？」

「我家の口伝を信じるならばそうです。それ以外にも、そう、ささいなことですが、例えば、織田家の紋章は牛頭天王と同じ木瓜《もっこう》です。おそらく、誰もが偶然だと言うでしょう。しかし僕は、バールの信徒には、現実に生物学的な意味で両性具有の人達がいたのではないかと思っているんです」

ヘリオガバルスが、性的倒錯者ではなく、両性具有者《アンドロギュヌス》そのものだったとしたら……。『皇帝列伝』が伝える男色も乱交も近親相姦も、精神の異常や宗教的頽廃によるものではなく、すべて身体的・生物学的な根拠を持っていたとすれば。

アルトーはふうと息を吐いた。

「そこまでは、考えなかった。しかし、そうであったとしても……」

「おかしくない」

総見寺が引き取った。

「晋の恵帝の時代といいますから、ヘリオガバルスの治世から七十年余り後、中国の洛陽に、両性具有者《アンドロギュヌス》がいたと『捜神記』に記されています。〈男女両性の機能を兼ねていたが、性質はきわめて淫乱であった〉と。『捜神記』を著した干宝は、男の陽気すなわち男性原理と、女の陰気すなわち女性原理の乱れによって戦乱が起こるので、乱世にはしばしばこのような畸形が生まれると結論づけています」

「ヘリオガバルスのシリア」

「信長の日本」

「とめどない原理の混乱状態《アナーキー》、まさに両性具有者《アンドロギュヌス》の時代か」

落日が、汚れた血の暗い色に変わっていく。

「牛頭天王の故郷といわれるインドでは、至高神であり、やはり聖なる牡牛に象徴されるシヴァとその妃《きさき》パールヴァティーが、それぞれ両性具有の姿をとる神があります。アルダーナリーシュヴァラがシヴァの両性具有形であり、バフチャラジーがパールヴァティーの両性具有形です。まさに、バールとアスタルテのペアそのものでしょう？　そのバフチャラジーを祭る現実の半陰陽の集団が、現在でもヒジュラと呼ばれるカースト外の人々として存在しています。ちなみに、バフチャラジーとは〈さすらい、さまようもの〉という意味のヒンドゥの古語です。両性具有の神は、両性具有の使徒達を連れて、ユーラシア全土をさすらい、ついに日本にまで渡って来たのです」

「インドはシリアとイラン高原を介して濃密な文化交流をしていた。きみは、あのキュベレの司祭達がヒジュラのような半陰陽集団ではなかったか、いや、バッシアヌス家の女皇達《ユリア》そのものが、両性具有者《アンドロギュヌス》であったと言いたいのだろう。ドムナ、マエサ、ソエミア、マンマエア、いずれ劣らぬ美しい怪物だが、彼女達がそこまで特注品だったとは信じられん」

「ヒジュラにも真正の半陰陽はごく少数です。すでにヘリオガバルスの時代には、両性具有者《アンドロギュヌス》はほとんどバッシアヌス家にも存在してはいなかったでしょう。だが、太陽の血筋はまだ奇蹟を生む力を失ってはいなかった。ヘリオガバルスはバールの申し子として生まれてきたのです」

「信長がそうであるように、か」

総見寺は、静かに微笑んだ。


あれから数日しかたっていないのに、アルトーが憶えているのは、総見寺の朱い唇だけだった。沙漠に棲む珊瑚樹の色をした小さな蛇のように生々しく動く。彼の姿は、あれほど印象的だったのに、驚くほど鮮明だった夢がそうであるように、みるみるうちに色褪《あ》せていった。影のように自分をつけまわせたのも理解できる気がした。

総見寺は、何か揮発性の物質でできているようだ。

アルトーは溜息をついた。異形の神々で取り巻かれた彼の異国の王の話も、そんな風に消えてくれたらいいのだが……。

あの忌々《いまいま》しい信長は、彼の脊髄の中で息づいている。今や、ヘリオガバルスと信長は一つの躰を共有していた。アルトーはふいに、キャンドルの炎に浮かぶペニスを持った十八歳の少女の姿を思い出し、その度に激しく勃起した。

幾体も見たヘリオガバルスの彫像の完璧な美しさ、滑らかな蠟のようなその肌や、恨みを含んだような眉根や、いつも嚙みしめているような唇が、アルトーを悩ませた。彼は貪《むさぼ》るように総見寺のモノグラフィーを繰り返し読んだ。特に、発音記号だけがふられ、日本の象形文字のまま記されている言葉を。自分の内にある信長が、五感のすべてを使って、自身の記憶を喰らいつくそうとしているかのようだった。

5　海臨寺奇譚《きたん》

海からの風が強い。雪斎は深々と息を吸い込んだ。

「海はいい」

声になった。

京で若き日々を送り、何事も都の洗練を好む彼も、これだけは京にないと思えるものが故郷に二つある。富士と海だ。

あのまま、都に残っていたらどうであったか。

還暦を迎えようとする今も、雪斎は考えることがある。建仁寺で常庵龍崇禅師に、妙心寺で大休宗休禅師についてひたすら学んだ修行の日々。我が子ほど年の離れている弟弟子の梅岳承芳を養育しながらの毎日は、俊英を謳《うた》われた彼にもさすがに荷が重かった。

それでも音を上げることなく勤め抜くことができたのは、むしろこの承芳のお蔭だったといっていい。

「汝は五男の厄介者じゃ。今川の御家からは捨てられたと思え。もはや仏法以外に頼むものはない。死ぬ気で励め。懈怠《けたい》のふるまいあらば、わしがこの手で討ち果たしてくれる」

初めて会った時、不機嫌に言い放った言葉に目に涙を溜めながら、それでもしっかりとうなずいた承芳の姿を雪斎は忘れることができない。

わずか、四つの子が……。

三十になろうとする彼の方が思わず落涙しそうであった。この健気な子は自分が命に替えても守ってみせる。これこそ修行であろう。

以来、三十余年。雪斎は承芳を見事に育て上げた。たった一つの誤算は、五男の彼が、清和源氏の名門・今川家の家督を継いだことであった。あのまま京で修行を続けていれば、承芳を臨済中興の祖にさえ成しえたものを。

勝手な。

世の常とはいえ、掌を返すような今川家のやり口を不快に感じ、それ以上に、易々《やすやす》とそれに応じ、手を血に濡らしてまで家督を手に入れようとする承芳の姿を浅ましく思った。そんな自分が彼の右腕となり、軍師とも執権ともいわれ、挙げ句の果てに一軍を率いて戦場に立っている。

わからんものよ。

還俗《げんぞく》し、名も義元と改めた承芳が訪ねて来た時には、迷惑だとさえ思った。今さら何用かと、けんもほろろに追い返そうとした。雪斎の心を変えたのは、四つの頃と少しも違わない真摯な姿と、「東海に王道楽土を創りたい」という彼の言葉だった。

前世の宿業《しゅくごう》か。

雪斎は覚悟を決めた。

あの時誓ったように、我が命のあらん限りお守りいたそう。それは、代々今川家の重臣であった彼の一族に流れる血のなせる業《わざ》であったのかもしれない。

墨染めの衣の下に鎧を着け、修行の庭から修羅の故郷に雪斎は戻った。妙心寺に雪斎と承芳ありとその才気を讃えられた二人は、俗界にあっても抜群の働きを見せた。瞬く間に家中を固め、駿河・遠江の支配を確立。雪斎の指揮の下に三河を併呑。尾張の一部まで手に入れた。雪斎と義元の両翼を得て、今川という大鳥は戦乱の空に力強く舞い上がったのである。義元が内政に閃《ひらめ》きを見せたとしたら、雪斎は外交に鬼才を発揮した。

武田と結び、北条にあたるべし。

雪斎は、今川家の外交方針を百八十度転換させた。親北条・反武田の方針に固執する守旧派は、雪斎の弁舌と直ちに武田信虎の娘を娶った義元の青年らしい行動力の前に、たちまち少数派に転落し、容赦なく粛清された。

名族は名族と結ぶ。清和源氏の名門である今川と甲斐源氏の嫡流である武田が手を組み、逆賊を平らげる。北条など甲羅を経た出来星《できぼし》大名にすぎない。これ以上、源家の血を流し合うのは愚の骨頂。やがては美濃源氏の土岐とも結び、源氏宗家である京の足利将軍家を支えねばならない。

「乱世こそ、貴種は貴種たらねばなりません」

雪斎の言葉は、今川の重臣達ばかりではなく、恐るべき敵であった信虎の凶暴な心をも動かした。もちろん、名族の誇りだけで外交方針が変えられるわけがない。雪斎には冷徹な計算があった。

駿河・遠江と、今川の領地は東西に長い中央山脈の南に開けた海沿いの平野だ。武田と敵対し続ける限り、北の山地から雪崩れ込んでくる勇猛な騎馬軍団に、いつ海に追い落とされるかわからない。三河・尾張へと領地を拡大すればするほど、分断される危険が増すばかりだ。その点、北条とわずかに隣接している駿河の東は箱根の山岳地帯であり、攻めるに難く、守るに易《やす》い天然の要害だ。

家風の問題もある。北条は家祖・早雲以来、独立自尊の心が強い。その目は代々、遠い都ではなく、目前の広大な沃野《よくや》である関東平野に向いていた。間違っても、今川を踏みつぶして東海に進出しようなどという望みはないはずだった。痩せた山間の盆地に封じ込められ、爆発寸前の力を持て余している武田とは、戦《いくさ》における気魄に雲泥の差がある。いずれ雌雄を決することになるからこそ、今は同盟を結ばねばならない。雪斎の戦略は常に明快であった。

天文六年、甲駿同盟が成立すると、北条氏綱はいきなり駿河に進攻し、富士川以東の地を占領した。動揺する義元に、「河東の地など北条にくれてやりなされ。これで三河が取れもうす」と笑ってみせた雪斎だが、自らの責任を痛感していた。

やはり、畳水練《たたみすいれん》じゃ。

『孫子』や『三略』など武経七書を精読して得た戦略は基本的には正しかったが、現実に適応するにあたって誤算があった。

その第一は、武田信虎の狡猾さが予想以上だったことだ。同盟は形だけで、武田は今川に援軍を送るつもりがない。第二は、北条氏綱が大局の戦略を見ない戦術家にすぎなかったことである。形だけの進攻にとどめさっと兵を引き、箱根を固めて武田との同盟締結を模索することこそが、北条の採るべき道であろう。そうすれば、思う存分関東が切り取れるのだ。河東の地を一時占拠したところで、いずれ奪い返されるだけではないか。本気で潰す気もない敵の領地に深入りしてなんになろう。

雪斎は苦笑した。

結局、わしは人の愚かさに負けたのか。

しかし、これは致命的な誤算になりかねない。目先の利益しか見ることのできない愚物二人に囲まれては、危険きわまりない。

手足がいるな。

自らの戦略を実行に移すための直属組織の必要性を、雪斎は悟った。

人の気配を感じてふり向く。

いつの間にか茶が置かれ、床の間の掛け軸と花が替わっている。

「苦労」

雪斎は驚きもせず、熱い茶を啜《すす》った。ここ、海臨寺ではいつものことだ。人が見たら、狸《たぬき》を使う妖怪坊主と思われようの。

最初の内、雪斎はおかしくて仕方なかった。しかし、この寺には雪斎しかいない。万に一つも余人が近づくことはなかった。義元さえ例外ではない。

ここは、雪斎と海と人外化生《じんがいけしょう》の者達との庵《いおり》であった。

北条の風魔、武田の軒猿はその名を後世に知られている。しかし、彼らと互角に戦った今川が、乱破・素破を抱えていたと伝えられていないのは不思議な話だ。風魔や軒猿の諜報活動や破壊工作に対する防諜組織は、今川には不可欠だったはずである。併呑した三河の松平が伊賀者を組織的に使っていたのであれば、なおさら今川にそうした組織がなかったとは信じられない。もちろん存在したのだ。小規模ながら当時最も効率良く働く闇の組織が。あまりに成功したため完璧におのれの存在を隠してしまった人々が。後の世の人間なら、雪斎機関とでも名づけたろう。他ならぬ雪斎その人が、風魔・軒猿・服部党に勝るとも劣らない集団を創り上げた。彼が、後に伊賀・甲賀・柳生を自在に使いこなした徳川家康の、人生最初の師であったことを忘れてはならない。

焼津の寂れた岬の先端、ほとんど海の中に建っている小さな寺が、その拠点であった。その存在は今川家中はもとより、地元の漁民すら知ることはない。

雪斎はいつも一人でやって来る。表向きは藤枝にある長慶寺を訪ねることになっていた。彼はふいに臨済寺や長慶寺から姿を消し、ふらりと現れた。夏場には、数週にわたって滞在することもある。その間、必要に応じて影武者が立つ。脚繁《しげ》く彼がこの地を訪れるのは、謀略のためばかりではない。海臨寺は、唯一、雪斎が心静かに瞑想できる修養の場だった。義元すら忘れがちだが、黒衣の宰相として日々辣腕《らつわん》をふるう彼は、まず何よりも孤独を好む禅僧なのである。

海を眺め、花を愛《め》で、庭に向かい、茶を喫す。ひたすら座り、経を読み、公案を練る。さもなくば、軍略など浮かびはせぬ。

義元と話し合うのは、方向を決めた後である。義元は大器ではあったが、独創性には欠けていた。内政には向くが、外交戦略を話し合って未《いま》だ目が醒めるような思いをしたことはない。雪斎は自分で考える他なかった。ならば、一人がいい。

目も耳も鼻も、手足までもここには揃っておる。

雪斎が数年で創り上げたのは、京を中心に近畿から東海、中部、関東一帯に広がる臨済宗門の人脈を基盤に、松平の服部党からの抜擢者を加えた一大諜報網であった。宮中から道々の朋《とも》がらまでを覆うこれだけの情報網は他に存在しない。後に、後奈良天皇から紫衣を受け、妙心寺第三十五世になる雪斎だからこそできたのだ。

臨済宗妙心寺派の僧は、多くの大名家に養育係として深く食い込んでおり、幾つもの大名に招かれ国々を渡り歩くことも稀《まれ》ではない。例えば、武田晴信は深く妙心寺派に帰依し、出家して信玄を名乗ることになるが、これは雪斎が武田家の中枢にホットラインを持っているに等しい。

風魔の、軒猿のといっても、彼らは最下層に属する者達である。城の様子一つ探るにも命がけだ。所詮、戦術レベルの情報を大量に掻き集めることしかできない手足にすぎず、単独で使ってもあまり意味がない。雪斎は、妙心寺派の戦略的情報網の要所要所に末端組織として乱破を配した。わずかな時間と少ない人数で雪斎機関は完成した。

それは、雪斎にしか使いこなせず、だからこそ義元とも服部党とも完全に独立しており、そのため敵にも味方にも知られることはなかった。すべては、ただ一人、雪斎だけが掌握していた。

雪斎は庭に向かう。築地《ついじ》の向こうはすぐに海だ。庭は平凡な造作だが、ただ斜に横切る一筋のせせらぎだけが、独特だった。流れているのは海水である。潮の満ち引きに関わりなく、いつも一定の水量が庭の奥から手前に流れ、床下に落ちるようになっている。雪斎のたっての願いで作られたせせらぎだった。清らかな流れが雪斎にはどうしても必要なのだ。このせせらぎを半眼で見つめながら、水相観に入る。すると、大きく大きく物事の仕組みが、世のからくりが、見えてくる。

天文十年六月、武田信虎が嫡男・晴信によって追放され、同年七月、北条氏綱が五十五歳で病没し、氏康が家督を継いだ。たった四年前に雪斎に煮え湯を飲ませた勇猛な二人が、一度に消えてなくなった。

信虎追放に義元とともに雪斎が深く関わっているのは、周知の事実である。信虎は、義元の妻である長女に会いに駿河にやって来たまま、甲斐から閉め出されたのだ。芸術的なまでに鮮やかな前代未聞の無血クーデターであった。もちろん、例のホットラインが十二分に活躍したのはいうまでもない。信虎は今川の手で強制的に隠居させられ、幽閉された。では、わずか一月後の氏綱の病死に、雪斎が関係していないとどうしていえよう。

ともあれ、戦闘的な父親よりも器量が大きく、はるかに思慮深い若き二人の当主の登場で、雪斎の甲駿同盟は機能し始めた。晴信は約束通り救援の兵を寄こすようになり、氏康は河東一帯よりも関東平野に目を向けていく。

しかし、ほっとしたのもつかの間、この頃には、第三の敵・織田信秀が台頭し、三河をめぐって今川と激しく争うようになっていた。小国ながら信虎や氏綱と同じく血の気の多い信秀に手を焼いた今川が最も恐れたのが、織田と北条の同時進攻である。

幸い、天文十三年に信秀は朝倉と組んで美濃に攻め入り、道三に徹底的な返り討ちにあう。その機を逃さず、翌年、義元は北条の占領地域に武田の援軍とともに進攻。関東管領《かんれい》・上杉憲政と古河公方《くぼう》・足利晴氏とも共同作戦をとり、四方から囲まれた氏康はついに河東地帯から撤退した。雪斎、八年ごしの雪辱である。

天文十八年三月、岡崎城主・松平広忠が、突如、乱心した側近に殺害される。雪斎自らがこの混乱の中に出陣、三河を支配下に置いた。この時、信長の庶兄・織田信広を捕らえ、三河から織田の勢力を一掃。ついでに、信広と人質交換の形で、信秀に奪われていた広忠の嗣子・竹千代、後の家康を奪還するという離れ技さえ見せている。信秀が四十一歳で急死したのは、その二年後だ。

そして、天文二十三年、雪斎の悲願、甲相駿三国同盟がついに締結される。武田と北条の前に最大の難敵、越後の長尾景虎、後の上杉謙信が出現したからである。晴信、氏康、義元の三巨頭の会盟の場に、雪斎は初めて四歳の義元と出会った善得寺を選んだ。今川はこれによってようやく後顧の憂いを絶つことができたのだ。

雪斎が直属組織の必要を痛感してから、十七年。その間に、今川の隣国の君主四人が倒れ、その後継者の内、三人までもと良好な関係を結んでいる。一人は事実上臣従したといってよい。十九歳の若き主君を抱え、領国の三分の一を掠《かす》め取られた雪斎の、これが成果だった。これほど成功した諜報組織が他にあるだろうか。しかもこの間、今川の領内にはほとんどなんの混乱も起きていない。つまり、風魔と軒猿の防諜活動にも大過なく、それだけでも賞賛に値する。

しかし、奇妙な話だが、自身が直接関わったものを除き、雪斎もどこまで自分の機関が手を下したのか知らなかった。知る必要もなかった。彼はただいつものように海臨寺の縁先に出て、庭のせせらぎを見ながらぼそりとつぶやくだけだ。義元を巻き込む時だけは細部まで計画を詰めたが、それ以外は指令とも独り言ともつかない言葉を発するだけだった。

ただ、恐ろしく幸運なだけかもしれぬて。

雪斎はつぶやいた言葉が実現すると、半ば本気でそう思ったりもした。

だが、一向に問題が解決しないと、独り言は問答に変わる。

「うつけがとうとう清須に入ったようじゃの」

雪斎の問いかけに灯籠が答えた。

「残念ながら」

「わずか七、八百の手勢で尾張の急所を握りおった」

「なかなかによく働くうつけで」

「つくりあほうで尾張をまとめるかもしれぬ。なぜ、強い。評定《ひようじよう》せい」

庭が急にざわめいた。見えないまま、気配が忙しく動く。

「されば、正徳寺で道三の肝を冷やした三間半の長槍五百と、鉄砲五百がきつうござる」

松の梢《こずえ》から嗄《しわが》れ声が降ってきた。

「それもあるがの、あの軍勢の動きの速さの方が曲者じゃ」

手水鉢から別の声が上がる。

「根は一つですのう、金ですわあ」

どこかで日なたぼっこでもしているようなのんびりした声が床下で響いた。

「種子島たらどえりゃあ値がはりますでのお、五百ちゅうたら一財産で。そればかりじゃないで、その種子島を持たせた足軽どもは、昼も夜も持ち放題の撃ち放題ですわあ」

「戦がのうてもか」

灯籠が尋ねた。

「はいな。奴ら家中の者でも、尾張の領民でもありませんがあ。わしらと同じ道々の朋がら、野の者で。美濃の川並衆《かわなみしゆう》の流れや、食いつめたあぶれ百姓、腕に覚えの武辺者《ぶへんしや》、抜け忍のひとおりやふたありはあたりまえですわあ。それを金で買《こ》うておるのが信長の手勢ですのう」

「おうよ、俺が見たところでは、織田家譜代のものは三百ほどだ」

天井裏から大声で加勢が入る。

「なるほどの、戦、戦でいつ田の世話をするのかと思うておったが、道々の朋がらが入っておったか。なら、号令一つでどこなりと飛んで行くのも道理。しかし、我らと同族なら、忍ぶのも易いじゃろ」

「なかなか。蛇《じゃ》の道は蛇《へび》で、すぐに見抜かれますでなあ。それになあ、乱破と見破っても扱いは変わりませぬで、かえって、騙されておるようでなあ」

どっと笑い声がわいた。

「うつけは黄金《こがね》を撒きながら戦をする。いい戦道具をもろうて、四六時中、戦うことだけ考えて暮らしておれば、たんまりもらえるから強いと、こういうことでよいか」

「まあそうですのお。ただ、金の出どこがも一つわからんで調べとりますがのお。わしらと同じですわあ」

再び笑い声。

「天狗連、ようわかった」

黙って聞いていた雪斎が口を開くと、声はぴたりとやんだ。

「金の出どころは早う知りたいの。じゃが、どちらにせよ金で集めた手勢では、大きゅうはなれまい。城の一つや二つは落とせても、国をまとめるのは難しかろう。尾張一国でどれだけの軍を動かせるかの」

灯籠がうって変わって恭《うやうや》しく答えた。

「最大五千ほどは、掻き集められましょうか」

「ならば必ず尾張は割れる。信長が金で子飼いにできるのはせいぜい千。譜代の家臣も同数しか持てぬはずじゃ。譜代の者が子飼いの連中よりも増えれば、どこの馬の骨ともわからぬ者どもをそのまま置いてはおくまいて」

雪斎はいつも考えをまとめるように口にする。

「二千しか動かせねば、残り三千を率いる者が出るのは必定」

「うつけの弟御には、引き続き働きかけております」

「信行には、竹千代になってもらわねばのう。謀反をもっと急がぬものかの。信長に二千持たせては厄介じゃ」

「もそっと煽《あお》りましょう」

「美濃はどうじゃ」

「こちらも義龍殿には十分に手を打ちました」

「蝮も、美濃源氏の亡霊が我が子にとり憑いておるとは因果なものじゃ。出家と乱破は身一つ、気楽でよいの」
「なかなかもって」
「尾張と美濃、事を同時に起こせたら面白かろう。来年あたりよい年にならぬかの」
「しかと、左様に」
気配は散り、消えた。

雪斎はいつまでも座っていることができた。日が動き、雲が流れる。絶えることのない波の音が、朝と夕には微妙に違うことも、彼は知っていた。せせらぎが目蓋の裏を流れているようだ。雪斎の心はどこまでも静かに澄んでいく。

大悟一番、小悟その数を知らずという大禅師である彼にとって、すでに軍事と仏事の別はなかった。戦略の血腥《ちなまぐさ》いあれこれを考えるのは、もはや公案を練るのと同じであった。

昨年の三国同盟の締結によって、雪斎の戦略は最終段階に来ていた。

「二十年来曾《かつ》て苦辛す、君が為に幾たびか下る蒼龍の窟」

『碧巌録』の詩句が思わず口をつく。雪斎はいよいよ蒼龍の宝珠を取りに行く機が熟したことを知った。

今川家累代の宿願、上洛の時だ。

天文二十二年、越後の長尾景虎がわずか五千騎を率いて京に上り、治罰の綸旨《りんじ》を受けている。弱冠二十四歳。鮮やかな抜け駆けだった。

越後の守護代づれが。

景虎の若さと大徳寺との近しい関係が、雪斎を苛立たせた。

承芳も三十七か、わしも……。

雪斎は今さらながら自分の老齢に、愕然とした。

同盟が成り次第、動く。そう誓ったのだ。

「足利絶えれば吉良が継ぎ、吉良が絶えれば今川が継ぐ」と謳われた名門が上洛すると
なれば、景虎のように戻って来るわけにはいかない。将軍・義輝を補佐し、幕府を立て
直さねばならない。妙心寺のつてを縦横に使って、すでにその根まわしは終わっている。

義元は副将軍に任命されるはずだった。

後は、どこまで軍を出せるかじゃの。

三河を無人の地にするくらい絞り上げれば、駿遠三合わせて四万は動員できよう。そ
の内、一万五千は氏真につけて残さねばなるまい。

今少し、御子がしっかりしておればな。

若き日の承芳ならば、一万もあれば無事後詰《ごづめ》の任を果たすだろう。しかし、子の氏真
はまだ若年とはいえ、大器の萌《きざ》しを見せたことはなかった。

動かせるのは、二万五千か。

それで一気に尾張を取る。信行と争っている信長は一呑みだ。尾張も三河と同じ保護国にし、信行を先頭に立てて美濃に入る。尾張衆を加え三万の軍を、道三に背かれた義龍は支えきれまい。稲葉山城は名高い堅城だが、場合によっては自分が残ってしばらく囲んでもいい。美濃さえ平らげれば、後は一瀉千里だ。南近江の六角は小勢力にすぎず、それさえ蹴散らせば京である。

万に一つ、義龍が、道三の子ではなくかつての主家・土岐の種であるという話を本気で信じて、上洛軍に協力しないとも限らない。雪斎が流した噂で隠退した父を憎むような男だ。何を考えているか知れたものではない。

嘘から出た真《まこと》になるやもしれぬ。父子とは面妖《めんよう》なものじゃ。

いずれにせよ、最大の難関は美濃である。最盛期の道三は、織田・朝倉連合軍二万五千を潰滅させたこともある。その蝮をようやく隠退にまで追い込んだ。来年、義元上洛のすべての条件が整う。

美濃を落とし京に入れば、八万あまりの軍勢が直属の手足として使えるはずだ。しばらくは副将軍として時をすごし、やがては将軍家と縁続きになる。天文十九年に信虎の娘が急逝して以来、義元には正室がいない。うまく婚姻を結べば、子か孫の代には今川家の将軍が誕生するだろう。氏真はなんとでもなる。

長命せねば。

雪斎はくすくすと笑った。

「面白いのう、小平太」

灯籠の影が滲《にじ》むように分かれ、人の形を採った。

「恐れ入りましてござりまする」

灯籠の風化した石の肌に溶け込んだような、白髪の老人が平伏している。

「恐れ入らずともよい」

雪斎はいつもの言葉を返した。海臨寺の乱破達を束ねているこの老爺《ろうや》は、雪斎と言葉を交わす機会が最も多い。しかし、隠形《おんぎょう》の姿を採らない時は、いつも恐ろしいほど緊張していた。雪斎が名を呼ぶのは、顔を見て話がしたい時だ。

貴人と直接口をきくことに慣れていない乱破達とは、結局、隠形のまま話し合う方がよいことに雪斎はすぐに気づいた。天狗評定という形を思いついたのも、そのためだ。雪斎は乱破達の腹蔵のない意見や鋭い分析を聞くのが好きだった。彼らこそ、乱世のありのままを誰よりも知っている者達であったからだ。想像を絶する苛酷な世界を生き抜いてきた老忍達の中には、なまじの禅者など及びもつかない心胆の持主がいた。出家と乱破は合うというのが、雪斎の口癖であった。

特にこの小平太とは、年が近いこともあって気が合う。

雪斎は度々、小平太の名を呼ぶ。戦略とはなんの縁も無い、年寄り同士の四方山話をするためである。小平太には未だにそれが信じられない。聖俗いずれにしても目も眩むような高位にある雪斎が、下忍の自分におつとめ以外のことで話しかけてくるなどと、どうして得心がいこう。決まって恐れ入るのである。この十数年の間変わらず。その度に雪斎も変わらぬ言葉で応えてきた。

「この年になって死ぬのが恐いわ。業の深いことよ」

「我らがお守りいたしまする」

「老病死は乱破でもふせげぬ。おたがい身をいたわろうぞ」

「ありがたきお言葉……」

小平太は言葉に詰まった。せせらぎを流れる葦《あし》の葉が滲んで見えた。

老いた乱破は惨めなものだ。打ち捨てられたり、のたれ死にしたりすることはさすがにないが、おつとめから外されるのだ。いかに下忍とはいえ、激しい情報・ゲリラ戦を生き抜いてきた者は、否応なく賢くなる。手駒にすぎぬといわれても、嫌でも考えるようになる。溢れる思いつきや工夫の数々は、おつとめから離れれば誰も聞いてはくれない。あれこれ世話を焼いてくれる者はいても、苛酷な日々が練り上げた頭脳が頼みもしないのに生み出す戦略や計略を採り上げてくれる者はいない。服部一族の上忍でない限り、現場からはずれてなお、おつとめに関わることは許されてなかった。いかに優れた軍略の持主も第一線からの情報が入って来なくなれば、その言葉はやがて、老人の繰り言と同じになる。

また葦が流れて行く。

そんな風に、なし崩しにただの年寄りとして流され死んでいくのだ。

そんな老忍達を雪斎は拾い上げた。この寺で雪斎の側で立ち働いているのは、すべてそうした者達である。若くして身につけた体術は、意外なほど衰えない。最前線で風魔や軒猿と命のやり取りをするとなれば、話は別だが。

それでも、満更遅れはとるまいよ。

小平太はそう信じている。雪斎の下で働いていればこそ、上忍でも関われない今川家の最高機密に触れられるのだ。先の短い身、死ぬのは毛ほども恐くないが、ここを離れることだけは耐えられない。雪斎は、捨てられていた自分達を極楽に導いてくれた仏である。彼のためなら、誰もが死ぬつもりだ。死兵となった忍びほど恐ろしいものはない。

元々、服部党でもその名を知られた者達ではあったが、今や母体の服部党をはるかに凌《しの》ぐ集団に成長していた。もしや松平と今川が手切《てぎれ》になれば、たとえおのれの一族郎党を皆殺しにしようとも、雪斎のために働く。誰の思いも一つであった。

「少し湿りでもあればよいがの」

「雨の風情もなかなかで」

葦の葉が流れて行く。

「ほほう、風雅な乱破じゃ。坊主も見習わねばな」

葦の葉が流れて行く。

「大禅師様の御薫陶《くんとう》でござります」

雪斎は笑った。

「こいつ、上手も言いおるとはの」

小平太も笑おうとして、葦の葉が流れて来るのに気がついた。

何本目になる？

また葦の葉が流れて来る。

いきなり、小平太はせせらぎから葦をつかみ上げた。

「いかがいたした」

雪斎は驚いたようだった。

小平太は恐ろしい目つきで濡れた葦の葉を睨んでいる。なんの変哲もない葦だった。

ただ、葉先が二股に分かれている。

まさか。

次の瞬間、小平太の躰が、築地の上に跳んだ。

「お部屋にお入りくだされい。声をおかけ申し上げるまでは、決して縁先にはお出になりませぬよう」

雪斎が何か答える前に、小平太は浜へ跳び下りた。

よもや、あれは……。

小平太は、遣《や》り水の取水口に急いだ。小さな入り江が作ってあり、波を消して常に一定量の海水を取り入れるようになっている。目の前で、葦の葉が吸い込まれて行った。よく見るとまわりの浜のそこここに打ち上げられている。

沖に目を凝らす。傾きかけた日射しに光る波の間に、葦の葉が見えた。あちらにも、こちらにも、青い海原に黒い針がばら撒かれたように、葦が漂っている。

十や二十では、きかぬか。

波に揉まれながら、しかし、葦は確実に浜に近づいて来るようだ。小平太は足元に打ち上げられている葉を手に取った。

同じだ。

葉先が二股に分かれている。もう一本拾う。さらに一本。

すべて、二股だった。

「神矛か」

乱破にあるまじく、思わず声が漏れた。

飛ぶように小平太は寺に戻る。

「驚かせ申しまして」

床柱にもたれて座っていた雪斎は、復命を手を上げてさえぎった。

「大事なければよい。それより……」

雪斎の額に細かい汗の粒が浮いているのに、小平太は気づいた。

「すまぬが床をとってくれぬか。少々、海風にあたりすぎたようじゃ」

葦の葉が数本、まとめてどっとせせらぎを流れて行った。


「急なお呼びですなあ。久方ぶりに、甲斐の猿でも暴れましたかのお」

「門太、今年の津島祭に何か変わりはなかったか」

「はあて、藪から棒ですなあ。清須がうつけ殿の手に落ちましたから、いつも以上の賑《にぎ》やかさではありましたがのお。おお、そうじゃ。あのうつけ殿が、踊り興行を催されてのお。御自ら天女に扮《ふん》して女踊りをされましてなあ」

「薄気味の悪い。うつけのすることはわからんわい」

「それが、さにあらず。うつけてはおっても、よき若衆ですでなあ。紅《べに》をさして薄物をはおった姿なぞは、なんともかとも。金の冠が日に映えましてのお、この世のものとは思われませぬ。蝮殿がたらしこまれたのも無理からぬことじゃあと」

「たわけめ」

「たわけもしますわい。あの腰つき。凜といたしておりましての、そのあたりの女などとは較べようも……」

「もうよいわ。敵将に懸想《けそう》する乱破がおるか。おのしのあほう話も時と場合による」

「ほい、やめもうす。なんなとお尋ねあれや」

「御葦が、焼津の浜に流れ着くと思うか」

「ミヨシ？　はあ、天王さんでお流しする御祓いの葦のことですかいの。ありえんことですわいな。天王川に流しますのじゃで、伊勢の海に少しは出ましょうが、あの大けな湾を出て、外海《そとうみ》を駿河までとは途方もないですわあ」

「であろうな。したが、現に寺の浜に着いておる」

「大方、風魔あたりの悪さではないですかのお。葦などどこなと生えとりますでなあ」

「かもしれん。じゃが、なぜそんなことをする」

「さあて、津島の御葦いうたら、牛頭天王さんの眷属の化身で、ありとあらゆるこの世の病と汚れ《けが》を背負わせて放流するっちう。もしや岸にでも着けば、はやり病が起こるいうて怖がりますで、それをねろうておるんですかいの」

「わしは三河者、おのしは尾張の出。御葦流しのことは知らんではないが、駿河で騒ぎを起こすにはうまくないやり口じゃ。津島から流れて来たと思う者はおらん。それにな、葦が流れ着いておるのは、この岬だけよ」

「合点がゆきませんのお。こんな辺鄙な所で、騒ぎも何もありませんがの」

「狙いは海臨寺じゃろ」

「や、すりゃ、大禅師様の鬼の霍乱《かくらん》は……」

「いや、夏風邪で臥せっておられるだけじゃ。しかし、気になっての」

「もう、九月半ば。祭から三月《みつき》の間、葦が外海を漂いますかのお」

「誰が仕掛けておるにしても、なみの奴ではないぞ。これを見ろい」

「お、神矛!」

「もう数百本は拾うたが、ことごとく二股よ」

「牛頭天王さんそのもんの化身で、御葦流しでも一本しか混ぜんですからのお。それだけ揃えるとは。えらいことをやりおる」

「すでに一帯の浜には地縛りをかけた。沖には舟も浮かべてある。尾張に何か動きはないか」

「あれば、兄さに言われるまでもなく動きますがいのお。しかし、信長は乱破を使いませんでなあ。思い当たる節は……藤吉郎くらいですかのお」

「誰じゃそれは。なぜ知らせなんだ」

「まだ十九の小者ですがな。それも、去年、信長の草履取りに雇われたばかりで。ただ、今になって蜂須賀党とつながりのあることが知れましての。それとのお気をつけておりますがあ」

「蜂須賀党は川並衆で、乱破まがいのことはやりよるが、ちと感じが違う。十九の小者の思いつくこととも思えん」

「ただ葦を浜に打ち上げさして、お寺を狙うもないもんのお。まじないの類ですろうか」

「まじないなら乱破の領分ではない、ほっとくだけじゃ。まあ、今のところ、なんともな。おのしらも信行の件で手一杯じゃろうが、探ってみてくれ」

「天王さんにでも、お参りがてら寄ってみましょうわい」


『牛頭天王島渡り祭文』。

雪斎は縁先で古びた巻物を広げていた。

視界の隅をせせらぎが流れて行く。小平太は遣り水を止めるよう主張したが、雪斎は笑って取り合わなかった。葦の葉が幾ら流れて来ようとも、風情が損《そこ》なわれるわけではない。牛頭天王云々《うんぬん》は面白いが、水相観ができないのは困る。

小平太は取水口に葦簾《よしず》を張ることで納得したようだった。これで流れを止めることなく、葦が入り込むのを防ぐことができる。

神子とやらをとっくりと見てみたかったが、惜しいことをした。

流入した葦はすべて小平太が持ち去った。今もせせらぎの傍らに若い乱破が控えている。いつもは老忍ばかりのこの寺も、見なれぬ若者が一夜の内に配置された。彼らは隠形を採っていない。戦闘態勢にあることを敵にも示すためだ。築地の向こうには葦を焼く煙が幾筋も上がっている。岬に漂着した葦の葉は、一本残らず焼かれた。雪斎が臥せっていた二日の間に、続々と葦は流れ着いていた。

雪斎は巻物に目を落とした。

病のつれづれ、暇を潰すにはもってこいじゃが。

よくもまあ、ここまで突拍子もないことが思いつけたものだ。門太がさっそく津島で手に入れた天王社の古伝の一つらしい。雪斎は八坂の祇園社の風景を思い出し、時に笑みを浮かべて読む。さすがに、今日は体調がいい。

それ須弥の半腹、豊饒国と申す国あり
この国に王子一人御誕生なし給ふ
御名をば、牛頭天王と申す
その御丈は九尺二分に御まします
牛頭人身にして
御頭には赤色の角七つ生えさせ給ふ
右の御手には降魔の剣を持ち、左の御手には牛王宝珠を持ち給ふ
御本地は薬師如来、須佐之男命の化身なり

　ある時ただ一時の悪風になりて唐土に渡らせ給ふ
　この地にては、神農皇帝と著《あらは》れ
　天下の農業耕作を始め給ひ
　毒と薬とを分け、医道を始め給ふ
　秦の始皇帝が崇め奉り始むと伝へたり

　雪斎は感心した。

　神農の姿は確かに、牛頭人身じゃわい。うまくこじつけたわ。三皇五帝の一人が牛頭天王などとは、唐人が聞いたら呆れ返るだろう。しかし、逆かも知れない。あらゆる病を起こすと同時に防ぐことのできる牛頭天王は、なるほど、神農と無関係とは考えられない。とすれば、唐土《もろこし》から神農が伝えられたのか。

　ほんに、島渡りじゃな。

　雪斎は独りごちながら読み進めた。

　ある時、渡りの旅に出た牛頭天王は、天竺で古端長者に一夜の宿を求めたが断られ、貧しい蘇民将来の家で歓待を受ける。翌朝、正体を現わした牛頭天王は、蘇民将来には望みを思うままに叶《かな》えるという牛王宝珠を授けると、八万四千の眷属を率いて古端の長者屋敷を襲い、下女をしていた蘇民将来の娘一人を残して、ことごとく殺しつくした。

娘は腰に茅の輪をしており、それが目印となった。それからというもの、茅の輪は蘇民将来の目印として、それをくぐれば無病息災であるという。そこまでは、誰でも知っている。雪斎も都にいた頃は、祇園社の茅の輪くぐりに出かけたこともある。しかし……。

雪斎は眉を顰《ひそ》めた。

この祭文では、業突く張りの古端長者が、仏陀の大檀那とされているのだ。牛頭天王の来襲を予見した釈尊は直ちに五百羅漢達を長者屋敷に派遣し、金字銀泥の大般若経を一万五千部転読させる。経の力で十六善神達が長者屋敷のまわりを囲んで高さ十六丈の黒金《くろがね》の城壁を築き、天から妙音菩薩が黒金の網を張って屋敷を覆ってしまう。八万四千の疫神達も成す術《すべ》がなかった。

この時、牛頭天王は、眷属達に持久戦の構えをとらせ、ひたすら静かに屋敷を取り巻かせた。連日の経文転読に疲れた一人の羅漢がふと居眠りをし、経文を一字読み落とした瞬間、天王は全軍に突撃を命じる。黒金の城壁にたった一つ開いた小さな穴から、眷属達は瞬時に屋敷内に侵入した。

各々《おのおの》矛を捧げ城壁を破り給へば、一々に破れ四方へ散る
天に張りたる黒金の網も八つに切れて八方へ去るなり
その時八万四千の疫神達は長者が館に入り乱れ

長者夫妻の頭を取りて地に付け
金剛に身をやつし悩乱させ
千人の者を悩ませ給ふ事あり
或いは肉を嚙み、或いは血脈を切り
或いは骨を砕き、血を絞り給ふ事、流転生死の業因なり

雪斎は険しい顔になる。禅門への侮辱を読みとったからだ。大般若経転読すなわち〈大般若〉の修法は、禅門最高の祈禱法とされている。鎮護国家、招福除災、正法久住の定番として古来より修されてきた。もちろん、雪斎自身、何度も修している。その守りが呆気なく破られる。牛頭天王は禅では調伏不可能だとでも嘯《うそぶ》いているのか。

だが、禅どころではない。ついに、釈尊自身が天王の前に立ちふさがる。

その時釈迦仏聞こし召し
「いかなる魔王・鬼神にてましますぞ。
仏の御弟子まで悩ます事不審なり」と宣《のたま》ひて
御身には慈悲忍辱《にんにく》の衣を着し
慈悲自在の袈裟を掛け、実相真如の沓《くつ》を履き

百八品の数珠を持ち、ゆう三界の撞杖を突き
長者が館に渡り給ひて
牛頭天王に直談、目と目を見合はせ
「いかなる神にてましますぞ」と問ひ給へば
天王聞こし召し、「御身いかなる者ぞ」と問ひ給へば
「我はこれ、天竺に隠れなき釈迦仏といふ者」と答へ給ふ
天王聞こし召し、「我が前で仏と思はば、御身一人害して
千人の檀那の命に替へ給へ」と宣ふ
釈迦仏は聞こし召し、「その義にてましまさば
我一人害して千人の檀那を救はん」とて答へ給へば
天王左の指にとりつき給ふ
若《も》し一日、若し二日、若し三日、若し四日
若し七日程悩ませ給へば
祟り病と見え給ふが、十日に十の指を悩ませ給ふ
五臓六腑を責め給へば
いかなる仏の御身とてたまり給ふべからず
暁に御入滅なり給ふ

何《いづ》れの衆生をも、もらさず助け給はんための御入滅なり
牛頭天王は御覧あつて、「仏の御命をとるまでなり」と宣ひ
いざや日本の地に帰らんとて
八万四千の眷属達を引き連れ帰り給ふ

外道めが、増長も大概にせい。

雪斎はもう少しで巻物を庭に放り投げるところだった。

釈尊その人をも殺戮する牛頭天王は、ただの疫病の神などではない。最大の仏敵、あの第六天魔王にも匹敵する大魔神ではないか。事実、同じ神かもしれない。この祭文には牛頭天王はまた〈金剛自在天〉というとはっきり書かれているのだ。スサノオといい、自在天あるいは神農といい、本朝・唐・天竺と最高神かそれと伍《ご》する荒ぶる神と習合させられている。

どちらにしても、外道界至高の存在が、津島に鎮座していることになるのだ。尾張を取ったら、このようなたわけた古文書の類は片端から焼き捨ててくれよう。臨済寺で『歴代序略』を刊行したばかりの雪斎は、文字の力を十分に知っていた。一心に読んでいたからだろう。頭が痛む。立ち上がると、少しふらついた。庭に控えていた若者が見ている。自分を取り巻く空気が一気に張りつめるのがわかった。

まさに、五百羅漢に守護されている古端長者じゃわい。仏法と外道の術との対決。誰がどのような思惑で企《たくら》んだことかは、もはや雪斎の眼中にはなかった。

本日ただ今より、わしの法力と勝負せい。

雪斎は、〈大般若〉と同じく一切の魔を降伏《ごうぶく》する功徳を持つ『般若理趣分』を読誦《どくじゅ》することを決意した。


「なぜ門太から何も言うてこぬ」

「それが、掻き消すがごとく」

「やられたか」

「わかりませぬ」

「探してはおるのか」

「尾張方が総出で」

「心当たりは？」

「おそらくは牛頭天王社かと」

「一度忍んで、反故《ほご》しかないとぼやいておったが」

「何やら片づかぬことがあると申しておりましたゆえ」

「後詰はどうした」

「手練《てだれ》を三名忍ばしましたが、これも……」

「消えたか」

「これ以上動かしますと、信行の件に障《さわ》りが出まする。いかがいたしましょうや」

「こちらから人は送れぬ」

「心得ておりまする」

「織田方の中枢じゃ、守りは堅いはずじゃが、門太ほどの男が三人の後詰を得て遅れを取るとも思えぬ。様子を見よう」

「いっそ、大禅師様をお寺よりお移し申し上げては」

「それとなくほのめかしてはみたが、聞く耳を持たれぬわい。仏法の意地じゃと申されての」

「仏の名を出されると弱うございますな」

「それに、敵は我らが寺から出るのを待っているのかも知れん」

「地縛りの獲物は？」

「何もない。ここから藤枝まで怪しい者はおらぬはずじゃ。したが、大禅師様を一か八かの賭けに巻き込むわけにはいかん」

「我らも、敵に遭遇したわけではござらぬ。たとい四名がことごとく討ち取られたとしても、忍んだ結果で、御葦流しとは無縁のことやもしれませぬ」

「敵が見えぬ以上、探索は諦《あきら》めても本陣の守りを崩すわけにはいかん。埒が明かぬよう なら、服部党本体にも助けを借りる。辛いじゃろうが、しばらく動くな」

「御意《ぎょい》」

男が眠っている。呼吸が荒い。雪斎はゆっくりと近づいた。

これは、承芳じゃ。

げっそりと頬が痩けているが間違いない。大粒の汗が顔中に浮かんでいる。立ちすくんでいる雪斎の耳に、どこからともなく読経の声が響いてくる。

『般若理趣分』か。

読経の声が高くなると、楽になるらしい。承芳の呼吸が静かになり、表情が和らいだ。雪斎が自分も経文を唱えようと合掌した時、突然、目の前が強い輝きで満たされた。その光の中から、澄んだ優しい少女の唄声が聞こえてきた。

細く高く儚気《はかなげ》で、どこか、ぞっとするほど淋しい唄を唄う声。

天王、八王子を御誕生なし給ふ
第一の王子は相光王子、祟り病造らせ給ふ

第二の王子は魔王王子、温病造らせ給ふ
第三の王子は倶魔羅王子、疫病造らせ給ふ
第四の王子は徳達神王子、咳病造らせ給ふ
第五の王子は良侍王子、赤腹造らせ給ふ
第六の王子は達尼漢王子、大病造らせ給ふ
第七の王子は地神相光王子、水病造らせ給ふ
第八の王子は宅相神王子、いも・はしか造らせ給ふ

承芳がうめき始めた。まるで唄声が鋭い爪を持っており、彼の体中を掻き毟《むし》るかのようだ。気がつくと読経の声は絶えている。

雪斎は唄声のする方に、声を励まして呼びかけた。

「いかなる魔王・鬼神にてましますぞ。仏の御弟子まで悩ます事不審なり」

雪斎ははっと口を押さえた。

なぜじゃ、なぜそんなことを言った。

輝きは薄れ、横たわっている承芳の躰の向こうに、一人の少年、いや少女のような何かが姿を現わした。薄く透明な羽根状のものに覆われた、華奢な裸身が身を起こす。

白い肌に直に打ち込まれたような黄金の装飾が煌めき、涼やかな金属音を立てた。逆

立つ緋色の髪に飾られた頭部から、光の柱が七本、天空に放たれている。

瑠璃色の目が、雪斎を睨み据えた。

「私は山から来たりしもの、剣とともに渡るもの」

「牛頭天王よな」

「そう呼ぶ者もいる。スサノオと呼ぶ者がいるように。私には多くの名がある」

ふいに、とろけるように微笑んだ。

「おまえの名を知りたい」

「わしは」雪斎の口からひとりでに言葉が続いた。「隠れもなき釈迦仏である」

雪斎は再び口を押さえた。自分の口が自由にならない。まるで、夢の中にいるようだ。

そうか、これは夢だ。夢ならば、釈尊になったところで、恐れ入ることはない。

「いかにもわしは釈尊である」

すらりと声が出た。なるほど、気分がいい。

小さな乳房をそらし、滑らかな喉を見せて、少女のような少年のような邪神は、声もなく笑った。

「仏ならば、その身に替えて檀那の命を救ってみよ」

雪斎は承芳の顔を見た。三十年以上のつき合いになるが、これほどやつれた姿は見たことがない。夢にしては生々しすぎた。ためらう理由はなにもない。たとえこれが現実であっても、老いた自分の命になどなんの未練もない。しかし、なぜかこの挑発に答えることが、取り返しのつかないことのような気がしてならなかった。

「どうした。なぜ、迷っている」

「迷ってなどおらぬ」

「また〈大般若〉でも修してみるか」

雪斎の顔にさっと血が上った。

「いらぬこと。この身に替えて救うてくれる」

長い指をした優雅な手を打ち合わせ、少年のような少女の神は、少女のような少年の笑い声を立てた。新しい玩具をもらった子供のように。

「ならば八王子、無上正等覚者の肉を喰らえ」

雪斎の全身に激痛が走った。血が沸き返る。未知の熱流が皮膚を内側から焼いていく。耳の奥に、無数の口が肉と骨を嚙み血を啜る、ピチャピチャ、ガリガリという音が響いた。

「承芳を放せ」

雪斎はうめきながら、かろうじて声を上げた。

「もう、放した」

承芳はいない。横たわっているのは、雪斎自身だった。火を呑んだ胸に、白い手が置かれる。驚くほど冷たい掌の感触が、今は心地よかった。

瑠璃色の瞳がまじまじと見つめている。

この目に見守られて死ぬのか。

不思議と恐怖はない。静かな痺《しび》れるような甘い感触だけがあった。

「約束は守れ」

「約束？　ああ、あの男が我が眷属の手にかかることはない」

再び、花が開くように微笑んだ。

「私がこの手で屠《ほふ》ってくれる」

雪斎は怒りのあまり飛び起きようとした。しかし、躰がとめどなく地中に崩れ落ちていくようで、ぴくりとも動かせない。

取り乱すな。わしは釈尊ではないか。これは夢だ。夢にすぎぬ。

少年の顔が少女のように哀し気に歪んだ。

「これは夢ではないのだよ、雪斎」

雪斎の躰が硬直した。

「おまえ……おまえは誰だ！」

言葉はこみ上げる血に溺《おぼ》れる。しかし、雪斎は気づいていた。この邪神が何者か、自分がよく知っていることに。少女の唇が、変声期前の少年の高い声で唄い始めた。少女の指をした少年の掌が、雪斎の胸で拍子をとる。

　死のふは一定
　しのび草には何をしよぞ
　一定かたりをこすよの

唄声に導かれるように、雪斎の意識は、温かい泥濘に似た闇の底に沈んでいった。


小平太は憂鬱だった。

すでに打つべき手はすべて打った。後は敵が動くのを待つしかない。しかし、そもそも敵はいるのだろうか。いたとしても、それはまともな敵だろうか。

二股の葦が大量に流れ着き、老人が一人、前後して夏風邪で寝たり起きたりしている。ここ数日に起きたのは、それがすべてだ。何もかも悪ふざけ、恐ろしくたちの悪い悪ふざけのように思えた。門太ら四人と連絡が取れなくなっても、どこか真剣になれないのはそのためだ。もっとも、敵の中枢に潜入した乱破が一時的に味方の目からも消えてしまうのは、それほど珍しいことではない。

どうにも、理屈に合わんわい。

いつものように取水用の小さな入り江まで浜を見まわって来た小平太は、暗緑色の水面を見つめしゃがみ込んでしまった。曇り空の下、水はただ暗くうねり続けている。葦簾は最初取水口だけに張られていたが、葦の漂着量が増えたちまち詰まってしまうので、今では入り江の口全体に張っている。葦簾がせき止める葦の葉は、番をしている若い乱破が時折、取り除いた。

今も、葦簾のまわりに半円を描いて、葦の葉の群が波に合わせて上下している。そのすべてがことごとく二股であることを思うと、小平太はいたたまれない気持になった。浜のそこここで、油をかけて焼いている葦はすでに何万本になるだろう。一本でも普通の葦を見つけたら知らせよと言いつけてあるが、未だにその報告はない。二股の葦をさっぱりわからない目的のためにこれだけ揃えるという得体の知れない執念が、小平太をげんなりさせた。

「今日はぜひとも浜に出たい。神の葦とやらをば、見てくれる」

看経《かんきん》の疲れからか一昼夜眠り続けた雪斎が久しぶりに明るい声をかけた時、小平太が渋々うなずいたのも、やりきれないこの鬱陶しい思いを、なんとか変えたかったからかもしれない。寺から浜までのわずかな距離なら、増員した若い連中で壁を作れるだろう。

「くれぐれも、葦の葉にはお触れになりませぬよう」

それが、小平太に考えられる精一杯の注意だった。それすら杞憂にすぎたろう。どんな毒であれ、これだけ海水に揉まれて効力があるとは、思われない。

「どうした小平太、乱破も年には勝てぬか」

笑いながら雪斎が近づいてくる。

「少し水の色を調べておりましたので」

まだ雪斎の足取りは弱い。寺を離れられるようになるまでには、後二、三日はかかると小平太は思った。

二人はしばらく並んで、葦簾の向こうにたゆたう葦の群を見つめていた。

「ただの葦じゃのう。数はたんとあるが」

「葦に変わりはありませぬが、二股なのが曲者で」

雪斎の目がすっと細くなった。

「かかる目くらましは、悪い夢と同じよ。種々の幻化は覚心より生ず。しばらく道《い》え、幻《げん》つき、覚《かく》つくる時、如何《いかん》。喝！」

大喝とともに、巻物が宙を飛ぶ。『牛頭天王島渡り祭文』。ほどけた巻物は、葦の海の真中に広がった。葦の葉が動揺し、乱れ散る。祭文はたゆたいながら沈んで行った。

「薪《たきぎ》つきて火滅す。さっぱりしたわ」

雪斎は、晴れ晴れとした顔で海に背を向けた。

「手数をかけたの。本日、藤枝に戻る」

歩き出した雪斎は、返事がないのに気がついた。

小平太が凍りついたように海面を見つめている。視線の先を追った雪斎も、硬直した。巻物が掻き乱した葦の葉が、動いている。明らかに波の力ではない。葦の葉は、一本一本、半回転していく。まるで、磁石に引かれる無数の針のように、いや、獲物を見つけた水棲昆虫の本能的な運動のように滑らかに。

葦簾に数千本の葦が、その根を向けていった。

「夢じゃ。これも夢じゃ」

雪斎はうめいた。血があの時のように熱くなる。

「夢ではござりませぬ」

小平太がかろうじて声を出した。

すっと、一本の葦が葦簾へと動いた。そのまま何の抵抗もなく、入り江の内側に抜けた。その動きを見習うように、二本目の葦が、葦簾を抜けた。

そして、一斉にすべての葦が動き始めた。葦の葉は続々と葦簾の隙間を抜け、入り江に侵入して来る。

いかん。

小平太はようやく正気に返った。葦の群は、入り江を横切って真直ぐにこちらに進んで来る。二股に分かれた先が触れ合いさざめき合い、蜂のような凄まじい葉音を立てた。

「早く、大禅師様をお戻しせい！」

　大声で叫ぶと、小平太は抜刀し、水際に仁王立ちになった。何が起こるかわからないが、自分が楯《たて》になり少しでも時間を稼がねばならない。

　左右から若い乱破達が、雪斎に駆け寄って行く。

　その時、葦の葉が水面から飛んだ。

　小平太はただ吹きすぎる無数の風と飛沫《しぶき》を感じただけだった。数千本の葦は、意志を持つ矢のように、彼の躰を掠めて背後へと飛び去った。

　絶叫が曇天に響く。ふり向いた小平太の目の前に、全身に葦を突き立て転げ回る雪斎の姿があった。灰色の天地の間で、そこだけが真紅に染まっていた。

　小平太の忍び刀が水に落ち、沈んだ。


　天文二十四年、太原崇孚雪斎入滅。享年六十。

　翌弘治二年、斎藤道三が義龍に対して挙兵するも、長良川河畔で敗死。

　同年、織田信行が柴田勝家らと叛旗を翻《ひるがえ》すが、小田井川で信長軍に敗れる。

　雪斎機関は見事にその任務を果たした。しかし、今川軍はついに動くことはなかった。

6 アルトー襲撃

「ボンソワール、ムッシュ！ お待ちかねのお手紙ですよ」

レセプションの親父は零れんばかりの笑顔とともに封筒を渡した。スマイソンのいつもの封筒には、例の象形文字のサインがある。階段を上りながら、アルトーは一人で笑った。ただでさえ安ホテルの、しかもアルトーのように得体の知れない外国人客に一瞥《いちべつ》をくれるのさえ惜しんでいた親父が、このところ掌を返したように愛想がいいのは、総見寺のおかげだ。彼はあれから何度かアルトーへの手紙を親父に言づけており、その度に総見寺の代理人は相当のチップを渡しているようだ。アルトーが総見寺宛の手紙を託す時も、揉み手をせんばかりだった。

すでに二本目の映画『三文オペラ』の撮影が始まっていた。今度の役は、やれやれ、乞食である。しかし、監督のパブストとは珍しく馬が合って、アルトーはこの仕事は満更でもなかった。少なくとも、今のところは。ちょい役であることに変わりはないが、なんだかんだで撮影所に詰めっぱなしの日が続いた。ソーセージとビールで膨れ上がった不潔な肉玉のような親父でも、疲れて帰ってきた時、ちやほやされるのは悪くない。

今までのように怒鳴り合わなくなっただけでもめっけものだ。アルトーは総見寺の身なりの良さと、カフェの後のビストロでの支払いぶりを思い出した。金払いのいい崇拝者というのはありがたい。我ながら愚にもつかないことを考える自分にうんざりしながら、アルトーは鏡の前で思いっきり舌を突き出した。

親愛なるアントナン・アルトー様

「石を探せ！」という貴方《あなた》の助言、大変有益でした。エラガバルスの信仰の中心に黒い石が存在していると貴方に教えられてから、牛頭天王にまつわる石の神話や伝説がないか調査しました。おそらく、牛王宝珠あるいは単に牛玉と呼ばれているものが、それにあたると思います。牛頭天王が持っている宝玉で、あらゆる望みを叶えるとされていま す。前の手紙でお知らせした蘇民将来の伝説の中で、牛頭天王が蘇民に与えた物です。

さらに、津島牛頭天王社に関していうなら、この神は最初、津島の「大石に身を隠す」と『牛頭天王島渡り祭文』に伝えています。八坂の祇園社に関しても、天王降臨の地と伝えられる天神山に古代祭祀跡と思われる石群が見られたり、ゆかりの「瓜生石」などという石が残っていたりもします。牛頭天王の十種の変身の中に、玉女があることも興味深いでしょう？　まさに両性具有の鉱物神じゃないですか。これは、義浄三蔵訳

『仏説武塔天神王秘蜜心点如意蔵陀羅尼経』に説かれていると『神道集』に出ています。

そうそう、祇園社については大発見がありました。その御神体がなんと、黄金の牛頭像だったというのです。お考えになっていることは、もちろん同じです。あのアロンのバール像、黄金の犢です！　かつて祇園社を支配下においていた興福寺に伝わる『大乗院寺社雑事記』の文明二年、キリスト暦一四七〇年、六月二十六日の項目に記されていました。この日、応仁の乱という首都を舞台とした大戦争の戦火に巻き込まれ、祇園社はとうとう秘かに守り伝えていた御神体を動かさざるをえなくなったんです。

京都の五条という地区あたりに安置したとのことですが、おかげで部外者も見ることができたというわけです。その姿は、黄金で鋳造された牛の頭像で、大変珍しい物であったと記録されています。残念ながら、この像は欲に目が眩んだ社人が砕いて売り飛ばしてしまい、すぐに失われてしまったようです。事が発覚した時、この犯人は怒り狂った人々の手で生きたまま川に沈められたとか。当然ですよね！

でも、本当でしょうか。この年、九条政基が戦乱を避けて尾張に下向しているんです。彼自身ではなかったとしても、京から尾張へ牛頭天王の御神体を疎開させることは、不自然ではないでしょう？　応仁の大戦争は始まったばかりでしたし、安全な尾張には、もう一つの信仰の中枢が存在するんですから。アヴィニョンの法王庁のように。

そう考えると、砕いて売り、犯人も速やかに処刑されたという記録も何やら擬装工作めいてきませんか。処刑方法も一番救出が簡単なやり方ですし。牛頭天王は恐ろしい祟り神だということを忘れてはいけません。部外者が強奪したならともかく、神殿のメンバーがそんなことをするでしょうか。そこまでモラルが低下していたのなら、どうしてそれまで黄金像を伝えて来られたのでしょう。祇園社が焼けたのはこれが初めてではないのですよ。

貴方はどのように思われますか。お考えを聞かせていただけるなら、いつものようにホテルのガスカール氏にお言づけください。何かまた有益な助言がいただけると嬉しいです。再びお会いできる日を心よりお待ちしております。とり急ぎ。

総見寺龍彦

手紙に鏤《ちりば》められた固有名詞には、アルトーの希望ですべて原文の象形文字が記されていた。魔法の呪文のようなその文字を眺め、アルトーは何度も発音を繰り返してみた。心を騒がすような不協和な音。旧約時代の黄金の犢が、中世まで確実に存在したかもしれない国の言葉。八坂と津島を往復する神殿の秘密メンバーの姿を思い浮かべる。聖杯と聖骸布を守ったテンプル騎士団のように、彼らも日本の歴史の陰で蠢いていたのだろうか。

いよいよ、牛頭天王とエラガバルスは、極東と極西のバール信仰の形だということになってきそうだな。

アルトーはベッドに倒れ込んだ。

こちらも『ヘリオガバルス』についてまとめなければ。

ようやく阿片中毒の後遺症からも、ジョゼットを失った痛みからも、解放されそうだ。今のアルトーには阿片よりも中毒性の強い異形の神々の謎があり、ジョゼットよりも細《こま》やかな総見寺との交際があった。

ジョゼットと較べるとは、馬鹿な。

どうにも疲れてるんだとアルトーは自分に言い聞かせ目を閉じた。

ジョゼットの顔が浮かんだが、どうしてもそれが、総見寺の顔のように思えてならない。彼女も、ジプシーのように黒い髪と黒い瞳を持っていた。総見寺の顔をまた思い出そうとする。闇が形をとると、やはりジョゼットの顔が笑っていた。打ち消そうとすると、ジョゼットが総見寺の唇で微笑んだ。

喧嘩《けんか》を売られるのは、珍しいことではない。しかし、真昼間、素面《しらふ》で黙って歩いている時に因縁をつけられたのは、アルトーも初めてだった。しかも、ベルリンで名指しだ。

ホテルに向かう路地で、三人の男が立ちふさがった時、アルトーは咄嗟《とっさ》に所持金のことを考えた。幸いにも、その日はいつにもましてからっけつだった。

小銭ですむか。

妙に落ち着いて金額を計算しながら、アルトーは口を開いた。

「何か用か」

「アルトーだな」

男は憎々し気に歯を剝き出した。

「アカの映画なんかに出やがって」

アルトーにも分かるドイツ語だ。

金は大丈夫だな。

ほっとして表情が弛《ゆる》んだ。それが男を刺激したらしい。金色の髪を刈り上げた男は、いきなり殴りかかってきた。一発目を自分がどうやって躱《かわ》したかはわからない。二発目は脇腹に入った。しゃがみ込みながら、顎の下に頭突きをお見舞いしてみる。骨にあたる感触にむしろアルトーの方が驚いた。男は思いがけない反撃によろめき後ずさる。アルトーもうめきながら体勢を立て直した。

意外なことに、後の二人は手を出そうとしない。髭もじゃの奴はしきりに後ろを気にしてるし、がっしりとした体格のもう一人は、腕組みをしたまま軽蔑の眼差しを二人に向けていた。アルトーは目の前の男が、ひどく幼い顔をしているのに気づいた。何やらわめいてつかみかかってくる。混乱した攻撃だった。

こいつ喧嘩は初めてじゃないか。

アルトーは、襟首をつかんで意味もなく引きずりまわすだけの男のやり口に半ば呆れながら、一呼吸整え、思いっきりその指に噛みついた。悲鳴を上げて離れようとしたところを、股間に蹴りを入れてみる。これも、きれいに決まった。

男はわめくのをやめ、何か信じられない辱《はずかし》めを受けた子供のような呆然とした表情のまま、路上にうずくまった。腕組みをした男はせせら笑いを浮かべ、首をふっていた。

髭面の男が、突然、声を上げた。腕組みをしていた男は、アルトーを見もせずにしゃがみ込んでいる仲間を助け起こし、髭面と目配せすると何事もなかったかのように歩き出した。

一体、何だったんだ？

ホテルの方向から小さなトラックがやって来て、三人を拾い上げた。呆気に取られているアルトーの傍らを、トラックは猛スピードで走りすぎた。運転手は見覚えのある褐色の制服を着ている。アルトーは彼らの正体を知った。

SA　突撃隊。

ナチならブレヒトの映画を嫌うはずだ。しかし、パブストならともかく、ちょい役を待ち伏せてどうしようというのだろう。自分がナチの間で評判がいいはずはないが、そもそも彼らが自分の舞台や書き物を見たり読んだりしているほど知的なら、もう少しましな集団になっていたろう。それに、あのやる気のない態度はどうだ。あの坊やは新入りに違いない。非番の突撃隊が、新兵の訓練に自分を待ち伏せたのか。わけがわからない。

ぶつぶつつぶやきながら、アルトーはホテルの階段を上った。誰かにこの武勇談を話したかったが、親父はいつものように近くのカフェに昼飯を食いに出かけていた。珍しく早く仕事が終わると、ろくなことがないな。

ドアを開けたアルトーは、もう一つのろくでもないことに遭遇した。

部屋は荒らされていた。机の引き出しはすべて抜かれ、クローゼットから服が放り投げられていた。ベッドの位置は動かされ、マットレスさえ外されている。ばらばらになったシナリオと本とが、その上に散らばっていた。

さて、と。

アルトーは手をこすり合わせた。

謎は一つ解決だ。

突撃隊はなぜ、因縁をつけたのか。時間を稼ぐためだ。こんなに早く帰ってくるとは思わなかったのだろう。部屋を荒らしている仲間達の邪魔をさせないために、外で見張っていたあいつらが、喧嘩を売って足止めしようとしたのだ。トラックの幌《ほろ》の中には、仲間が乗っていたに違いない。どのみちもうすぐ終わるところだったのだ。遊び半分で、生まれてこのかた人を殴ったこともないような若造をけしかけたのだろう。

しかし、ますますわからない。

突撃隊の一団が部屋でお祭り騒ぎをしなければならないほど、自分は大物なわけがない。第一この狭くむさ苦しい部屋に何があるというのだ。本をすべて拾い集めて、アルトーは何も盗まれていないことを確認した。

さっそく今日の件は、総見寺に知らせよう。いつも十六世紀の日本の話では、さすがに退屈だ。こういう現代の冒険譚も時には必要だろう。

手紙か……。それに、あのモノグラフィーも。しかし、まさか。

アルトーは片づけの手を止めた。

あり得る。いや、それしかない。

この部屋から何も持ち出されていないということは、彼らの探していた物はここにはなかったということだ。そして、ここに置いてある以外の自分の所持品は、撮影所のロッカーに置いてきた総見寺からの手紙とモノグラフィー、それに、『ヘリオガバルス』についてのメモが入った黒い鞄しかない。

運が良かった。

アルトーはこの件についての一式を鞄に入れていつも持ち歩いていた。どこであれ、読みかつ書けるようにである。特に総見寺の手紙とモノグラフィーは、退屈な毎日を忘れさせてくれる唯一の娯楽だった。いつものままなら、さっき路上で奪われたはずである。今日に限って手許から放したのは、昨晩のあの夢のせいだ。毎夜、手紙とモノグラフィーを読み返して眠る。アルトーの夢が少しずつ奇怪なものになっていったのは、おそらくそのせい……だろう。

虚空だ。

暗黒の上にアルトーは浮かんでいた。金縛りにあったように身動きがとれない。絶え間なくうめき声が聞こえ、それが、彼を怯えさせた。

いきなり、老人の顔が覗き込んだ。

「承芳か」

柔らかな光で照らされた老人はつぶやいた。アルトーは声を出そうとした。そして、さっきからのうめき声の主が自分であることを知った。老人は手を合わせ、聞き慣れない呪文を唱え始めた。すっと躰が軽くなる。

その時、老人と反対側から赤毛の少年の顔が覗いた。

「総見寺！」

アルトーは叫んだが、声にはならない。

瑠璃色の瞳に変わってはいるが、どうしてこの顔を忘れていたのだろう。あの白い皮膚、朱い唇。そして……。

「信行」

総見寺は、アルトーに呼びかけた。

ショウホウ、ノブユキ、この異様な音がどうやら自分の名前のようだ。

「信行。なぜ病の兄を見舞ってはくれなんだ」

瑠璃色の瞳がゆれた。涙がアルトーの頰に落ちた。強い酸に焼かれるような痛みが走る。老人の姿はいつの間にか消えている。

「なにゆえ兄に逆らった」

赤い髪がゆらめく。長い指がアルトーの顔の上にゆっくりと降りて来る。金属のような光沢の鋭い爪が、眼窩の肉に冷たくあたった。そのまま指が肉にもぐっていく。

総見寺は、アルトーの左眼を一気に抉り出した。


叫び声を上げて飛び起きた時、まだ夜は明けていなかった。さすがにもう眠れない。寝不足のまま撮影を終えたアルトーはしばらく考え、鞄を置いて帰ることにした。一晩くらい、あの信長から解放されたって罰はあたるまい。

そっと左の眼を押さえてみる。痛みはなかった。ただあらためて嵌め込まれたような、熱とかゆみを帯びた奇妙な違和感だけがあった。

今夜は、総見寺に右眼を抉られるかもな。

突撃隊が動かしたままのベッドに横になって、アルトーは寒気がするような待ち遠しいような、胸苦しい思いを味わっていた。総見寺の顔は、時間とともに腐食していく彫像だった。絶対に忘れることができず、絶対に思い出せない。夢であれ現実であれ、本人と会うまでは。しかし、突撃隊がなんのために彼の書き物を狙うのか。フランス語で書かれた日本の十六世紀の歴史を読める人間が誰かいるのだろうか。今度こそ、謎は永久に解けそうもなかった。

アルトーはいつまでも寝返りを打ち続けた。

その男は、昨日出くわしたあたりで待っていた。

今日は制服で御出勤か。

褐色の突撃隊ユニフォームに包まれたがっしりした躰を見つけた時にはぎょっとしたが、アルトーはかまわず進んだ。一人だけのようだし、いざとなったら逃げ足には自信がある。それに、鞄はまだ撮影所だ。

「ちょいと相談したいことがあるんだがね、ムッシュ」

乱暴な口調だが、フランス語だった。

「あの坊やの将来についてなら、突撃隊は辞めた方がいいと思うな」

男は片頰で笑う。

「同感だ。党が大きくなると向かない連中が大勢やって来やがる」

緩慢な動作で紙巻に火をつける。

「日本人から預かった手紙やら何やら、そっくりまとめて渡してくれねえか」

アルトーは、くわえ煙草で大儀そうに話す男を呆れたように見た。

「随分、事務的な脅迫だな」

男が笑顔で煙を吐いた。

「脅迫じゃねえよ。頼んでるんだ」

「断ったら」

「弱ったな」無精髭の浮いた顎をばりばりと掻く。「断ってほしくねえんだ」

男は煙草を投げ捨てた。アルトーの全身の筋肉が緊張する。男は拳を握りしめると、うん、とのびをし壁にもたれかかった。

「俺はあんたが嫌いじゃあねえ。信じてもらえねえだろうが、あんたの書いた物を幾つか読んだことがあるんでな」

アルトーは横面を張られるよりも驚いた。自分はいつからこんな人気者になったのか教えてほしかった。男は照れたようにうつむく。

「突撃隊にだって、本を読む人間はいるんだぜ」

「名前は？」

今度は男が驚く番だった。

「教えると思うのか」

「私は、自分の本をどこの誰ともわからない人間に読んでもらいたくはない」

「オットー……、オットー・シュトラッサーだ、ムッシュ」

「ナナキと呼んでくれ。で、どう思った？」

「いや、俺はあんたに握手してもらいに来たわけじゃあ……」

「突撃隊なんぞ、糞くらえ！　オットー、私は自分の本を読んだ人間からは何があろうと必ず感想を聞く主義だ。それとも、今の話は嘘か」

アルトーの剣幕にオットーは目を白黒させた。

「書いてる物そのままだな。ぶっとんでやがる」

「それでいい」

オットーは、ふっと力を抜いた。

「俺達は似てるのさ。どちらもふんぞり返った馬鹿どものテーブルから、零れ落ちるパン屑を拾って命をつないでる」いきなり壁を蹴飛ばした。「で、それに我慢ならねえ」

「なら教えてくれ、オットー。きみを顎で使っているナチの偉いさんは、なぜ日本人の書き物なんか欲しがるんだ」

ふいにオットーは、黙り込んだ。しばらく黙々と煙草をふかす。アルトーも自分の紙巻を取り出した。オットーが自然にそれに火をつける。ふたりは今日の仕事にあぶれた労務者のように壁にもたれ、朝の光の中で煙草をふかし続けた。

「俺にもわからねんだよ、ナナキ。これでも突撃隊じゃあそれなりの地位にいるつもりだぜ。けど、今度の件はまるで使い走りだ。俺は端《はな》から気に入らねえ」

「道理で、やる気がないと思った」

「あんた、ナチが嫌いだろ」

「当り前だ」

「ナチもあんたを気に入るわけがねえ」オットーはぶつくさ続けた。「どうして影響力があるなんて、親父も考えたのか……」最後は独白となって消えた。

「なんだって？」

アルトーの問いかけに、オットーは煙草を投げ捨てた。吹っ切れたような顔になる。

「さあ、愛読者と詩人の時間は終わりだ、ナナキ。あんたがあくまで応じないなら、SAはあんたをぶちのめさにゃならん」

分厚い戦闘靴が吸い殻を粉々に踏み潰した。

「見逃してはもらえない、か」

アルトーも距離を取った。

「悪いが、親父さん直々の命令でね」

とにかく、顔を殴られる前に逃げなければ。まだ撮影が残っている。しかし、こいつは足も速そうだ。昨日の内にホテルを替えておくべきだったとアルトーは後悔した。ここまでナチに見込まれるなんて、自分が何をしたというのだ。

オットーはアルトーの思考を読んだように、凶悪な表情のまま溜息をついて見せた。

「まったく、日本人とつるんで何をやったんだ？　あんたは、ルドルフ・シュタイナーなみに危険人物扱いされてるんだぜ」

「お喋りがすぎるぞ、オットー・シュトラッサー」

二人は文字通り飛び上がった。いきなり影とともに陰気な声が降ってきたのだ。

ぴりっとした一言を返そうとしたアルトーは思わず言葉を呑み、喧嘩なれしているはずのオットーさえ、完全にふいを突かれた顔をしている。

全身黒ずくめの男が立っていた。

まるで敷石の間から湧き出してきたようだ。夏の朝に最もふさわしくない漆黒のコートに身を包んでいる。タイもブーツも黒。御丁寧にも黒い革手袋まではめている。二人よりも頭一つ高いこいつが傍らに来るのに、なぜ気づかなかったのだろう。

アルトーよりも、名指しされたオットーの方がショックを受けていた。二人の間抜け面《づら》を冷たい光を放つ緑色の眼が興味深気に見る。

「……そうか、骸骨野郎か」

オットーがようやくうめいた。男が金色の眉を片方上げて応える。ぺったりと張りついた金髪に削《そ》げ落ちたような頬の男は、確かに、骸骨の名にふさわしかった。

その骸骨がアルトーの方を向いた。

「もう大丈夫です、ムッシュ・アルトー。どうか予定通りお出かけください」

丁寧だが、何の感情もないフランス語だった。見るからにラテン系のオットーが口にするのは違和感がなかったが、北方の死神のようなこの男が母国語を喋るのには抵抗があった。おあつらえの救いの神のはずなのに、新しい巧妙な罠《わな》に誘われている気がして、アルトーはためらった。

オットーが人の変わったような鋭さで、ドイツ語で何か話しかけた。

男は黙ってうなずく。

「ナナキ、行ってくれ。こいつは俺に用があるんだ」

男から視線を外すことなく、オットーは低い声で言った。アルトーは睨み合っている二人の男を見、ためらいながら歩き出した。

「忘れないでくれよ、ナナキ。日本人の書いた物さえ渡してくれれば、SAはあんたの味方だぜ。嘘じゃねえ」

角を曲がろうとしたアルトーの背中を、オットーの声が追いかけて来た。

混乱した気持のままアルトーは足を速める。その時、くぐもったような破裂音が聞こえた。急いで駆け戻り、角を曲がると、そこには誰もいなかった。

銃声？

しかし、薬莢も血痕もない。まさか夢ではないはずだ。その証拠に二人の捨てた煙草の吸い殻がある。アルトーはオットーが踏みつぶした吸い殻の残骸を見つめたまま、しばらく動けなかった。

親愛なるアントナン・アルトー様

お手紙ありがとうございます。黄金の犢像が、頭部だけではなく全身像であったのではないかとの御意見、驚きました。けれど、確かにそうです。この像が想像以上に大きなものであったとすれば、ただでさえ重い金塊を尾張まで運ぶのに、解体した方が容易だし、第一、安全です。応仁の大戦は、日本の歴史上空前の規模でした。戦争が始まった直後から少しずつ、ばらして運んでいたのでしょう。

最後の頭部を疎開させるにあたって、部外者に秘密が漏れてしまったのでしょうね。哀れな社人の話は、そのあたりの事情を伝えているのかもしれません。あの『牛頭天王島渡り祭文』に、「体無き神には五体を与へて、本社に送り返し奉る」という天王の神秘的な力を窺《うかが》わせる一節があります。目や鼻や手足を欠いた神を五体満足にして次々に本社に返すという神話なのですが、解体され合成される神とは、牛頭天王自身ではないでしょうか。

尾張に送られた像はどうなったのか。ここで気になるのは、信長一族の異常な金まわりの良さです。信長の父・信秀は、負けても負けても軍を組織し、美濃へ三河へと連続して戦争を仕掛けることができました。その戦費は莫大な額にのぼるはずです。斎藤道三が尾張との同盟を望んだのも、その底知れない戦争遂行能力を無気味に思ったからでしょう。しかも彼は、その間に、伊勢神宮の造営費や皇居修理費として四千貫もの大金を寄付しているんです。信長がまだごく若い内に五百挺もの鉄砲を揃えることができたことも含めて、彼らはどこからそれだけの富を得ていたのか。もちろん、津島の湊《みなと》は、交易の中心として彼らを潤《うるお》したでしょう。しかし、ただそれだけ？

貴方の「黄金は最も単純な光の比喩にすぎない」というお言葉通り、黄金像自体はそれほど意味を持たなかったのかもしれません。それは、尾張で売り払われたとすれば？その莫大な金は、悪徳社人の私腹を肥やすためではなく、信秀に、そして信長に託されたという仮説はどうでしょう。津島と八坂の牛頭天王の聖域を統一するために。考えすぎかもしれませんね。

ただ、『信長公記』に奇妙な記述があります。信長が、義龍と戦う斎藤道三に加勢するため弘治二年、キリスト暦一五五六年に美濃に侵入し、戸島という場所の東蔵坊屋敷に陣地を設置した時のことです。「銭亀爰《ここ》もかしこも銭を布《し》きたる如くなり」という一文が前後の脈絡なく唐突に挿入されているのです。この記録の著者である太田牛一（ああ、そういえば彼の名前こそ「牛」と関係があります。牛の第一の従者、強引にそう意味づけることもできます。実際に信長の親衛隊にも属していた彼にふさわしい名です）の『太田牛一雑記』には、より詳しく「爰に希代之事あり、屋敷堀くねまで銭瓶余多《あまた》ほり出し、銭をつなかせ御覧候」と書かれています。自らの居城でもない館から、いきなり銅貨の入った大きな壺が幾つも現われる。まるで、ペロー童話の一節ではありませんか。つまり、牛頭天王資金はこういう形で信長についてまわったのではないでしょうか。もう少し調べてみる必要がありそうです。

　そうそう、突撃隊の件、驚きました。御無事で何よりです。しかし、これは僕の希望的観測にすぎませんが、そうした危険な事件はもう二度と起きないのではないでしょうか。何かの勘違いとしか思えないからです。

どうかまたお考えをお聞かせください。

総見寺龍彦

7　ダンス、ダンス、ダンス、ダンス！

上総介様、いとも陽気に出で立ち、剽気をどりなされ候由、大事の出来、聊《いささ》かも御気にかけられ候様体にてはこれ無く、夜を通し東方しらむ頃合までをどり興じ候。

『武功夜話』

生駒屋敷の庭は広い。藤吉郎は、闇の中に広々と続く庭に面した片隅の一室にくすぶっていた。目の前に相方の小六の不景気な髭面がある。遠く離れ座敷からは、煌々《こうこう》とした火明りとともに男達の馬鹿笑いに混じって、賑やかな笛や鼓の音が聞こえてくる。山のように用意された酒を飲み肴《さかな》を摘《つま》みながら、自分はなぜこんなところにいるのだろうと藤吉郎は考えていた。

今川の上洛軍が駿府を出発し、ゆっくりとしかし着実に西上し始めたということは、すでに信長に報告している。雪斎の死後精彩を欠いているとはいえ、服部党の助けで、よましてや今川領内に細作《さいさく》に潜入するのは容易ではなかった。小六と蜂須賀党の目をくらうやく義元上洛の噂が真実であり、その四、五万とも囁かれている軍勢の実数が、二万五千であることをつきとめたのだ。街道ぞいの兵糧米や馬飼料の集積場所、今川兵や松平兵の動きなど、我ながらよく調べ上げたと思う。

しかし、二人の報告に信長はほとんど興味を示さなかった。踊り興行中であると言って、最初は会おうとすらしなかったくらいである。藤吉郎と小六の必死の訴えに同情した生駒八右衛門があれこれとりなして、ようやく興行の会場である離れ座敷の前で目通りがかなったが、信長は明らかに不機嫌であった。

「踊りの途中じゃ。手短に言え」

上気した顔の汗を拭きながら、二人の方を見もせずに信長は言った。その躰から柑橘系の香りが漂っている。藤吉郎はここぞとばかりに、一世一代の熱弁をふるった。刻々と変わる遠江と三河の情勢。続々と岡崎城に集結しつつある兵士達。詳細かつ具体的な根拠を挙げながら、今川上洛軍の全貌を描き出す。信長は気のなさそうに聞いていた。

「それだけか。踊りに戻る」

信長の返事に、黙ってうずくまっていた小六が吠えた。

「今川はもう駿府を発向しておるじゃ。四、五日を経ずして尾張の国境《くにざかい》に達しまする。御味方の鷲津、丸根の両砦は一呑みですぞ。早う人数を遣《つか》わされ、堅固に守り固めいたさねば、全滅は必定。捨て殺しにいたされるか！」

藤吉郎は、小六が信長に対してこんな口をきくのを聞いたことがない。ただ目を丸くしている。

信長はしばらく小六を見つめていたが、にっと笑った。

「野の者らしくないな。二万五千の大軍と戦える城は尾張にはない。鷲津、丸根どころか、清須すら無理だ。守り固めるのは、所詮、労あって益なし」

小六はぐっと詰まったが、負けじと顔中口にしてわめいた。

「ならば、いかがなされるおつもりか！」

「踊っている」

小六は二の句がつげず、口をぱくぱくさせ藤吉郎を縋るように見た。藤吉郎も言葉がない。二人が黙り込んで顔を見合わせると、信長は突然、笑い出した。

「本日は無礼講だ。ゆっくり飲んで行け」

くるりと背を見せ離れに向かいながら、信長は大声で叫んだ。

「誰か、この不粋者らに今宵一番の酒肴を用意してやれ」


信長様がはぐらかされたのは、わしらが裏切ると思われたからじゃろうか。

そう思うと、藤吉郎は居ても立ってもいられなくなる。失うもののない自分だ。誰がどう思おうと屁とも感じないが、唯一人、信長にだけは疑われたくなかった。

もとより、本来なら信長と直接会えるはずもない身分の二人である。すでに、信長は信行を殺害し尾張全土をほぼ手中に納め、この前年、将軍・義輝からも国主として認められていた。小者《こもの》として奉公して六年、ようやく小者頭《がしら》兼足軽頭にまで出世した野の者と、その連れの川並衆の注進にまでまともに対応しては、躰が幾つあっても足りないだろう。だが、信長がそんな常識的な君主なら、初めから細作になど行くはずもない。

これまでの信長様なら、わしらの細作話を誰よりも喜んで聞いたじゃろうに。

信長にとっても、自分はただの小者頭ではないはずだった。

別室に用意された馳走に手をつけようともせず、二人はおし黙っていた。

「万事、見切りが肝心じゃ」

いきなり飯をわしづかみにすると、小六は自分に言い聞かせるように口を切った。ちらりと藤吉郎の方を見る。藤吉郎が黙っているので、小六は頬ばった飯粒を飛ばしながら続けた。

「わしはこれから独り言を言う」

大徳利をらっぱ飲みにする。

「信長様の考えはさっぱりわからぬ。わからぬはずじゃ、打つ手がない。わしらは、野の者、川並衆よ。見切りが命。明日あたり、蜂須賀党を率いて逃ぐるかもしれん」

「好きにしたらよかろう」

藤吉郎は消え入りそうな声でつぶやいた。小六は少し慌てたようだった。

「一人では行かん。おぬしも来るじゃ。ほれ、おぬしの旧主の松下殿、あそこに行こう。遠江、頭陀寺城の主になられたそうな。昔、おぬしと揉《も》めたのは家が小さかったからよ。これからは、今川は衝天の勢い。松下殿も手が足らずに弱っておろうさ。なあ、良い思案とは思わんか」

「やはり、おぬしもそう思うか」

藤吉郎はますます暗い顔になった。

信長様もそう思うておられるのか。

野の者に忠誠心はない。藤吉郎は出こそ尾張だが、信長に仕える直前まで故郷を離れ、近隣諸国を流れ歩いていた。今川の家中にも松平の家中にも、知った顔は多い。小者として勤めながら彼が今川領内に度々忍び、乱破渡世を続けてこれたのも、昔からの人脈が役に立ったからだ。

そこを、疑われたか。

信長の身になれば無理もない。いつ今川に走るかわからないうさん臭い二人に、たとえ策があったとしても明かすはずはなかった。しかし、藤吉郎はそれがどうしようもなく淋しい。飯もねぐらもなんとでもなる。どこの家中に転がり込んでも、足軽頭くらいにはすぐにでもなってみせる自信があった。

小六は理想の相棒だ。だが、代わりはいるだろう。身一つで生きてきた藤吉郎にかけがえのないものなど何もなかった。たった一つだけ、例外がある。

信長だ。

信長だけは、一度失えば二度と出会うことがない。

小六は、岩魚に頭から齧りついている。藤吉郎は、誰にも見せたことのない陰気な顔で盃《さかずき》をあおった。

藤吉郎が信長に仕えたのは、十八の時だ。三つしか年の違わない男に這いつくばらねばならないのも、すべて夢のためである。今は、尾張半国の主と小者、天と地ほどの違いがあるが、天地が覆《くつがえ》ることこそ乱世の習いだ。あわよくば寝首を掻いてなどという嫉妬と怨念にも似たどす黒い思いは、信長の姿を一目見た瞬間に、霧散した。

凜とした声に許され、地べたから恐る恐る顔を上げた藤吉郎の目に映ったものは、目の前にしゃがんでまじまじと覗き込んでいる信長の顔だった。

「たわっ！」

藤吉郎は、鶏の断末魔のような叫びを上げて跳びのいた。度胸一つで乱破稼業をしてきた彼が、これほど驚いたことはない。

「猿」

信長は藤吉郎の目を見つめたまま言った。不思議と腹は立たない。なるほど、この人と較べれば自分は猿だ。得心できる。それほど信長は自分と違ったもので形作られているようだった。

こんないい女、見たことがない。

藤吉郎の頭の中でたった一つの声が繰り返される。馬鹿な、信長様は男だぞ、男。何度自身で打ち消してみても、その声は消えない。消えないまま、藤吉郎は猿のように声を上げ、あたりを駆けまわってみせた。紹介者の生駒八右衛門と一若は、天を仰ぐ。しかし、二人の失望などどうでも良かった。

藤吉郎の視界にはただ信長だけがある。信長の声音《こわね》は、いつも彼と遊んでくれた姉の口調に似ていた。悪意のない、悪戯っぽい呼びかけ。

猿、猿。

そう呼ばれる度に、藤吉郎はこうやってふざけてみせた。この年まで、姉だけが進んで声をかけてくれるたった一人の若い女だった。今、姉のような、しかし、はるかに美しい存在に声をかけられている。藤吉郎は半ば恍惚としながら、狂いまわった。藤吉郎の思い込みはあたった。一瞬驚いた信長は、腹を抱え笑い転げた。姉と同じように。

「面白い。明日から草履を取れ」

信長の許から辞去した藤吉郎は、真直ぐ小六のところに行った。

「女を買いに行こう」

日頃吝嗇《りんしょく》な藤吉郎らしからぬ奮発ぶりに小六は驚いたが、もっと驚いたのは、藤吉郎が連れ合いの女を放り出して彼の部屋に御輿《みこし》を据え動こうとしないことだ。そして夢見るような目つきで、ひたすら信長のことを語り続けた。小六の女も呆れてどこかに行ってしまい、後はお決まりの酒盛りだ。

藤吉郎は、信長様と口にしてはヒヒヒと悶《もだ》え、信長様とつぶやいてはフフフと照れる。うす気味悪い思いでそれを眺めながら、小六は首を傾げた。

こ奴、衆道《しゅどう》の気はなかったはずじゃがの。

衆道は武士階級の好みであった。二人のような最下層の貧民にはほとんど見られない。藤吉郎は中でも金箔付きの女好きで、他人のことを言えた義理ではない小六が呆れるほどだった。嘘でも、藤吉郎が色若衆に入れ上げたところなど見たこともない。小六がその疑問をただすと、藤吉郎は大声を上げた。

「なんのここな腐れ女郎ども！　束になっても我が殿の器量には及びもつくまい」

遊女屋がにわかに騒がしくなった。

二人して仲良く叩き出されても、道端にへたりこんだまま「その信長様ののう、草履をばわしが取るのじゃ。あの白いおみ足が履いた草履をのう」とへらへら笑い続ける藤吉郎を見ながら、えらいものに見込まれなすったと、小六は信長に同情する始末だった。

今川方の重臣にまで昇りつめる夢をさんざん吹きに吹いて、小六は熊のように大鼾《おおいびき》をかきながらふて寝してしまった。

野の者は尻が定まらぬ。

小六の独り言は、洩れれば即座に首が飛ぶはずのものだが、誰も気にとめる様子がない。蜂須賀党の裏切りなぞ織り込みずみとでも言わんばかりだった。

一緒にされてはたまらん。

藤吉郎はそっと部屋を抜け出した。屋敷は暗く死んだように静かで人気《ひとけ》がない。ただ離れだけが、光と音とともに生きていた。

これなら、小六が何をほざいても、大事あるまい。

ほっとすると、藤吉郎はにわかにむかむかと腹が立ってきた。

命がけの細作の旅から帰って来たのだ。なんで別室に押し込められて、見飽きた顔と陰気な酒を飲まねばならぬ。

剽気たふりをして雪崩れ込んでくりょうか。

藤吉郎は忍び足で離れに近づいた。満座の中に踊り込んで、今川上洛軍二万五千が大波のごとく迫りつつあることを声の限りに叫んだら、間違いなく手討ちになるだろう。

それなら、それもよい。どうせ織田のお家は長うはない。

困ったことに、藤吉郎はここから逃げ出すつもりは欠片《かけら》もなかった。どうせ死ぬなら、派手に陽気に、信長の手にかかってみたいものだ。自分は数にも入らない弱輩だが、それくらい夢見ても罰はあたるまい。

藤吉郎は信長の草履を取ることが嬉しくて堪らなかった。ただ朝が早いのは辛い。信長はいつ眠るのかわからないくらい、突然、真夜中だろうが未明だろうが、動く。生駒屋敷に第二夫人である吉乃を訪ねることもあるし、遠乗りや鷹を放しに行くこともある。ただ一騎で駆け出していく信長を近習や馬廻り、小姓や小者がこけつまろびつ追いかけて行く。それが、織田家の日常だった。藤吉郎は常に信長の傍らにあった。他にも草履取りは何人かいたが、いつの間にか、信長の草履を取るのは、藤吉郎だけになっていた。

信長様の草履はわしのものじゃ。誰にも渡すかや。

藤吉郎は、信長の足に恋をしていた。どんなに野山を駆けまわっても白いままであるその引き締まった足首を、踝《くるぶし》を、薄桃色の螺鈿細工のような爪を持つその爪先《つまさき》を。

たまに遊女屋に行っても女の足ばかり見ているので、ますます顰蹙《ひんしゅく》をかってしまう。しかし、どの足も彼を満足させなかった。やはり、信長の足が最高だ。その足が履いた草履は、藤吉郎にとっては宝だった。

なんということのないありふれた草履である。ただ鼻緒の色合いが実に美しかった。布の選択と組み合わせに、信長のこだわりがあった。藤吉郎は信長のぬいだ草履にしばしば見とれる。いつしか、彼は信長の草履を胸に抱くようになっていた。

「何を隠した！」

暖国の尾張にも、凍《い》てつくような冬の朝はある。寒気を裂いて信長の厳しい声が響いた。藤吉郎は反射的に平伏する。

「出せ」

藤吉郎は懐《ふところ》から草履を取り出し、頭上に捧げ持った。信長は拍子抜けしたようだった。

「なぜだ」

「その……お草履を温めようと思いましてございまする」

藤吉郎は泥を舐めそうになりながら、大声で答えた。咄嗟の言いわけだが、信長を想う気持ちに嘘はない。殿の草履が愛《いと》しくてなどと、とても言えるものか。

「困るな」

信長の声の調子が変わったのに気づいて、藤吉郎は顔を上げた。信長は本当に困惑していた。戸惑うような恥じらうような、藤吉郎が初めて見る表情を浮かべて、信長は縁先に座り込んだ。藤吉郎の方がどぎまぎしてしまう。

「いらぬ気遣いは無用にいたせ」

信長は照れたように言い捨てると、急いで藤吉郎の手から草履を取ろうとした。

鼻緒にかかったその手が止まる。

信長の視線に気づいた藤吉郎は、何かに打ちのめされたようにその場にへたり込んだ。

「猿、おまえ……」

信長は藤吉郎の左の手を取っている。

小さな皺だらけの指が、六本あった。

藤吉郎は必死に信長の手をふりほどき隠そうともがいたが、もう何もかも遅かった。

気づかれた！　あれほど用心していたのに見られてしまった。

多指畸形。通常の五指の外側に、もう一本指がある。

木下藤吉郎、後の豊臣秀吉がそうであったと、前田利家が『国祖遺言』で語っている。今日、その事実がほとんど知られることのないのは、秀吉が徹底して隠したからであり、わずかにそれを知る側近の者達も記録することを憚《はばか》ったからであろう。若年《じゃくねん》からの友人で、太閤秀吉も一目置いた利家なればこそ残せた証言だった。

藤吉郎が自らの余分な指にどのような感情を抱いていたか、明らかだ。

「い、戦にはなんの不都合もござりませぬで」藤吉郎は喘《あえ》ぎながら必死で言葉を探した。

「今まで以上に勤めまする。どうか、どうかお許しくださいませ」

何を許すのかわけのわからないことを叫びながら、藤吉郎はひたすら頭を下げ続けた。

「おまえも、か」

囁くような声だった。はっとして藤吉郎は顔を上げる。信長は静かに微笑み、六番目の指に、ほうと息を吹きかけた。藤吉郎は見知らぬ花の香をかいだ。

「天王社に行く。ついてまいれ」

ああ、捕まえられた。自分はもうこの人からは離れられない。

藤吉郎が初めて味わう感情だった。

はるか後、本能寺の変の第一報を備中の陣内で聞いた時、秀吉はあたりを転げまわって泣き叫んだという。駆け寄った黒田官兵衛が「これで御運が開けましたな」としたり顔で耳打ちしたことを、彼は生涯許さなかった。官兵衛の冷徹な知性への警戒などではない。信長とのかけがえのない思い出に、泥を塗られたからだ。

誰にも入り込めない信長と秀吉の結びつき。それは、この冬の朝に生まれた。

藤吉郎が部屋に雪崩れ込まなかったのは、乱破としての長年の習性だった。初めて足を踏み入れる場所には偵察を欠かさない。

藤吉郎は障子に躙《にじ》り寄ってそっと指で穴を開けた。

女だ。

汗ばんだ胸元をはだけさせ、しどけなく男にもたれかかっている。白くしなやかな首をそらして、後ろから抱きかかえる男に唇を預けているのだろう。のけぞった顔は下ろした髪に隠れて見えない。小ぶりな乳房が、こちらをそそるように突き出されていた。

どこであのような遊び女《め》を。

藤吉郎はぐっと目を近づける。華奢な顎がゆっくりと動き、端正な顔がこちらを向いた。女は、信長だった。

藤吉郎は叫ばなかった。彼の左手は、自分でも信じられない本能的な早さで口に突っ込まれた。目を固く閉じ、六本の指を骨にあたるまで嚙む。口の中に広がる血の味にむせながら、藤吉郎は自分が正気に戻ることを念じ続けた。

目を開ける。

信長の薄く大きな瞳が見つめていた。男は依然として後ろから信長を抱きすくめたまだった。恍惚とした彼の顔は、信長と対《つい》をなすほど美しかった。信長の顔に少女の華やかさがあるとしたら、この男の顔には少年の清らかさがあった。

藤吉郎は嫉妬に悶えた。信長が乳房を持っている矛盾など、もうどうでもよかった。信長が女であろうが、自分の頭がいかれていようが、今、藤吉郎の全身を高熱とともに駆けめぐっているのは、ただ絶望的なまでの嫉妬だけだ。

障子の穴から自分の目に、溶けた鉛が絶えまなく流し込まれていく。そんな苦しみに、藤吉郎は瘧《おこり》にかかったように小刻みに震え始めた。

信長の目は、藤吉郎の目を釘づけにしている。

左右から酔いどれた風に、男達が信長にしなだれかかった。一人は腰を抱き、もう一人は乳房をまさぐった。いずれも家中の者とは思えない、見知らぬ顔だ。

なぜだ！　なぜ、あのような者どもに！

藤吉郎は絶叫した。声にはならず、血の泡と掠れ果てた喘ぎが出るばかりだった。自分こそ今、あの信長の側にいるべきなのだ。

そこまで疑われたのなら、信長様の目の前で腹を切るしかない。

藤吉郎が障子に手をかけたその時、信長が藤吉郎を見つめたまま微笑んだ。あの冬の朝そっくりに。しかし、汗ばんだ乳房を見せた今の信長の笑顔は、立ち上がりかけた藤吉郎の足を萎えさせるほど、妖しく蠱惑的だった。

かわりに立ち上がったのは、信長である。

開け放された障子に弾かれるように、藤吉郎は庭に転がり落ちた。

「涼もうぞ」

信長は半裸のまま庭に下りて来た。その足下に、半死半生の態で藤吉郎が縋りつく。

「何ゆえ、何ゆえ、この猿めを……」後は言葉にならない。

信長は、開け放たれた離れで騒いでいる男達の方を、顎で示した。

「あの者どもは、残らず死ぬのよ」

信長は庭石に腰を下ろし、虚脱している藤吉郎の方に向き直った。

「おまえとは戯《たわむ》れてやらぬ。猿は生きねばならん」

藤吉郎は自分だけが暗い穴の底に取り残される思いに襲われ、自分も一緒に死なせてくれとわめこうとしたが、信長が叫ぶ方が早かった。

「皆の者、ここに来い。今一度、名乗りを上げてくれ」

応と一斉に声が上がり、座敷から男達がわらわらと庭に下りてきた。

一人一人順番に信長の前に進み出る。

「百済寺ノ鹿」

「同じく小鹿」

「大唐」

「正権」

「長光」

「宮居眼左衛門」

「河原寺ノ大進」

「橋小僧」

「深尾又次郎」

「鯰江又一郎」

「青地与右衛門」

こ奴ら、野の者じゃ。

名前、人相、そして火打袋や瓢簞《ひょうたん》を腰のぐるりに幾つも下げ、縄の帯や獣の皮を平然と身に着ける姿。自らの同類であることはすぐに知れた。酒席での醜態とはうって変わった精悍《せいかん》な顔つきは真剣そのもので、皆、自分の顔と名を、信長の美しい裸身に永遠に刻みつけようとしているかのようであり、信長は懐かしいものに最後の別れを告げようとしているかのようだった。

藤吉郎は悟った。彼らこそ、孤立無援の信長を守り抜いてきた古参の手の者の長《おさ》なのだ。わずか三百人から戦い続けた者達。歴戦の遊軍を率いて来たのが、自分達と同じ野の者であることを思い知らされて、藤吉郎は男達への妬みと怒りを解いた。

じゃが、こいつだけは別よ。

あの美しい顔の男が進み出るのを見て、藤吉郎は再び臍《へそ》を曲げた。

「明智十兵衛」

男は真直ぐ信長を見つめて名乗った。

あいつが明智か。

奴だけは許せない。さっきの状景を思い出すと藤吉郎は目眩《めまい》がするほど全身が燃えた。信長に対してあのようにふるまう人間がいるとは。しかも、自分と同じ野の者とは。年格好も自分や信長と同じくらいである。ただ、この十兵衛からは、信長にさえある野の匂いがまったくしなかった。この立ち居ふるまいの感じは、駿府の今川家中、それもかなりの大身にしか見たことのないものだった。都人《みやこびと》の匂いだ。

糞忌々しい新参者め、身のほどもわきまえぬ。

十兵衛の名前だけは小六から聞いたことがある。小六と同じ美濃の出だが、較べること自体が無茶な名族だ。明智は土岐源氏の末裔で、斎藤などよりはよほど美濃の国主にふさわしい。源頼光の血脈を誇りとし、代々「光」の字を名乗っている。確か、十兵衛にも光秀という大層な名があるはずだった。

小六の話を思い出して、藤吉郎はますますむかついた。道三と義龍との内紛がなければ、彼が諸国を放浪することもなかったろう。野の者とは名ばかりの貴種流離譚の主人公の顔など見たくもない。

尾張に来てからまだ一年とたっていないが、思わぬ風流人がいると早くも噂になっていた。信長の正室である帰蝶と従兄弟だともいう。信行と生まれ変わりのように似ているという者もいた。なるほど、どこか十兵衛は信長に似ていた。信長が何かと気にかけているとも聞いた。名前だけはよく耳にしたが、今日の日まで会ったことはない。

御自身の手にかけられた弟御の面影を見てござるのじゃろうか。

だとしたら余計に許せぬ、と藤吉郎は十兵衛を睨みつけた。人の心の影につけ込むとは、最低だ。自分から身を引いて尾張から立ち去るのが、本当の風雅を知る者だろう。

藤吉郎の憤怒の視線を涼しく受け流して、明智十兵衛光秀は闇に退く。

「その方らも、今一度、顔を見せよ」

信長が、片隅に遠慮がちに控えている男達に声をかけた。肩を寄せ合っていた影はためらっていたが、一人が思い切って進み出る。

藤吉郎は声をかけそうになった。知った顔だ。

「飯尾定宗」

残った男が続く。

「佐久間盛重」

そうか、あの衆らは……。

鷲津、丸根の守将達だ。二人は野の者と同席することに戸惑っているようだったが、名乗りを上げた時の彼らの顔は、陶酔の色に染まっていた。彼らは信長に酔っていた。あたりに犇《ひし》めく野の者達と同じように。

今度の戦については藤吉郎は何もわからない。しかし、たった一つ彼にもわかることがある。この二人が確実に死なねばならないことだ。鷲津砦に五百、丸根砦に四百。今川上洛軍二万五千の大波は、二つの砦を一瞬の内に呑み込むだろう。あらためて信長の言葉が、藤吉郎の耳に実感を持って甦った。

ここにいる男達は一人残らず……。

藤吉郎の背筋を冷たいものが走る。

信長の声が響いた。

「もう一踊りしてみしょうか」

いつの間にか篝火《かがりび》が用意されていた。立ち上がった信長の傍らに、十兵衛がさっと駆け寄り、何か手渡す。

それは、わしの役じゃ。

藤吉郎はまた気を悪くしそうになったが、炎を反射し燦然《さんぜん》と輝く物に目を奪われた。

銀の大数珠である。

「先にあの世で待っていてくれよ」

信長は裸の半身に、銀の大数珠を袈裟がけにざっとかけた。火明りで赤く染まった乳房の間から、銀の瀧が一筋、虎の皮をくくった腰まで流れ落ちていく。大粒の銀の玉が星々のように、信長の裸身の上で思い思いに輝いた。

野の者の一人が鼓を打ち始める。誰からともなく唄声が上がった。

人間五十年
下天の内をくらぶれば
夢幻の如くなり
一度《ひとたび》生を得て

滅せぬもののあるべきか

幸若舞『敦盛』の一節。信長がいつも口ずさんでいるものだ。しかし、野の者達が、地から湧き上がるように合唱する唄は、藤吉郎も聞いたことのない、叩きつけるような激しい拍子だった。鼓は破れよとばかりに連打されている。

野の者達は足踏みし、手を叩き始めた。

信長は踊る。まるで突き上げてくる爆発的な力を、自分でも抑えきれないように。その両の瞳には、篝火の炎が燃え立っている。旋回する銀の玉。飛び散る薫る汗。光と影に煽情的に浮かんでは隠れる二つの乳房。

信長が手を上げれば、男達の手が上がる。信長が足踏みすれば、男達も大地を踏む。信長を中心に、踊りまわる大きな輪ができ上がっていた。野の者以上に激しく二人の守将達も踊り狂っている。いつしか藤吉郎も、手を舞わせ足を踊らせて、その輪に加わっていた。一気に酒がまわり、細作の疲労とともに朦朧《もうろう》となりながら、藤吉郎は踊った。踊らずにはいられなかった。

汗が入りぼうと霞む目に、信長の眉間が絢爛《けんらん》と輝くのが見えた。白い額の肉を割って、銀の玉よりも輝く光体、炎に照らされてではなく、明らかに自らの輝きで燃えている光体が覗いている。

藤吉郎は不思議に驚かなかった。もうこれ以上、何を驚くことがあろう。信長様は神なのだ。なぜこんな簡単なことに気がつかなかったのか。出会いの日からの、信長への自分にも不可解な熱狂のすべてがきれいに解けた。藤吉郎は大声で笑い出したいほど幸せな気分になった。恍惚とした群集とともに、淫《みだ》らで清らかな邪神のように、信長は踊る。そうじゃ、信長様は神なのだ。

けらけら笑いながら飛び跳ねた藤吉郎は、突然、思い出した。自分は彼らと一緒に死ぬことはできない！　いきなり斬りつけられたような悲しみが激痛とともに走り、藤吉郎の視界は真っ暗になった。彼はたわいなく篝火の下にくずおれた。

8　桶狭間

義元三河表へ発向の時、奇特の夢想これあり。夢中に花倉、義元に対して云ふ。このたびの出張相止められるべしと也。義元いはく、貴辺は我が敵心たる也、これを用ふべからずと答ふ。花倉又云ふ。今川の家、廃すべきことをいかでか愁へざるかと云ふ。夢さめをはんぬ。その後駿河の国藤枝を通られける時、花倉、町中に立たれけるを義元見て刀に手を懸けらるる。前後の者一円これを見ず。奇特と云々。

『当代記』


「朝比奈、いかがいたした」

「服部どもが追っております。御心配なきよう」

「面妖な術を使う奴ばらよ」

「尾張には蜂須賀党と申す人外の者どもがおりますようで、おそらくその仕業かと」

「こざかしや。麿《まろ》を仲達と思うてか」

「花倉殿では、死せる孔明にはいささか役不足でござりまするな」

「うつけも五丈原の故事にならうとは、ゆかしきことよ」

「それほど追いつめられておりますのでしょう」

「哀れよな。もはや、天魔、鬼神も麿が鋒先をかわすことはできぬ」

義元は会心の笑みを浮かべ、再び進軍を命じた。思いがけない雪斎の死で上洛計画が白紙に戻ってから、五年。義元はわずか五年と言いたかった。坊主なくては立ち行かぬ国などとそしられながらも、彼は独力で上洛軍を再編したのだ。松平元康と朝比奈泰朝を先鋒としたこの二万五千の軍は、まさに亡き雪斎が望んだものそのままだった。

同じ亡霊を見せるなら、雪斎を出せばよいものを。

妾腹でありながら身のほど知らずにも自分と家督を争った花倉こと、庶兄・玄広恵探のうらなり顔など見たくもない。あの男に諫《いさ》められたら意地でも上洛せずにはおかぬ。やはり、下賤の者には人の心の機微はわからない。まして、自分のような高貴な者が、あやかしごときに怯えるものか。乱破や素破の類は、どの道その程度のことしかできぬ。小競り合いなら役にも立とうが、大軍を整え威風堂々と雌雄を決する王者の戦では、蟷《とう》螂《ろう》の斧にすぎない。義元は野の者など頭から相手にしていなかった。

松平あたりが飼うておるのが似合いよ。

乱破を操るなぞ、所詮、陪臣の技。松平を動かせばそれで足りる。雪斎は風狂の心が強すぎた。いかに偉大であったとはいえ軍師と君主の道は異なる。ましてや、自分はもうすぐ日の本全土の政《まつりごと》を司らねばならぬ。雪斎は随分と乱破に甘かったようだが、自分は違う。

この度は麿のやり方を見ておるがよいぞ、雪斎。

塗輿の窓から、藤枝の風景がすぎて行くのが見えた。強がりを言っても、この地で没した雪斎のことを義元は忘れることはできなかった。二万五千の軍に守らせ、都までの遊《ゆ》山《さん》の旅をさせてやりたかった。一番の難所である美濃攻めで手こずるようなら、一足先に上洛させ、妙心寺で大往生させてやったものを。

しばらくの辛抱じゃ、ともに都に入ろうのう。

義元は、雪斎の遺灰を入れた守袋を握り、滲む涙を袖で押さえた。

「いやあ、荒れ果てましたなあも」

海臨寺の崩れた築地を越えて庭に入った門太は、間のびした声を上げた。

「五年前に焼いておくべきだったかもしれんの」

険しい表情で小平太が答えた。

二人とも息が荒い。涸れ果てた遣り水と庭石を隠すほど繁茂した藪を抜けて、傾いた本堂に彼らは辿り着いた。

「なんの、兄さには焼けますもんかい」

門太はやっこらしょうと声をかけて、埃《ほこり》だらけの縁先に腰を下ろした。

「にしても、若い連中の追い込みは甘すぎやせんですかあ。爺二人になんなくふり切られるようでは先が思いやられますで」

「なんなくでもないがの」

溜息をつきながら小平太も隣に座った。

「利け者は、みな美濃にまわされておる。義元様のお側におるのは二番手、三番手じゃ」

「大丈夫ですかいなそれで。まあ、義元様はわしらのような者はお嫌いでしたものなあ」

小平太は黙ってうなずいた。老いた顔がさらに渋くなる。なればこそ、死にぞこないの老忍二人が、こうやって命がけで幻術を仕掛けなければならなかったのだ。

その主人の死とともに、雪斎機関は完璧に消え失せた。雪斎一人が、この機関に目的と形を与えていたのだ。後には、ばらばらに孤立し、自分が何をやっているのか理解していない若い忍びと、ぼんやりと全体を把握してはいるが、雪斎がいなくなればその存在すら問題にされない老いた者だけが残された。

若い者達は服部党に帰って行った。しかし、老忍に戻るところはない。無理に戻って、上忍に逆らい討ち果たされた者、相変わらずの穀潰し扱いに耐えきれず自ら命を絶った者もある。小平太は行き場のない彼らをまとめ、見せ物や大道芸、時には盗みや乞食までしてともに生き抜いてきた。

雪斎亡き後、その謎の死に様すら、義元はもちろん今川の重臣達にも伝える術がなかった。服部党でさえ小平太の話を信じなかったのだ。

「いっそ、大禅師様のお姿でも立たせれば良かったですかのお」

「たわけ、公案でもくらわされれば、たちどころに露見するわ」

「いきなり斬りかかられるよりはましですがな」

「むう。もそっとおっとりしてござると思ったがの」

「あれだけ覇気がござれば、大事ないのじゃなかろか。なんせ二万五千がついておるで」

「おのしも見たであろう。尾張には、大軍で揉み潰して片がつくとは思えん何かがある」

今度は門太が浮かぬ顔をして黙り込んだ。波の音だけが聞こえる。

この五年間、小平太にとって楽しいことは何もなかった。たった一つの例外は、行方の知れなくなった門太がひょっこり現れたことだ。雪斎の亡くなった今、あまりにも遅すぎたその報告を、小平太は聞いた。

一人の男に会ったと門太は言った。再び潜入した津島の天王社でのことだ。誓って最初に潜入した時にはなかったはずの小堂に、その男はいたという。思えば、その時から敵の術中に陥っていたのかもしれない。

男は闇の中で、火明りではない奇妙な光に照らされていた。門太の方をふり向いたその顔は、決して忘れることのできないものだったが、どうしても思い出せない。笑う小平太に、門太は「冗談ごとじゃにゃあで」と恨めし気な声を出した。しかし、それ自体が発光しているような真紅の唇を笑いに歪めて、男が発した言葉だけは憶えている。

「待ちかねた」

そう男は言ったのだ。

それを聞いた瞬間に、門太はどうしようもない恐怖に襲われ手裏剣を放った。なんの手応えもなく、ふわりと跳んだ男は門太の目の前に迫っていた。体を躱し夢中でふるった忍び刀が、男の右目を抉った。血と神経繊維の糸を引きながら眼球が零れ落ちる。反撃を予測して構えた門太に目もくれず、男は悠然と床に落ちた自分の眼球を拾ったという。

「これで良い」男は心底嬉しそうだった。「地神相光王子参らせ給う」

「〈これで良い〉とぬかしよりましたんですわあ」

　そう語る度に門太は身震いする。門太は後をも見ずに逃げ去った。以後しばらくは記憶がない。数日はたったろうか。気がつくと海臨寺の門前に立っていた。すでに雪斎の遺骸を藤枝に運んだ後で、寺はもぬけの殻だったが。

　三人の後詰とはついに出会わなかったという。彼らの行方は今も知れない。

「そのなんたらオウジというのはなんじゃ」

「よう聞こえんじゃった。心の臓がわくわく言いよったんでなあ」

「だらしないのお」

「それを言わんでくれやあ。死んでおった方がなんぼかましじゃあ」

　門太は身悶《みもだ》えした。小平太も本気で責めるつもりはない。これほどの手練にも発作的なふるまいをさせてしまうほどの大きな恐怖に出会ったのだ。それがどのようなものであったのか、余人はともかく、小平太には骨身に染みてわかる。死んだ方がましなのは、雪斎を守れなかった自分だ。

　わしらは何かを見た。この世のものとも思えない何かを。

「やはあり、牛頭天王さんですなあ」

門太がつぶやいた。

「オウジは王子のことですろう。天王さんの子で八王子たらいう眷属神がおりますで、そのことじゃなかろうかのお。あの男、天王さんの行者ですろうか」

「すべては、津島か……。二人で天王社を焼き払って、死に花を咲かしょうか」

「はいな、と言いたいとこじゃが、もういかん。警戒させてしもた。蜂須賀党が十重《とえ》二十重《はたえ》、近づくこともでけぬ。もう十年若けりゃなんとかなるかもしれませぬがなあ」

二人は初めてさばさばした顔で笑った。

すべては終わった。彼らは本気でそう思った。

永禄三年五月十二日、今川義元は二万五千の上洛軍を率いて駿府を発した。

小平太達は色めきたった。今さら御家大事の心などあるはずもないが、しかし、上洛となれば話は別だ。雪斎の悲願。そして、その命すら奪った謎の敵に対する弔い合戦でもあるこの大戦《おおいくさ》を死に場所にせずして、どこで死のう。

ともかく、義元になんとかして警告することだ。小平太と門太、幻術では若い頃からその名を知られた二人が、秘奥をつくしたのだが……。

幻術で最も大切なのは、相手をよく知ることである。哀しいかな、雪斎を失った彼らには、義元の情報はまったく入っていなかった。

「幻術はもう無理じゃのう。これだけの軍勢が動き出したら、乱破の出番はないわいや。どうにもならぬじゃあ」

「おうよ、槍でも取りに戻るかい。義元様の露払いなといたそうか」

「かえって迷惑ですろうのう」

二人は力なく笑った。門太が努めて明るい口調で問いかける。

「兄さ、くどいようじゃが、どう考えても、うつけ殿が動かせる軍勢は二千がいいとこ。いかな妖しの術を使われても大過ないのじゃあるまいか」

「おのしは、大禅師様の御最期を見ておらぬからそのような……」

小平太はふと口をつぐんだ。もう何度も門太には話して聞かせた。しかし、言葉ではどうあっても伝えられない。当事者でなければ、自分も門太と同じことを思ったろう。

小平太は話題を変えた。

「不審は他にもある。鷲津、丸根両砦の士気が尋常ではない」

「あれ、いつの間にそのような細作を」

目を丸くする門太にかまわず、小平太は続ける。

「国境の砦じゃ、家中きっての豪の者をあてるものじゃが、なればこそ、謀反するだけの胆力も持っておる。飯尾定宗、佐久間盛重の両将もしかり」

「おお、名うての猛者《もさ》じゃあ」

「何も知らぬ兵を死地に追い込むことはできる。したが、これだけの猛将に五百に足らぬ兵しかつけず、二万五千の敵と戦わせることができようかいの」

「捨て殺しにされれば、寝返りましょうな。砦ちゅう格好の土産もありますで」

「捨て殺しは間違いない。じゃが、あの衆らは死ぬ気ぞ」

「そりゃあ……」

「なぜじゃ、なぜ、こちらにくだってはこぬ。上洛戦の口開けじゃ。戦わずして勇将がくだれば幸先《さいさき》がよい。義元様も悪《あ》しゅうはすまいに。何が彼らを信長に従わせる？」

「なあるほど、不審ですのお」

「信長は後詰には出られん。わずか二千でのこのこ出てくりゃ、砦ごと吹き飛ばされる。でけるのは、砦なんど全部空にして、なんとか五千ばかし掻き集めて清須城に籠ること じゃが……」

「その気配はない。両砦も捨て殺し承知で徹底抗戦の構えじゃ、と。わかりませぬなあ」

「何かある。じゃが、それが何かわからん」

考え込んでいる門太の隣で、小平太は不吉なものを見るように、築地の裂け目から覗く青い海を見つめていた。

五月十七日、義元は上洛軍本隊五千とともに尾張に入り、沓掛に着陣した。同時に、朝比奈泰朝率いる四千、松平元康率いる二千五百の先鋒隊が、鷲津・丸根を攻撃。飯尾、佐久間の両将は奮戦するも衆寡敵せず、十九日未明、ともに落城した。送られて来た定宗、盛重の首を見た義元は上機嫌で、両名の敢闘ぶりを讃える余裕を見せた。

思惑通りよ。

これで国の境に穴が開いた。ここには、鳴海城と大高城という尾張攻略の二大拠点が築いてある。二つの砦は、この二城を分断していたのだが、ようやく拠点同士が線としてつながった。今日中に元康が兵糧を入れた大高城に入り、行軍の疲れを癒しながら、全軍二万の集結を待つ。しかる後に鳴海城の岡部元信指揮三千と大高城の鵜殿長照率いる二千の別働隊とともに、一気に清須へと押し出すのだ。

それにしても、蒸す。

義元は肥満した躰を持て余し、しきりに扇を使っていた。

「麿の敵は信長ではない。この暑さじゃ」

旗本衆の一群が笑いさざめいた。

すでに日は中天に高い。行軍は朝から続いている。

頃は良し。

義元は全軍に大休止を命じた。桶狭間山。谷あいの平地でそこだけが小高い丘になっている。その上に義元は本陣を置いた。不安定な梅雨時の天候はすでに変わり始めていた。雲が急速に集まっている。上空には風があるのだろう。

少しばかり降ってくれた方がよいな。

幔幕《まんまく》の中で弁当をつかう将達を見ながら、義元は脇息《きょうそく》にもたれ込んだ。食欲はなかった。輿での行軍はあまり心地良いものではない。

ともかく、美濃じゃ。

尾張衆をどこまで取り込めるか。稲葉山城は名高い堅城である。清須城のように簡単にはいくまい。ほどよい疲れと空腹にかえって冴《さ》えた頭で、義元は美濃攻めの軍略をさらに練り上げようとしていた。


ようやく小降りになったか。

朝比奈親能は、後方の桶狭間山の本陣をすかして見た。まるで夕暮れ時のようだ。さっきまでの雨と風はまるで嵐だった。叩きつける雨と吹きすさぶ風で、とても目を開けていられない時が、半刻ほど続いた。雨宿りに入った森にも、容赦なく横なぐりの雨が吹き込んだ。雑兵達はすっかり水浴び気分で、下帯一つになって躰を洗っている者が少なくない。

敵方から降りかかる雨は、不吉というが。

親能は前方に目をこらす。雲か靄か、闇が垂れ込めていて視界が閉ざされている。この戦は敵の動きがさっぱりわからない。

これまでは、榊原とか酒井とか、ともかく松平配下の者が、忠義面して節目節目に報告に来たものだが……。朝方、清須城から飛び出した一騎を追って、五騎ばかりが熱田に向かって駆け去ったという、どうでもいいような知らせが入ったばかり。

榊原某が汗を流しながら言いわけしたところによると、どうも服部党の動きが盛んに妨害されているらしい。結局、その報告をした乱破も熱田に向かう途中で討たれたようだ。大方、逃亡者でも出たのだろうが、あれから、榊原某も顔さえ見せない。

もっとも、誰も敵の動きが捕捉できないことを気にもとめていない。清須の城以外のどこにいても、織田勢としては生きのびる方法がないのだから、ことは簡単である。

親能は濡れた鞍に跨がった。

物見じゃ。

慌てて小姓達数騎が従った。敵地で自軍から離れる馬鹿はいない。桶狭間山から一帯に広く展開している本隊が視界から消えないぎりぎりまで、親能はゆるゆると馬を進めた。雨はすでにやんでいる。しかし、正面からの風はさらに強い。前方に蟠《わだかま》る闇は少しずつ薄れてきたが、とてもまともに顔を向けることができなかった。馬でさえ進むのを嫌がっている。一際《ひときわ》、激しい風がどっと吹き抜けた時、不覚にも目を閉じてしまった。

風がやむ。親能は目を開いた。

なんじゃ、これは？

親能は、あんぐりと口を開けた。日頃典雅なふるまいで知られた今川家の名族である彼のそんな顔など、お付きの者達も見たことがなかった。驚いて親能の視線を追う。そして、彼らも、ぽかんと口を開いた。

これが何かは、わかっている。

槍だ。

雑兵《ぞうひょう》の持つありふれた数槍《かずやり》である。だが、飛び抜けて長い。騎乗している親能のはるか頭上にまで、その朱い柄はのびている。

三間半は、あるか。

とすれば、二間ほどしかない今川の槍ではない。大地から逆さに生えてきたように、その穂先は深々と地面に突き刺さり、斜上方にのびた柄は、激しくしなり続けている。

まるで、まるで……。

親能の頭はそれ以上考えることを拒んだ。そういえば、さっき、風の音に混じってストッという刺突音を聞いたような気がした。いや、しかし、まさか。

「……投げた？」

小姓の一人が頼りな気に、親能に問いかけた。どうにも納得のいかない表情をしている。三間半、大の男の身の丈四倍近い朱塗りの槍といえば、織田軍である。

雑兵の槍は刺すというよりも叩き合うもので、木の一本棒ではなく、木の芯を割竹で包み麻布を巻いて漆で塗り固めた打柄《うちえ》である。長さに較べて驚くほど軽くしなやかなものだが、しかし、一体、どうやってこんなものが投げられるのだ？

親能は笑い飛ばそうとした。

ぐわっと叫んで小姓が馬から消えた。地にのたうつ彼の胴丸には朱塗りの柄が突き立ち、穂先が背に抜けていた。雲が割れ、折から射した日の光にその刃がきらきらと光る。ふり仰いだ親能は、軽々と宙を飛んで来る幾本もの巨大な槍を見た。

「ひけ、ひけい！」

自分の見たものを信じられないまま、親能は反射的に叫んだ。いつもの彼ならたとえただ一騎でも踏みとどまって、倒れている小姓を助けようとしただろう。しかし今は、本能的な恐怖だけが親能を捕らえていた。返そうとする馬のまわりに何本もの朱い柱が立った。尻に突き刺さってもんどりうって倒れる馬がいる。下敷きになった男も、降ってくる槍に虫のように大地に縫いつけられた。

馬鹿な、そんな馬鹿な！

狂う馬をなだめなんとか走り始めた親能の耳に、地をゆるがす鬨《とき》の声が聞こえた。馬上ふり返った彼の目に、蟠っていた闇が割れ、蜘蛛の子が卵嚢《らんのう》から一斉に散るように、視界をうめつくして突撃して来る軍勢が見える。

けくっ。自分の息を呑む音が、切る風や鯨波《げいは》の音よりも大きく響く。

千、いや、二千はいる。馬鹿な。どこから湧いた？

全力疾走する馬の上で、親能は喉も破れよとばかりに叫んだ。

「織田じゃあ、織田軍でござる！」

桶狭間山の麓《ふもと》が動き始めるのがわかった。ようやく気がついたのだろう。

間に合うか。

親能は、具足をぬいで寛《くつろ》いでいる自軍の兵達の姿を思い浮かべた。

丘の上の義元様は御存じか。あの数では、まだ倍近くこちらが優勢とはいえ、早く立て直して正面から押し返さねば、苦しい。乱破め、肝心の時には役に立たぬ。

親能は渾身の力を籠めて鞭をふるった。

「奇襲じゃあ！　奇襲でござ……」

背中に岩がぶつかったような衝撃が走り、親能は声を失った。かまわず叫ぼうとする口から、血が吹き上がる。

馬鹿な、そんな馬鹿な！

親能は馬から崩れ落ちて行った。

その背中からのびた槍の柄に絡まれて、伴走していた最後の一騎が転倒する。やがて彼らの屍の上を、裸体に鎧を引っ掛けただけの異形の集団が踏み越えて行った。

三間半の長槍五百の穂先が、一団となって義元の本隊に突っ込んで行く。

弓と鉄砲が、それを掩護《えんご》した。弓隊はほとんど走りながら放ち続け、鉄砲隊までが、撃っては走り、走っては撃った。移動しながらの連射は、どちらもほぼ不可能である。敵に全身をさらしながら矢をつがえ、弾込めせねばならないからだ。しかし、彼らはあえてそれをやった。死ぬことを少しも恐れてはいないようだった。矢がつき、弾がなくなると、弓を捨て鉄砲を投げて抜刀し、今川軍に斬り込んで行った。

完全に不意をつかれたとはいえ、本隊の将兵は義元が選び抜いた精鋭中の精鋭である。北条や武田との歴代の戦で鍛え上げられた彼らが容易《たやす》く崩れるわけはない、はずだった。武田や北条の兵は、尾張兵よりはるかに強い。しかし、だからこそ無茶はしなかった。上洛軍本隊が受けた第一波の突撃は、明らかに生還を期していない死兵によるものだった。

五千の陣中深く楔《くさび》のように入り込んだ五百の先鋒は、瞬時に潰滅したといっていい。しかし、この死兵達は、数倍の敵に包み討ちにされるわずかの間に、本隊の指揮系統をずたずたに引き裂いていた。

今川の本陣に、多大な犠牲を払いようやく止《とど》めを刺した異形の男達の死骸が転がった時、義元が下知する上洛軍本隊五千は、恐怖にかられる烏合《うごう》の衆と化していた。そこに、千を超える織田軍本隊が整然と突撃してくる。

今川軍は、波に打たれた巨大な砂の城のように、みるみるうちに崩壊していった。

今となっては、義元を無事に戦線から離脱させるしかなかった。先鋒隊とも別働隊とも切り離されてしまった以上、はるか後方を進軍中の葛山信貞の軍五千と合流するしかない。もはや塗輿も放り出し、義元を守りながら主従三百騎ばかりが、東に動き始めた。

おのれ下郎め。

おのれ。

おのれ。

義元は馬にしがみつきながら、黒く塗った歯を剥き出し、ひたすら信長を呪った。

何もかも完璧であった。これは、私欲の闘争ではない。将軍に代わる賊軍討伐の王者の戦だった。

なぜ負ける。

なぜじゃ。

なぜ。

あのような野盗づれどもが飛び込んできたばかりで、なぜ。

その時、義元の馬が、田楽狭間の泥田に脚を取られた。

「義元はあちらにいる。逃すな！」

手槍をふるって雑兵をなんなく突き伏せると、信長は叫んだ。ばらばらと馬廻衆が、信長が槍で示した方向へ駆けて行く。いつの間にか馬から降り、信長は若武者達とともに、最前線にいた。

向かってくる今川兵を次々に薙《な》ぎ払いながら、信長は真直ぐに進んで行く。

「お気をつけを」

加藤弥三郎が悲鳴を上げた。『敦盛』を舞って一騎駆け出した信長を慌てて追って来たら、あれから半日もしないのに、今川本陣のど真中で血刀をふるっている。この殿にはどこに連れて行かれるかわからない。

「恐れながら」弥三郎は信長ににじり寄り、肩で息をしながら続ける。「私には見えませぬ」

「見えないのは同じだ」

「は？」

「感じるのよ」

ぎょっと目を剝いた弥三郎は、信長の兜の下で何かが光を放っているのに気づいた。

「弥三郎、後ろじゃ！」

ふり向きざまに、弥三郎の太刀は、今川の雑兵の手首を刀ごと斬り飛ばした。

「気を張らぬか。殿に見とれておる場合ではないぞ！」

同じ小姓衆の佐脇藤八が怒鳴りつつ、転げまわる雑兵に止めを刺した。

「城を出た主従六騎が、一人も欠けずに城に戻ると誓ったではないか」

「すまぬ」

「や、殿が！」

今度は藤八が叫んだ。信長は二人の戦闘には目もくれず、走り出していた。

まったく、油断のならぬ。

二人は全力でその後を追った。他の小姓達も続く。

これでは今朝と同じじゃ。

弥三郎は、駆けながらその方向へ目を凝らして見たが、鉄砲の上げた白煙や駆けまわる人馬の姿で、義元の旗本衆の一軍を確認することはできない。幸いもうあたりにはほとんど敵は残っていないようだった。

「義元がいる。かかれ！」

信長は叫びながら疾走していた。転がる死体を飛び越え、泥の上を滑ることもなく。

銀の大数珠は返り血も浴びず、信長の具足の上で跳ね、光の矢を八方に放っていた。

信長の金属的な良く通る声が聞こえると、倒れていた兵までが起き上がり、よろよろとその後を追おうとした。

早い。

鎧を着けながら、なぜあのように走れるのか。

血と泥と屍が溢れ、幟《のぼり》や旗指物が散乱する戦場《いくさば》を、信長は飛ぶように走っていた。前線はもう動いてしまい、あたりは静かで、雨上がりの午後の日射しが雲間から斜に降りそそぎ、すべてを爛然《らんぜん》と輝かせていた。

戦に精霊があるとすれば、それは、殿じゃ。

汗みずくになって駆けながら、これほど凄惨でこれほど美しい光景は見たことがないと弥三郎は思った。

合戦が終わると、血の匂いが呼ぶのだろうか、どこからともなく無数の大きな蝶が飛んで来ることがある。戦場に転がる幾つもの屍の上を、蝶が群れ飛ぶ様は、一度目にすると忘れられないという。蝶が死者の魂そのものであるという伝説はここから生まれたのかもしれない。死せる敗者と生き延びた勝者の上に、蝶はともに舞い、ともに静かにとまる。地獄蝶と名づけ、庶人はそれを見ることを恐れた。

信長様は、まさに地獄蝶よ。

黒緋縅《くろひおどし》の草摺《くさずり》をひらめかせて走る信長は、なるほど大きな揚羽《あげは》に似ていた。

その揚羽が花にとまるように、疾走していた信長がふいに立ち止まる。弥三郎と藤八は、ようやく追いつくことができた。他の小姓達も駆けつけて来る。

信長は空中を見つめていたが、ゆっくりと二人をふり向いて微笑んだ。

「もうよい。今、義元は死んだ」

弥三郎と藤八は、たがいの顔を見合わせ、言葉もなかった。


「奇襲ですと！」

義元公、田楽狭間にて無念の御最期。

その第一報を聞いた小平太は、自身が奇襲を受けたように驚いた。

「信じられぬ。上洛軍は四分五裂、われ先に三河へ逃げ戻っておるそうじゃ」

知らせを持って来た服部左京助は、肩を落として言った。

「てっきり妖しの術を使って来ると思いましたがのお。力ずくで来ましたかあ」

門太が小平太の気持を代弁して声を上げた。小平太はただうなっている。

「無茶をやりおる。千人からの兵を二つの砦ごと捨て殺しにして義元様を油断させ、信長はわずか二千ばかりの兵で御本陣に真正面から突っ込んで来おった」

左京助は身を震わせた。

「織田勢の半数以上は死んだはずじゃ。二千からの兵を殺す大将も大将じゃが、従う兵も兵よ。義元様にくだれば、静かに暮らしていけるものを。無茶苦茶じゃわ」

左京助らしいと小平太は思った。

「おそらく、信長も義元様と刺し違える覚悟じゃったのでしょうな」

「余計、無茶苦茶よ。そんな狂犬のような大将があるかや」

左京助は本気で憤《いきどお》っている。服部一族ではあるのだが、この性格の温和さが災いして上忍にはなれず、今では出家していた。しかし、いかに冷や飯を食わされて隠退したとはいえ、一族であることには変わりない。一大事に矢も楯も堪らず有金をはたいて手勢を掻き集め、あるだけの武者舟を仕立て、元康様の加勢にと、大高城の下を流れる黒末川の河口まで馳せ参じたところだった。

小平太は服部一族らしくない左京助の優しさが好きで、雪斎の下で働くようになってからも、何かと連絡を取り合っていた。左京助も、自分よりはるかに優れた術者である小平太に憧れにも似た敬意を抱いていたらしく、事があるとその知恵を借りに来た。

「これから、どがいしますりゃあ」

門太がつぶやき、二人は黙り込んだ。

「数だけはおるが、勝ち戦の気楽な加勢よとふれこんで連れて来た奴らじゃからの。元康様の撤退戦に役立つとも思えん。舟も形ばかりの木っ葉同然……。戻るしかあるまい」

左京助は淋し気に答えた。

「この武者舟と手勢を少し貸してくださらんか」

「貸す?」

小平太の頼みに左京助は物問いた気な目をした。

「帰り際に、ちと寄り道をな。津島へと言いたいところじゃが、それでは敵地深すぎて、御手勢には荷が重すぎましょう。熱田に舟を寄せてくだされ」

「それは容易いが、寄せてどうする」

「少しばかり焼討ちをの」

「およ、神宮様に火かけますですかのお」

門太が陽気に茶々を入れた。左京助がたじろぐ。小平太は慌てて打ち消した。

「できもせぬ無茶はやらぬ。奴らの肝を冷やして、我らの意地を見せたいだけよ。少々火を放ち、わしと門太がその機に乗じ町に入る」

「入ってなんとする?」

「わからん。大禅師様も義元様もいなくなって、何もかも終わった。わしはどの道もう長うはない。せめてわしらを好きなようにふりまわしてくれた謎の側にいたいのでな」

左京助は、目をしばたたかせた。

「今一つ合点がゆかぬが……門太は承知か」

「野の者はどこで暮そうと同じですで、兄さについて行きますわい。それに、うつけ殿はどえりゃあことをやりそうで、ずっと見ておりたいですわあ」

左京助はしばらく考えて顔を上げた。

「わかった。このましおしおと引き下がるのも業腹《ごうはら》じゃ、やってみようぞ」

「有り難い。甘えついでにもう一つ、残された老忍どもを御坊の寺で面倒見てもらえませぬか。なに、もう五、六人しかおらぬで」

「易いことじゃ。わしもそろそろ弟子が欲しゅうなってきたところよ」

「かたじけない」

小平太と門太に深々と頭を下げられ、左京助は照れたのか、慌てて手勢に舟の出発を命じた。


爰《ここ》に河内二の江の坊主、うぐゐらの服部左京助、義元へ手合せとして、武者舟千艘計り、海上は蛛の子をちらすが如く、大高の下、黒末川口まで乗り入れ候へども、別の働きなく、乗り帰し、もどりざまに熱田の湊へ舟を寄せ、遠浅の所より下り立て、町口へ火を懸け候はんと仕り候を、町人どもよせ付けて、噇《どう》と懸け出で、数十人討ち取る間、曲なく川内へ引き取り候ひき。

「今川義元討死の事」『信長公記』

9　原理の闘争

一五六九年の京都。

信長は三十六歳になっていたが、その美貌は、桶狭間で奇襲を成功させた九年前と少しも変わっていない。

信仰を口実に植民地化をたくらむあの神の虱《しらみ》どもの中では、珍しくまともなイエズス会士ルイス・フロイスはこの年、信長に会った第一印象を「華奢な体軀《たいく》」と記している。『日本西教史』では「筋骨孱弱《せんじゃく》、膂力《りょりょく》に乏しく、戦闘の任に勝《た》へざるものの如し」とさえ言われている、彼の少女のような少年のような繊細さをたたえた肉体。

柔らかい曲線を描くなで肩、細い腰、贅肉の一切れもない臀と長すぎるほどののびた脚。しなやかな筋肉が精妙な工芸品のように張りめぐらされた躰だ。髪の毛は時に焦げた金色の一筋が混じるほど赤味を帯び、白すぎる肌は血管によって硬玉のように蒼ざめている。滑らかな金属のような顔、薄く透明な闇の奥に、爆発的に燃える輝きを宿した目だ。唇は鮮血が透明な皮に覆われているように紅い。いつも嚙み締められてきた唇の色。今でも、うつけと嘲られていた頃と同じく酷薄に、すぐにも激昂の叫びを上げそうに結ばれている。鼻は鋭角的に高く、彼が好む猛禽《もうきん》類に似た優雅な女性的残酷さをその顔に与えていた。

すでに信長は都を制圧し、名目だけの足利将軍を操る権力の絶頂にあった。

ヘリオガバルスの溢れんばかりの女らしさ、太陽冠の火の輝きの下で透明に煌めくウエヌスの印は、母親をはじめとする彼を取り巻く女皇達《ユリア》に負うている。しかし、信長の女性性は、彼のまわりの女達を突き抜け、直接神に負うている。黒いバールであるエラガバルスそのものに。

信長の側には幾人もの女がいた。

美濃の姫といわれた第一夫人の帰蝶。あるいは生駒一族の娘で第二夫人の吉乃。それ以外にもまるで男色家であることが信じられないほど、彼は多くの女達と関係を持った。しかし、彼女達は密《ひそ》やかに歴史の闇の底に沈み、シリアの女皇達の美しくも厚かましい躰や顔を持ってはいない。帰蝶は信長と結婚して以来どこかに消え失せたのも同然であり、吉乃も信長の子供を生むためだけに生きていたように、夭折する。

彼女達は存在していたのだろうか？

バールが黒い光で信長を照らす。その影にすぎないのではないか。

生駒屋敷。

この秘密めいた屋敷で、信長はたった一人で自分と交わり、息子達を生んだかのようだ。

信長のまわりで最も知られている女性は、一般に妹とされている、市という名の姫である。信長に似た美貌の持主で、当時最も美しい女性と讃えられた彼女は、しかし、独立した人格のようには思えないのだ。信長と市は、日本のチェーザレとルクレチアではない。確かにボルジア一族のように近親相姦の匂いに満ちている。しかし、二人は交わり貪り合い、ただひたすらに一つになろうとする古代の神々さながらの、両性具有者《アンドロギユヌス》の顕現する双面であった。

ルネサンスのイタリア半島では近親相姦は醜聞の一形態にまで衰弱していたが、十六世紀の日本列島ではそれはまだ、太古からの反映を残していた。バールとアスタルテあるいはオシリスとイシスの、兄妹であり夫婦である古代東洋の近親相姦の神話が、姉と弟に逆転した形でこの列島に持ち込まれたと、私はすでに述べた。

信長と市は、アマテラスとスサノオをもう一度逆転させ、本来の姿に戻した上で交わるのだ。二人は、兄妹であって姉弟であり夫婦となり、ついに両性具有の一体となる。

市という名の姫は、ルクレチアのように政略の具として男達の間を渡り歩くことはなかった。ただ一度、浅井長政と結婚させられただけである。一五七三年に浅井一族が信長に滅ぼされて以来、彼女は独身を通した。再婚するのは、信長の死後だ。市はその九年もの間、信長とともにいたのである。

市姫を、かつて活動するために分離した半身を、再び回収して、信長は男であり女になる。信長は、裏切った義弟・長政とその父・久政の頭骨を、彼らの友・朝倉義景のそれとともに、漆を塗り金箔を貼ってオブジェとした。

黄金の髑髏が作る三角形の中で、信長と市は交わる。市の三人の娘、茶々、初、江がそのまわりでもう一つの三角形を、ヘキサグラムを形作る。そこには、古代皇帝の宝物倉から強奪した神聖な香木・蘭奢待《らんじゃたい》が薫《くん》じられていただろう。

バールとタニト・アスタルテが降りて来る。

月、太陽、男、女の区分とあらゆる祭儀の信じ難い混淆《アナーキー》の生きた姿として、三世紀のシリアは十六世紀の日本にはついに及ばない。かくも小さな地域に夥しい神殿が集中し、男と女が、その性器を喰らい合い交わり合うと同時に、その機能を分離させたまま具有し、自在に力とし錬金された欲望の形で放射させた例はない。

月は妹の中に昇りそれを弟に変え、太陽は兄の中に落ちそれを姉に変える。

二者は天上で闘争し、地上で相姦する。天上のこの原理の闘争は、肉の中に具象化されねばならない。

性器を貪り、たがいの肉と神経を引き裂き合うのは、二つの本質的な種族、肉化しつつ肉と闘う精神の、あるいは、精神化しつつ精神を許さない肉の、輝く原理の異なる天体であった。その光はどこまでも黒い。あまりにも黒いので、そこからあらゆる色彩が溢れ出す。白色や緋色さえも。エラガバルスは顕現する。

ヘリオガバルスには、白いアナーキーとして。

信長には、紅いアナーキーとして。

ヘリオガバルスのまわりに常に精液が溢れ流れているように、信長のまわりには常に血が炎とともに溢れ流れている。信長は二つの行為に着手する。それは彼の征服の裏側に貝のように貼りつき、増殖を続ける。

信長は、神器を狩る。

信長は、虐殺する。


神器狩り。

茶。我々のそれのように赤褐色ではなく、濃緑色の魔術的な覚醒作用のある液体を飲むことは、その時代の一部の富裕階級《ブルジョワ》の流行だったが、信長は異様なほど熱中した。陶磁器製の飲茶容器や、茶の粉末を入れる細密な壺をはじめ、緑汁を飲むための、ありとあらゆる道具を信長は掻き集めている。多くは焼かれた土で作られた飲茶道具を、日本人は黄金や宝石はもちろん、時には自分自身よりも大事にしていた。

信長は全国から、名だたる物と讃えられたそうした貴重な土塊《つちくれ》をこれ見よがしに集めた。しかし、こんがりと焼けた糞そっくりのこれらのアンティックを、彼が本当に愛したかどうかは疑問である。土の塊は、盲目的にそれを崇拝する者にくれてやったり、その額に苛立ちとともに叩きつけるためのものだ。

信長が本当に集めたのは、茶器ではなく神器だった。

日本の古代皇帝の継承権を示す三つの神聖な宝の内、剣はすでに熱田に存在する。残る二つ、宝玉の首飾りである八坂瓊《やさかに》の勾玉と、金属を磨き抜いて作った鏡である八咫《やた》の鏡は、皇帝自身とともに京都にあった。首都を制圧している信長にとって、この二つも手中に収めるのは時間の問題であったろう。

しかし、神々は産卵期のタラのようにこの列島に神聖な器物を撒き散らした。千年の時を経て、神器達もまた意志を持ち、たがいに喰らい合い、多くが滅びたが、三種類以外にも生き残った物達が、信長の時代にはまだ存在した。

日本国の支配権の証《あかし》という瑪瑙《めのう》の印章、魔王の法璽《ほうじ》。

この列島を渾沌《カオス》の海から生み出す時に使用されたという槍に似た武器、天《あま》の瓊矛《ぬほこ》。

古代の神聖皇帝が幼児の姿で降臨した時に、その身を包んだ布という真床追衾《まとこおうふすま》。

妙《たえ》なる音で星々を動かし、波をも分けるという黄金の鈴。

信長は残されたそれら神々の器を集めようとしていた。布教という最悪の情熱にかられてやってきたイエズス会の宣教師達に、彼はもう会っている。ヨーロッパ中世の聖遺物への執着に、信長もまた感染したのかもしれない。

もっとも、信長にとって宣教師達は真に革命的なものではない。バールの使徒であるあの堯照がすでにキリスト教の概略を信長に伝えていただろうから。信長のイエズス会士の教えに対する咀嚼力はずば抜けていた。宣教師達が何を言うのかを、あらかじめ知っていたかのように。

四三一年、エフェソスの宗教会議で敗れたネストリウス派のキリスト教徒が、七世紀の段階でもう中国大陸にまで達していた。唐帝国では、景教という名で六三八年に布教が公認されている。その首都・長安付近で発掘された漢字とシリア文字で併記された大秦景教流行中国碑がその証拠である。この帝国に使者を送って優れた文明と宗教を学ぶことが、成立したばかりの日本にとって習慣となっていた。

ネストリウス、あるいはアリウス、モンタノス、ゾロアスター、マニ、スーフィー、ミトラ、そして、バール。

中央アジアの沙漠を渡ることで純化され、巨大な帝国の世俗主義的な中枢都市の中で混淆され凝縮されることで、はるかに熱狂的になり有毒化された黒い太陽神。人間を神と化す熱い意志と欲望の体系が、誰によって持ち込まれたのかは明らかではない。だが、間違いなく有能な運び手になったに違いない司祭はいる。

空海。たった一人で、それもわずか二年の留学で、複雑きわまりない仏教の一宗派を丸ごと日本に移植することに成功した彼なら、全東洋の神々が屑肉のスープよろしくドロドロにとろけた沸騰する混合液を、火傷《やけど》することなく呑みほせたろう。帰国した空海はそれを、列島の南端に位置し最も大陸に近い巨大な島にある一大交易所《マルシェ》で吐き出した。

太宰府という交易所《マルシェ》はそれ以来、黒い巨大なアナーキーが棲む場所、ユーラシア大陸全土の欲望を一点に受けとめて育《はぐく》む女陰となった。空海はそこで、一年余りの時間をかけて、自らの宗派の体系に有利なものや必要なものだけを選びカタログ化した。選別されたものは首都へ、後に彼の築き上げた聖域である高野山へと持ち込まれたが、臓物のような残滓は、その場に封じ込められた。

古記録によれば、空海はそのために東長密寺という神殿を建築したという。彼らの象形文字では、その神殿の名は、東方の王の秘密を意味していた。ヨーロッパでキリスト教がやったように、仏教もまた、黒く熱い欲望や意志のアナーキーに、肉のまま直に交わることへの扉を閉ざしたのだ。

その扉が開かれる。イエズス会士のお節介なノックによって。一五四九年、ザビエルの来訪で、正統と普遍を自称する狭量なアタナシウスの子孫の教義も、やはりこの九州島の北部に持ち込まれたのだ。千年を経て、正統と異端に分離したものが一つになった。半ば眠り、左遷された大臣の化身や土着の復讐する神々の姿に埋もれていたバールへの信仰とその使徒達が目覚め、復活する。ネストリウスの情熱とともに。三位一体を否定し、キリストを人間と信じ、ならば人間もまた神になれるのだという熱狂とともに。

千年の分離、千年の放浪、千年の隔離が、エラガバルスを飢え渇かせた。それは、精液よりもさらに熱く太陽に近い血液を、爆発的に求める。

一五七一年九月、信長は首都郊外の比叡という山上にある仏教の一大聖地を潰滅させ、司祭とその兵士達三千人を殺し、無数の神殿や大学施設を焼き払った。この山は、テンプル騎士団のような神聖武装集団の拠点であり、各国の領主達の軍隊に対して、敵対と同盟を使い分け、首都への支配権の一部を握っていた。テンプル騎士団が聖骸布《せいがいふ》を守っていたのと同じく、この山の僧形の兵士達も、一つの宝を守っていた。

魔王の法璽である。

比叡山教団は、首都の魔術的防衛の要《かなめ》であった。空海の友人の司祭・最澄によって日本最初の総合仏教大学として開かれたこの山は、その高度な教学と権威によって列島全域から様々な宝物や神器を吸い寄せた。

『渓嵐拾葉集』では〈大日如来の印文〉として伝えている神聖であると同時に呪われた魔王の法璽は、地を支配する魔の王から、アマテラスがこの列島の支配権を認知された印だといわれている。この神器は、『沙石集』、『神祇秘抄』、『太平記』「神璽の異説」等に記されているその屈辱的な由来のために、アマテラスの子孫である皇帝家も持て余していた。彼らが比叡山教団に厄介払いしたのも当然だ。やがて空海が帰国して高野山教団を開くまで、日本にこれ以上強力な魔術的な力を持った集団はなかったからである。

この魔王はシヴァ神と同一視されており、第六の天空に棲む仏教にとってのサタンであるから、最澄が大陸から輸入した当時最強の仏教の力で封じ込めてほしいと願ったのは無理もない。比叡山教団が皇帝や将軍の力をいささかも恐れることなく、首都で自由気ままにふるまうことができたのは、この魔王の法璽を握っているからだった。

信長はためらうことなく、軍を差し向けた。一度も正規の大軍と正面から対決したことのない司祭の兵士達に勝ち目はない。司祭の多くは祈りの姿勢のまま斬られ、密かにあるいは公然と慰みものにしていた美少年や娼婦達とともに、首を取られた。無数の教義書と神々とブッダ達の像が灰になり、三千の遺骸を覆った。魔王の法璽は、司祭の血と、聖堂と聖像の炎と灰によって再び生命を吹き込まれ、信長の手に渡ったのだ。

信長はその時、白い馬に乗って後込《しりご》みする全軍を叱咤《しった》したという。

一五七四年九月、信長は長島という湿地帯に籠る武装信者達二万を、生きながら焼殺した。幾本もの川が合流する攻めにくく守りやすいこの場所は、比叡山教団とはまた別の戦闘的仏教宗派に属するパルチザンの拠点であった。彼らはラングドックのカタリ派のように粘り強い戦闘を展開し、長年信長を苦しめた。彼らを指揮した本願寺教団と、操り人形であることに我慢ならなくなった義昭将軍との謀略により誕生した信長包囲網は、強力無比であり、彼をもう少しで破滅させるところだったのだ。

パルチザンを支えたのは殉教を辞さない信仰心だけではない。莫大な物質的援助があった。本願寺教団は本部の防衛に手一杯でその余裕はない。援助したのは、地元伊勢の神殿に集う勢力であった。伊勢の国はすでに信長の支配下にあったが、さすがに日本最高の聖域である神殿には、信長もまだ手を出していない。

天の瓊矛は、古代よりそこに保管されていた。

この年三月には、信長は、東大寺が守護していた蘭奢待という神聖不可侵な香木を手に入れ、切り取っている。この香は神器を燻蒸《くんじょう》するために奪われたのだ。矛を守る伊勢の神殿の使徒達が危機感を抱き、密かに自国の反信長勢力を助けていたとしてもなんの不思議もない。このままでは、この国の始祖イザナギとイザナミが使ったという聖なる矛は、確実に信長に奪われる。フロイスの『日本史』によれば、修道士ロレンソに「イザナギ、イザナミがこの国の最初の住民であるという説をどう思うか」と質問したという信長が、この矛の存在を見逃すはずもなかった。

だからこそ、これは戦いではなく虐殺となった。信長は川という川に、海まで続く数百艘の舟を浮かべてパルチザンの機動力を奪い、あらゆる補給路を遮断して包囲し、三ヵ月もかけた持久戦で彼らを殲滅したのだ。

戦闘員も非戦闘員も区別しない二万人の肉の焼け焦げた匂いは、長島からはるかに漂い、伊勢の神殿に仕える者達を驚愕させたはずだ。密やかに、あくまでも内密に、天の瓊矛はその年の内に信長に引き渡されていた。

信長はその時、赤毛の馬に乗って一人も許すなと命じたという。

一五七五年八月、信長は全軍十万を率いて北方に侵攻。一万余りの本願寺教団の武装信徒達が自治領としている越前の国を制圧した。

この掃討作戦で三万から五万の信徒が殺戮されている。北国の平野や山地は、戦う男達ばかりではなく女子供の死体で埋まった。

前年、伊勢の神殿から二つの神器が持ち出された。

一つは、天の瓊矛。もう一つは、真床追衾である。

前者は信長に献上された。しかし、後者は信長の領国を飛び越え、越前の国に運び込まれている。長島が潰滅した以上、もはや伊勢に神器を置いておけない。神官達は教義主張の壁を越えて、長島で協力したパルチザンになおも縋るしかなかった。しかし彼らも、本拠地である石山本願寺は信長軍に完全包囲されたままで、陥落は時間の問題であった。わずかでも信長に対抗できる可能性があるのは、越前の同朋達しかいない。そこにはまだ一万以上の軍勢を動員できる余裕があった。

琵琶湖という日本最大の湖が、伊勢と越前の間を隔てる距離のかなりの部分を占めており、水運を使えば意外なほど両国は近いのだ。本願寺教団の武装信徒はそのほとんどが交通の申し子である放浪者達であり、フリーメーソンのような互助組織によって、両国の水上の道はその時点でも十分に機能していたのである。

この聖骸布にも匹敵する神聖な布は、川から湖へ、そしてまた川へと軽々と流れるように運ばれ越前に到達した。しかしそれが、信長の動員可能な全部隊をこの国に導くきっかけになろうとは、彼らも夢にも思ってなかっただろう。一年ほど時を稼げば、最強と謳われた武田の騎馬軍団が、信長を滅ぼさないまでも回復不能な打撃を与えてくれるはずだった。まさか、この年の五月、設楽原という平原で一万五千の騎馬軍団が一瞬にして撃滅されるとは、予想もしていない。

信長は、噴火する。爆発する火山さながら、彼は持てるだけの華麗な軍団を北の大地に溶岩流のようにぶちまける。冷えきった大地と水は、むせかえるような血とすべてを焼き払う炎によって煮えたぎり、熱い蒸気を上げ、そのエネルギーによって、かつて幼帝を繭《まゆ》のように包んだ古代の布は、死んだボロの塊から、聖なるその身を熱帯の奇蹟的な紋様を持つある種の蝶のように開くのだ。羽化したての半透明な翼が、みるみるうちに貴金属の光沢に覆われていくように。神聖な薔薇が血の花弁をほころばすように。

信長はその時、漆黒の馬に乗って一族の神殿・織田剣神社に向かったという。

一五八一年九月、信長は四万の軍を集め、伊賀の国を焦土に変えた。伊賀は小国であり、敵対勢力も数千にしかすぎなかったが、しかし、ここは魔術師達の国であった。信長ですら死の前年になるまで手がつけられなかったことを考えても、彼らの力がよくわかる。服部、百地をはじめ十二人の熟達者《アデプト》が統治するこの国の者達はすべて、日本のアサシンであった。侵入し、破壊し、暗殺する。

もっとも彼らは、イスマイリ派のように特定の主人や宗教に服従してはいない。自らの特殊戦闘技能を自由に売買した。伊賀はアサシン達のヴェネツィアであり、だからこそより危険であるにもかかわらず、誰もこの国に侵攻しようとはしなかった。

だが、日本人が一般的に思っているよりもアサシンと伊賀者は似ている。伊賀者を動かすのは、経済原則だけではなかった。イスラームの異端であったイスマイリ派は絶えず迫害にさらされ山に籠らざるをえず、自衛のために諜報活動や暗殺を洗練しなければならなかった。伊賀もまた山国であり、一つの観念ではなく一つの物質を守るために、彼らはそこに籠って特異な戦士にならざるをえなかったのだ。

その物質とは、神器・黄金の鈴に他ならない。

この鈴は、日本神話におけるアポクリファである。剣・鏡・玉の三種の神器の正統的な一組に入れなかった物。旧約・新約の福音書から外された外典のように、異端でありながらなお神聖な力を持ち続け、それを信じそれに奉仕する、少数だが熱狂的な閉鎖集団《カルト》を生む。『伊賀国風土記』によれば、古代にアマテラスが天上からこの地に黄金の鈴を降臨させ、それをアガツヒメノミコトという神が発見し、この地を領有し神器を守ったという。

神器を守る十二人の山の老人達。

黄金の鈴こそが伊賀に特異な戦闘集団を生んだのであり、伊賀に信長軍を二度にわたって侵攻させたのだ。

最初は一五七九年、織田信雄が独断で一万の軍を率いて来襲した。

この時、この国の最高の神殿である敢国神社に保管されていた金鈴が鳴りだし、信雄軍はその途端、大混乱に陥って敗退したという。ヨーロッパではなじみの、国難に鳴る鐘の日本版というわけだ。

二度目の侵攻の時には鈴は鳴らなかった。何者かが、敢国神社の本殿を布で包んだと伝説は述べる。保管庫の中で、金鈴もまた布にくるまれていたのである。神器の鈴の聖なる力を封じることのできる聖なる布で。真床追衾はこのように活用された。

後はただ、大軍とパルチザンとの、比叡山以来繰り返されてきた虐殺の反復だった。伊賀は何もかも焼かれた。戦闘員かどうかの区別が存在しないこの国の住民は、少なくとも一万人以上が殺されたはずだ。敢国の神殿も灰燼《かいじん》と帰し、ただ鈴と布だけが、信長の手に回収された。すべてが完了した後に、信長は自らこの地を訪問している。

信長はその時、蒼ざめた馬に乗って灰と炭と死体の上を進んだという。

10　滅びの子

「懺悔《ざんげ》シタイ？」

フロイスはいぶかし気な顔で、ひざまずいているロレンソを見つめた。刀傷で片方の目を醜く抉られたこの日本人イルマンが、誰よりも高潔で陽気な魂の持主であることを彼以上に知っている者はいない。

泣いているのか……。

フロイスは驚いて法衣《アビト》の裾を翻し、ロレンソの肩を抱きかかえるようにして、粗末な木の椅子に腰かけさせた。自分の日本語能力がもどかしかった。日常会話には不自由はしないが、このような時なんと声をかけたらいいのか戸惑ってしまう。

「懺悔ナサイ」

フロイスは信者にするようにともかく話を聞いてみることにした。急拵《ごしら》えの南蛮寺に、懺悔聴聞の用意などありはしない。フロイスはいつものように、土間に置いた机を挟んで向かい側に座った。

ロレンソが少しためらった。

「アナタノ言葉デダイジョウブ」

ロレンソはもちろんかなりポルトガル語を話せる。しかし、心の中に蟠ったものを吐き出すには母国語が一番だ。それに、聞き取る力にはフロイスも自信があった。

外では晩秋の小糠雨が静かに降っている。


私のせいなんでござあります。すべて私の……。

初めは、あの傲慢なボンゾどもが退治されたとは結構なことでおじゃるとむしろ喜んでおりまいた。ですが、ボンゾだけではなく女やわらんべまで撫で切りにされまいたと聞き、たまらず和田様に御無理をお願いいたし、内密で比叡のお山に入らせていただいたのでござあります。

……インヘルノ、でござありまいた。信長様は三千もの者達を根切《ねぎり》にされた後は、お山の周囲に番人を立て、何者をも手をつけることを禁じられまいた。お山はただ、焼け焦げた残骸と首のない遺骸で埋まっておりまいた。首だけはすべて信長様直々の御検分の上、根本中堂の焼跡に積み上げておるそうでござあります。

どうしてそこまでまいれましょうず。骨と焼けた肉と炭の果てしもなく続く中を、歩けよう道理もござありませぬ。和田様も初めてのお山入りでござありまいたが、我らあほうのように立っておるばかり。

今でも死人《しびと》が匂いまする。あのジャボそのままの鴉《からす》どもが鳴きながら一面に舞い狂い、時折、ルシヘルの化身とも見ゆる太った山犬が駆けて行きまする。戦場は何度か見たことがござありまするが、具足を着け得物を手にしております死骸は、イエズス様の御言葉通り、剣を持つ者が剣にて滅ぼされたのでありますから、自業自得でござありましょうが、哀れなのは女とわらんべでござあります。破戒無慚《むざん》のボンゾどもに、金で買われ甘言でたぶらかされ連れて来られた罪科《つみとが》のない者らで、中にはお山で生まれまだお山から降りたこともない頑是《がんぜ》ない子もおりましょうず。

それをば、ことごとく……。また、そのようなわらんべだけは、さすがに兵達も不憫《ふびん》に思うたのか、首が残っておりまする。母親が必死にその身で守ったからでござりましょう、小さな顔がきれいに焼け残って、もう何も映らぬ瞳が私をじいと見つめてござった。気がつきまするると、あの剛毅《ごうき》な和田様が泣いておられまいた。歴戦の殿さえもかつて見たことのない、まさしくインヘルノ……。

その時でござあります。死骸の山の向こうから、我らの名を呼びながら数名の供をひきつれ小柄な殿が徒歩《かち》にてこちらにやってまいりまいた。木下様でござあります。いつも陽気な殿もさすがに笑顔もなく、静かな声で和田様に挨拶し、何やらお話しされておりまいたが、突然、私の方に向かれますと「伴天連、お主ら信長様に何を吹きこんだのじゃ。おかげでこのざまよ。わしも随分とおいさめいたしたのじゃが……。デウスとやらはかような根切がお好きなそうな」と申されまいた。

いえ、決してお怒りの声ではござりませぬ。むしろ消え入るような陰気な御口調で。しかしまさか、まさか、私は雷に打たれたようでござりまいた。木下様は知っておられたのです。しかしまさか、まさか、私のあの聖書講話がこのようなことになりましょうとは。

パードレ・フロイス様、今こそ懺悔いたしまする。

私は、信長様に黙示録の講義をばいたしまいた。ア、アンティクリストゥスのことをばお教えいたしまいた！

カブラル様とともに岐阜に参ったあの時のことでござあります。覚えておられますでしょうか、信長様が手ずから我らにお茶をふるまわれ、あれこれお話し申し上げる内に私めに直々に、日本の神について御下問がありまいた。私は「イザナギ・イザナミをはじめ、日本の神々はことごとく死すべき古《いにしえ》の人間のことにすぎない」とお答えいたしまいたが、それが大層お気に召し、その後しばらく御教えについて信長様にお話しいたしまいたのは、御存じの通りでござあります。

その夜のことでありまいた。皆様がお休みになりまいた深更、宿舎の戸をばほとほとと叩く音がいたしまする。開けて見れば、昼間お取次いただいた武井夕庵様で。なんでも信長様がぜひともキリシタンの教えについて引き続きお尋ねになりたいことがありまするそうで、明日の出立《しゅったつ》の前に私にもう一度お城へとのことでありまいた。御許可をいただく間もあらばこそ、私は抱えられるように輿に乗せられましたのでござあります。

信長様は再び私にお茶を点《た》ててくださり、申されまいた。

「その方らの教えに、この世の終わりについての経があるそうな。また、イエズスという大工の他にも、神となった〈滅びの子〉というものがいるという。教えてくれ」

もう少しで千金の値のする茶碗をば取り落とすほど驚きまいたが、ともあれ御教えについての誤りだけは正しておかねばなりませぬ。なんとか声を励まし、お答え申しまいた。

「お恐れながら、黙示録というこの世の滅びる様をイエズス様がお示しになった教えは確かに聖書の中にござあります。〈滅びの子〉とはその中に出て来る者でありまするが、決して神の子ではござありませぬ。われらの御教えにとりましてデウスの御子であらせられまするのは、イエズス様ただお一人」

「ならば、〈滅びの子〉とは何者？　ただの人か」

「されば、人には違いありませぬが、魔性の力を持っておりまする。ルシヘルの子、インヘルノの王子でござりますれば、救世主に逆らう者、アンティクリストゥスと呼ばれており申す」

信長様は涼し気に微笑まれまいた。誠にこのようにお近くでお顔を拝すれば拝するほど、信長様のお年がわからなくなりまする。

「面白い。続けてくれ」

その笑顔についつい引き込まれまいて……。黙示録の御教えは、我ら最奥義の秘中の秘、とてもにわかイルマンの手にはあまりますると重ねて御辞退申し上げたのでござりまするが、ぜひにと頭を下げられ、次から次にねだられまして、とうとう……。

「語ッタノデスカ」

フロイスは思わず声を上げた。

ロレンソは素直にうなずき、フロイスは密かに戦慄した。

信長とアンティクリストゥス。

なぜ気づかなかったのだろう。この組み合わせは、彼の心の底を一瞬、冷たくした。

フロイスはかつて瞑想中に、一度だけ魔性のものの来臨を感じたことがある。

まさかルシフェルではないだろうが、とてもそのあたりの下等な悪魔《ディアボロス》のようではなかった。いずれ魔王と呼ばれるインフェルノの実力者の一体であったのだろうと、フロイスは思っている。

視界の隅に立ったその影は、瑠璃色をしていた。

下劣なものも獣的なものも感じなかった。それどころか、優美で高貴ですらあったように思う。ただ、すべてが恐ろしく邪悪だ。冷酷さが極まると優しく美しくすらあることを、悪の徹底が崇拝に値するような貴さを生むことを、フロイスは知った。

いや、邪悪とか冷酷とかいう言葉で表現できるようなものではなかった。その瑠璃色の影は、生命とはまったく異質な何ものかの落とす影であった。一切の生命に親和することなく、関心すら抱くことなく、殺すことのできるような非情の存在。有毒な金属が知性を持ち意志を持ち、来臨するとすれば、この瑠璃色の影のようだろう。

満身の力を籠めてようやくフロイスが正対した時には、その影は消えていた。全身からどっと汗が吹き出し、しばらく震えが止まらなかった。

最初の会見から、信長は宣教師達に好意的であった。しかし、どこか美しく光っている刃に向き合っている感じが、フロイスにはどうしてもぬぐえなかった。絶大な権力を握っている、ただでさえ表情のとぼしい東洋の王と気安く交歓できる方がおかしいとそれほど不安には思っていなかったのだが、なるほど、信長と対面している感じは、あの瑠璃色の影を見た時と同じ感触だ。

ひんやりとした刃の肌触りと煌めきに半ば恍惚となりながら、産毛《うぶげ》のすべてがそそけだつあのえも言われぬ戦慄。あれほど好意的でありながら、しかし、信長は決して和田の殿のように天使的ではない。どこまでも得体の知れない非情の核のようなものが、彼の中枢に厳として存在している。

アンティクリストゥス。

偽救世主である彼は、少なくとも最初の内は、誰よりもイエズスに忠実な者のようにふるまうのではなかったか。

フロイスは首をふり、自分自身に言い聞かせるようにつぶやいた。

「キット気ノセイネ。アナタノ」少し考える。「ソウ、思イスゴシヨ」

ロレンソは深い溜息をついた。

「木下様が申されまいた。信長様はわざわざ白馬をお選びの上で、比叡のお山に向かわれ、総攻撃の号令を全軍に下される前に、小姓に鉢から水をそそがせ手をば洗われたそうでござありまする。このような戦の作法は聞いたこともなく、織田の家中でも初めて見たと木下様はいぶかっておられまいた。それで我らが何かを吹きこんだのでは、と……」

フロイスがその意味を理解するのに、しばらくかかった。

雨の音が急に大きくなる。

突然、フロイスの顔が歪んだ。

「オオ、白キ馬ニ座スル者！　黙示録ノ四騎士ト、御使《みつか》イガ傾ケル七ツノ鉢！　シカシ、ソレハ……」

「おそらく、イエズス様御昇天の際のピラトの故事も混ざっておりましょうず」

フロイスは軽い目眩を覚えた。

七つの封印、四騎士、七つの喇叭《ラッパ》、七つの鉢、レヴィアタン、ベヘモット、バビロンの大淫婦、鋼鉄の蝗《いなご》、にがよもぎ、火と硫黄の死の天使、ゴグ、マゴグ、そしてアンティクリストゥス……。

世界を滅ぼすいずれ劣らぬもの達が、フロイスにはまだ少年のようにしか思えない信長のあの小さく均整のとれた頭の内で、どのように絡み合い、融合し、変形しているか、想像しただけでもおぞましかった。

急いで十字を切る。ロレンソも神妙な顔つきで従った。

「デモ、オカシイ。黙示録ハトテモムツカシ。一晩キイタダケデ、覚エルコトデキナイネ」

ロレンソが目を伏せ、背を丸めた。

「マサカ？」

「申し訳ござありませぬ。私めが何度か文《ふみ》で……」

「黙示録書イタモノ、渡シタト」

今度はフロイスが溜息をついた。

「このようなことになりましょうとは、どうか、どうかお許しを」

「祈リナサイ」

フロイスは、窓の外の、雨が落ちる暗い空を見上げて目を閉じた。

ロレンソは勤勉なイルマンで語学の才能もあった。特に、ラテン語はフロイスも驚くほど読むことができる。しかし、象徴と寓意に満ちた黙示録には歯が立つはずもない。

旅のつれづれ、あるいは祈りの合間、彼は他のパードレやイルマンと聖書の話をすることが何よりも好きだった。

特に一番熱心に聞きたがったのが、ヨハネの黙示録である。旧約はいざ知らず、新約聖書で最も勇壮な話であるからだ。温厚で微笑みを絶やさぬ彼ではあったが、やはり乱世の子である熱い血を持っていた。でなければ、誰が顔面を刀で抉られたりするものか。御教えに身を捧げるまでは、何度か戦にも出たことがあるという。

つまり、ロレンソの黙示録は耳学問のそれであった。たとえ筆に起こしたとしても、どこまで聖書に忠実かは怪しいものだ。それをあの信長が読む。フロイスは機械時計や地球儀を初めて見た時の、信長の目つきを思い出していた。好奇心に満ちすべてを暴《あば》き見るまでは納得しない、知的でしかも情熱的な目。あの目でロレンソの黙示録を何度も読み返している信長の姿が、浮かぶようだった。

地球儀を手に取りフロイスの説明を聞きながらしげしげと眺めていた信長は、ただ一言、「理にかなっている」そう言ったのだ。信じられなかった。世界が球体であることをどうしてすぐに納得できるのだろう。現にロレンソなぞは未だに得心がいかないような顔をする。デウスやイエズスの御名を使ってなんとか説得はしているが、疑問の余地なく説明せよと言われたら、フロイスにも自信がない。

しかし、信長は本当に理解したのだろうか。

彼が自分達に見栄を張ったり、気を使わなければならない理由はどこにもない。納得がいかなければいくまで糺《ただ》すはずだ。だから、地球儀に関してその一言だけで満足の様子を見せたのは、見栄でも嘘でもない。確かに、信長は理解し納得したのだ。しかし、それは我々の理解と同じなのだろうか。まったく異質な理解ではないのか。

地球の形ならまず害はない。フロイスは黙示録の四騎士の一節を思い浮かべた。

またわれ見しに、七つの封印のうちの一つを羊の開き給ひしとき、かの四つの生き

物のうちの一つ、雷の如き声して、来れ、且つ見よ、と云ふをわれ聞けり。またわれ

見しに、見よ、白き馬とその上に坐《ざ》する者、弓を持てり。また彼に冠を与へられたり、

かくて彼は勝ち出で来れり、また勝つためなりしなり。

この危険な言葉を、ただでさえ危険な信長に教えるとは！

ロレンツの手紙を熟読した挙げ句、「理にかなっている」とあの涼しく美しい微笑を浮かべたとしたら……。すでに歪んでいるロレンツの黙示録は、信長の脳中でさらにどこまで歪んだのか。

白い馬、赤い馬、黒い馬、そして最後の「その上に坐する者、その名は死なりき。また陰府《よみ》これに従ふ」というあの蒼ざめた馬。

信長が四騎士を気取るなら、虐殺は後三度繰り返されることになる。〈滅びの子〉、比叡山のボンゾらにとって信長はまさにそうであったろう。

黙示録を実現しようというのか。

フロイスはあの瑠璃色の影に出会った時のように、震えている自分に気づいた。

「アア、サンタ・マリア、我ラヲ許シタマエ」

……いや、しかし……怯えることはない。

ロレンソと祈りの言葉を唱えながら、フロイスは次第に落着きを取り戻していった。

信長は我らの味方だ。虐殺は、彼があれほど憎んでいるボンゾらに向かうだろう。本願寺、高野山、根来、この国を支配している異教徒どもの聖地はまだまだたくさんある。彼らを掃討する、そう、アンティブッダになってくれればかえって好都合かもしれない。

敬虔《けいけん》な神父の顔の下で、イエズスの軍隊の精鋭たる男の頭はしたたかに回転していた。

ともかく、最悪の事態は起っていない。

どんなに心を許したとはいえ、ロレンソ達日本人には、最大の秘密は伏せてある。マルティン・ルターの登場により、聖なる御教えはすでに決定的に分裂していること。自分達イエズス会は、ヨーロッパでゆらいだカトリックの覇権を取り戻すために東方布教に専念していること。そして、ルター派はローマ教皇こそアンティクリストゥスに他ならないと主張していること。

もし今、彼らが逆に信長に近づき、黙示録を講義していたとしたら、比叡の山のボンゾらの運命は他人事ではなかったかもしれない。あまりにもルター派が黙示録をふりまわし、アンティクリストゥスを中傷の修辞として乱用するので、イエズス会全体が黙示録に食傷し、その力を軽視していたのは否定できない。

もともと典礼を重視したカトリックは、パトモスのヨハネによるものをはじめ黙示録的教義全般に冷淡であった。ルター達の攻撃もその油断を巧みに衝いたものだといっていい。素直に考えれば、世界の滅亡の預言に、好奇心の強い日本人が興味を持つのは当然のことだ。まして、ロレンソの言うように仏教にも類似の教えがあり、この国でかつて大流行したのならなおさらである。

迂闊《うかつ》であった。これからは黙示録の取り扱いには細心の注意を払おう。過《あやま》ちは何度でも修正できる。そこから学ぶことで。それが、フロイスの信念だった。

「悔イ改メ、二度トシナイト誓エマスカ」

「イエズス様の御名にかけまいて」

「オオ、主ハイツモアナタノ側ニオラレマス」

フロイスはロレンソを力一杯抱きしめ、頭の中でこの件を本部に報告するべきかどうか、あらゆる角度から検討を加えていた。

11 霊石

二年たった。

一九三二年四月、アルトーは再びベルリンにいる。

この二年、何も変わらなかったといってもいいのだろうか。テーブルの向こうで微笑んでいる総見寺の朱い唇を見ていると、そう信じたくなる。

二人はまるで昨日別れたばかりのように挨拶し、話していた。

アルトーの目の前で夢が形を取っている。ずっと見続けた、だが、決して思い出さなかったような夢が。どんなに不可解な夢もそれが現実になってしまえば、まるで昨日の続きそのままに、驚きも感動もなく淡々と受け入れられるものなのか、こんな風に。

しかし、その細部は確実に変わっている。

ここは安ホテルの近所のありふれたカフェではない。あの乱痴気騒ぎの二〇年代、全ワイマールの遊民達が常連になることを夢見たロマニッシェス・カフェだ。

総見寺が、再会の場所にベルリンを訪れた者なら誰でも知っているこの店の名を挙げた時、アルトーはすぐに河岸《かし》を替えようと考えた。大恐慌以来、伝説のカフェは単なる観光地になっていた。何度か立ち寄ったこともあるが、すでにボヘミアン達は消え失せ、スノッブなプチブルのたまり場になっているだけで、アルトーをうんざりさせた。

だが、案内されたのは、かつて座ったことのあるテラスに続く〈泳ぐ者のプール〉席ではなかった。アルトーは、一般客の間を抜けて、奥の小さなスペース、常連客のための〈泳がぬ者のプール〉席に導かれた。

そこではまだ、二〇年代が生きていた。琥珀《こはく》に閉じ込められた虫のように。

待っていたのは、総見寺だけではなかった。

七色のリボンに埋もれた女や女装した男達の中で、その男の平凡きわまりない姿はかえって目立って見えた。隣で、総見寺が咲き誇る花のように微笑んでいるのだからなおさらだ。取り柄のなさが淀んで物質化したといった風情のこの中年男は、疲れきった憂鬱そうな表情を浮かべ自分のカップを覗き込んでいた。総見寺とアルトーが再会の挨拶を交わしている間も男はまるで無関心だった。どうやらフランス語はわからないらしい。

「お知らせしてなくてすみません。こちらは、僕のドイツの友人で、今日の話題に関係がある研究をしているものですから、ぜひ同席したいということで」

総見寺の紹介が終わると、影のように控えていた青年が駆け寄り、座っている男に耳打ちした。通訳しているようだ。いきなり男がバネ仕掛けの人形のように立ち上がった。

「ヴォルフと呼んでほしい」

差し出された手は意外なほど白く柔らかかった。神経質なまでに剃り上げられたのっぺりとした顔も白い。碧い目だが、暗く、まるで永遠に外気に触れることのない氷に閉じこめられた沼に似た鈍い光を放っている。

この顔には一枚ベールがかかっている。アルトーはそう思った。誰もが反応するアルトーの強い眼差しにも無関心のようだった。彼が覗き込んだヴォルフの凍結した沼には、自分はどうしてこんな所にいるのかわからないといった、とりとめのない感情が漂っているだけだった。

魔法でもかけられているみたいだな。魂は自分の巣に置いてきたのか、この狼《ヴォルフ》は？

「初めまして、ムッシュ・アルトー。通訳を勤めさせていただきます、秘書のアルベルト・シュペーアです」

影が、髪の乱れを気にしながら握手を求めてきた。

秘書？　このパッとしない男は、どこかのお偉いさんなのか。

「ヴォルフさんは、霊石を研究されています。石の神秘的な力に関心をお持ちなんですよ」

アルトーの不審気な表情に気づいたのか、総見寺が説明する。

ああ、オカルト好きのプチブルか。雑貨か何かを商う小さな店を幾つか持っていて、加速度的に崩壊していくベルリンの現状に絶望している連中だ。

アルトーは、街路のあちこちに座りこんでいる立派な身なりの物乞い達を思った。明日は我が身と思えば居ても立ってもいられまい。こういう奴らがナチに投票するんだ。ナチの敗北がはっきりした今、オカルトにしか逃げ場はないというわけか。

大統領選挙が終わったのはほんの一週間ほど前のことだった。老英雄ヒンデンブルクに、大恐慌以来台頭著しいナチスの党首アドルフ・ヒトラーが真向から挑戦したのだ。三月の第一回の投票では、ヒンデンブルクが大差をつけたものの過半数にはとどかず、第二回目の決選投票が行われた。

気が違ったように街中に鉤十字のポスターを貼り、ビラと演説レコードを惜し気もなくばら撒き、一日三回も四回も演説をこなすためにヒトラーは飛行機で国中を駆けまわったが、蓋を開けてみれば、演説すらすることなく怠慢な選挙運動を終えたヒンデンブルクが五十三パーセントの票を制していたのだ。イギリスの『デイリー・テレグラフ』をはじめ、外信は一斉にヒトラーの政治生命の終焉を報じていた。乾坤一擲の勝負に敗れた国家社会主義ドイツ労働者党の資金は、完全に底をついたということだった。

アルトーは鼻を鳴らした。

自分の中で陰気なヘル・ヴォルフと痩せた秘書への興味が一気に失せていくのを感じていた。ふいに、オットー・シュトラッサーの髭面が浮かんだ。

「さて、今日のテーマは霊石です。僕が東洋の、アルトーさんが地中海世界の、そしてヴォルフさんがゲルマン圏の、それぞれの霊石を研究していますから、これでほぼユーラシア全域の神秘的な石の話が押さえられますね。ただ、あくまで中心となるのは二人の王、ヘリオガバルスと信長ですので、自《おの》ずと話は日本とシリア、ローマにしぼられてくるはずです。ムッシュ・アルトー、いやナナキ、さっそくですが、あなたが手紙で教えてくれたバールの黒い石についてお聞かせください」

総見寺はそっと付け加えた。

「ヘル・ヴォルフのことは気にしないで。一通りの説明はしています。彼はただ聞いているだけですから、二人で手紙の続きを議論しましょう」

「やれやれ、助かった。最初から話さなきゃならないとしたら事だからな。もっとも、我ながらどこまで理解しているか不安になるよ」

「送っていただいた『剣の揺籃』と『原理の闘争』の草稿からすると、完璧のように思えますが」

「きみから教えてもらったことばかりさ。まだまだメモ書きだ。実は、ヘリオガバルスについて『精子の揺籃』、『原理の闘争』、『アナーキー』という三部構成の散文を考えていたんだ。それを応用してみた。いずれ信長とヘリオガバルスを完全に対比させて書くつもりだ。そいつは四部構成になるだろう。二人はともに原理を闘争させるアナーキーな存在ではあるのだが、また同時に対極的でもあるんだ」

「信長は血、ヘリオガバルスは精液ですね」

「信長は戦争機械だが、ヘリオガバルスは淫楽《いんらく》装置だ。たった一度しか戦争に勝利をおさめず、戦争そのものを嫌悪していた。自分の尻の穴や陰茎に精液を溢れさせておくことにしか興味はなかった。同じ牛の王の系統を引く者でありながら、彼は絶えず生温い乳を垂れ流している怠惰《たいだ》な雌牛だよ。信長のような鋼の角を持った狂牛とは違う」

アルトーはちらりとシュペーアの方を見て囁いた。

「大丈夫かい。奴さん苦労してるぜ」

「かまうことはありません。続けて」

総見寺も囁き声で答える。

シュペーアは赤くなったり青くなったりしながら、男に耳打ちし続けていた。卑語をつぶやかれているはずだが、ヴォルフはまったく表情を変えない。

「だから二人の揺籃は、剣と精子に分かれることになる。しかし、ユーラシアの東と西の違いか、それとも千年の時代の違いか、全く対照的な王になってしまった二人はどうやら同じものから生まれているらしい。それが、きみと私との一年間の議論の結論だった」

「この前のお手紙には、それこそ石だと」

「まだ、はっきりしてない。もう少し、信長の石についてもきみに聞く必要があるし

「……」

「また映画の撮影でベルリンにいらっしゃると聞いた時には興奮しました。この二年間、どうしてもドイツを離れられなかったもので、ようやくお会いできるかと」

総見寺の瞳は急に輝きを増したようで、アルトーは息苦しくなった。いつの間にかテーブルに置いたアルトーの手に、総見寺の繊細でひんやりとした手が重ねられていた。急いでヴォルフとシュペーアの様子をうかがったが、卑語にようやく気づいたらしく、しきりに議論している。

爪が真珠のように薄ぼんやりした灯火で光っていた。重ねられた総見寺の手に較べれば、ヴォルフの手は大きな白い蛆《うじ》にすぎない。

アルトーの手は熱を帯び、細かく震え始めた。

なんてこった。本当に「震える男《トレンブラー》」じゃないか。

ウーファの撮影所で今彼が演じているのが、警察の捜査から逃れるために絶えず手を震わせている殺し屋だった。タイトルは『夜明けの銃声』！　屈辱的な仕事への怒りがアルトーを冷静にさせた。さもなければ、発作を起こしていたところだ。

総見寺の手が離れた。

「驚かせましたか。嬉しかったもので」

「……いや、別に驚いてはいないが」

アルトーは呼吸を整えた。ヴォルフとシュペーアが腹話術師と人形といった趣きで再びこちらを見つめている。総見寺は面と向かって話ができる幸せに相変わらず酔っているようだった。まわりを徘徊している女装した男達や男装の麗人達の誰よりも、彼は美しい。蜜蠟色の照明に封じられ、甘美な悪夢の中にいるようだ。

「石の話だったな。エラガバルスの神体は、天からやって来たという一個の黒い石だ。古代フェニキアの高度な宇宙神話の最後の欠片だよ。ヘリオガバルスの祖母ユリア・マエサの父であるバッシアヌスは、この先端の尖《とが》った石の守護者を称していた」

「〈シリアの石は生きている〉とお書きになってらっしゃいましたね」

「それは天からやって来たものだからだ。太陽の砕かれて炭化した断片、ダイヤモンドもその死骸にすぎないような、生きている恒星そのものさ。最も大きく最も純粋で最も完全なもの。エメサのバール信仰はこの黒石を中心にまわっていた」

「〈シリアには石に関する不思議な伝説が幾つもある〉とも書かれていました。それらの神秘的な霊石の中で、最も優れたものということですね」

「そうだ。ユリア・ドムナの夫で、ヘリオガバルスの生物学的な父親候補の一人、セプティミウス・セウェルスは、様々な霊石についての証言を残している。中でも注目すべきなのは、〈太陽の石〉と〈月の石〉だ。〈太陽の石〉は完全な球形をしており、その中心から黄金の光を放つ。まるで石の中に火球を抱いているかのようだという。〈月の石〉

はさらに神秘的だ。天上の月の運行に連動して満ち欠けしたそうだ。しかし、どちらも気のきいたオブジェにすぎない。発汗し、動きまわり、成長し、増殖する石さえ存在するといわれているが、同じことだ。エラガバルスの霊石はそんな堕落した仲間とは違う。天の火が生きたまま降りそそいだもので、どれか一つの機能にかぎられることはない。その内部に火を保ち、いつでも火を与えることができた。火が熱や光に限定されるのは、その火の階梯《かいてい》が低いからだ。最も純粋で完璧な火は、思考する。肉の内部でゆらめく火を保っているのが我々なら、エメサの黒石は結晶の内部で、我々とは異質の火を保って生きている」

「だから〈問う者にはその求めるものを答え、祈る者にはその願いをかなえた〉と」

「セウェルスによれば、文字により司祭と対話したということだ。黒い石の表面に輝く文字が浮かんできたのかもしれないが、そんな単純なことではないと私は考えている」

アルトーは異様な視線を感じてヴォルフの方に目をやった。

ベールは剝げ落ちていた。ヴォルフの碧く暗い両目は完全に覚醒している。曖昧さやとりとめのなさは消え失せ、氷結した沼は燐光を発し、果てしのない暗黒を孕《はら》んで、爆発しそうに膨れ上がっていた。闇の光があるとしたら。冥王の名を持つ星が自ら光を放ったとしたら。彼の両目から今サーチライトのようにアルトーに向けられているのは、まさしくそんな光だ。

シュペーアは、自分が理解不能なことを通訳せねばならないことに明らかに困惑していたが、アルトーには確信できた。たとえこの青年がどんなにまぬけな翻訳をしていたとしても、このドイツ人はエラガバルスの霊石の神秘を完全に理解している。

アルトーは自分の頬が、光も熱も持たない火で焼かれるように思った。

「黒石は、どんな複雑な対話をヘリオガバルスと交わしたと思われるんですか」

総見寺が先を促す。

「我々もまた黒石を持っているじゃないか。この肥大した頭骨の中にね。ちょうど太陽の内部で黒点が、癌やペストの淋巴腺炎《りんぱせん》のように増殖し組織化し律動するように、我々の内部で神経細胞が増殖し組織化し律動したものが、脳なんだ。いわば、脳は人体の思考する結石にほかならない。とすれば、エメサの神殿に安置された黒石は、ついに熟しきって硬化し、肉から分離した脳にほかならない。共鳴は可能だったはずだ。ヘリオガバルスについていえば、彼が毎日かぶっていた牛の角のついた太陽冠が気になる。それから、儀式の時に恥骨の上に装着していたという一種の鉄の蜘蛛だ。どちらも、金属と結晶で形づくられ、皇帝の肉を拘束する役目を果たしている。あるいはこれらがバールの神託を告げる音叉《おんさ》であったのかもしれない」

「脊柱の上下から黒石の律動をヘリオガバルスに伝えた……。音叉というよりも受信器に近い」

「まあ、単なる思いつきさ。石の表面に文字が本当に浮かんだのかもしれない。水晶の玉に未来が映るようにね。だが、興味はそそられる。エラガバルスの円錐体の霊石は大きなものだったから、単体として安置するしかなかった。しかし、〈太陽の石〉や〈月の石〉のような断片ははるかに小さい。冠や鉄の蜘蛛に貴石として嵌め込むにはちょうど手頃だ。そうすると、ヘリオガバルスが太陽冠とともに必ず身にまとったマントに鏤められたという、火のように煌めく宝玉も、砕かれてしまった霊石の名残りかも」

「小さな霊石を身に着けることで、神殿の黒石と文字通り共鳴する」

「月の満ち欠けに同調するなら、当然、そういうこともできただろうさ。しかし、もっと効率的なやり方もある。東洋人のきみに言うのも気が引けるが、霊石を直接額に……」

「第三の眼、です」

調子はずれの声が話をさえぎり、アルトーはぎょっとしてシュペーアの方を見た。

「あ、こういう言い方でよろしいですか。何か別の言葉の方がふさわしかったでしょうか」

青年は、アルトーの鋭い凝視に困惑しきった顔で付け加えた。その傍らでヴォルフが傲然たる表情を変えないまま、こちらを見据えている。

総見寺が早口でヴォルフに語りかけた。ヴォルフは短くそれに答え、一呼吸してさらに話そうとしたが、総見寺の優雅な手つきがそれを押しとどめる。沈黙を強いられたヴォルフは、不満気な狼そのものの顔になった。

自分の店ではよほど我が儘勝手にふるまっているのだろう。

そう、アルトーは思った。

「正しい表現です。おそらく、アルトーさんがおっしゃりたいことだと思いますよ」

総見寺の優しい声に、シュペーアはほっと息をついた。

「申しわけありません。どうぞ、お話の続きをお願いいたします」

「ヴォルフさんはさすがに詳しいな。チベットではそう言う。覚醒した者の額に開く眼だ。しばしば東洋の彫像では貴石を嵌め込むことで表現された。そうだね？」

「白毫《びゃくごう》、ですね。ブッダとなった者の肉体的特徴の一つです。白い体毛の渦だとされていますが、光を放つ性質から見ても、霊石に近いでしょう。水晶を入れるのが一般的ですが、ダイヤモンドが使われた例もあるようです」

「エラガバルスの儀式には、去勢が付き物だった。バールの使徒達は身体改造の技術を持っていたわけだ。頭蓋骨を通じて霊石と脳が同調したとすれば、その共鳴は強力なものであったろう。頭骨そのものに穴を開けて、そこに霊石を嵌め込むことをやった可能性はある。ユーラシアではあまりその例は知られていないが、中南米のインディオ達の文明では、額に穴の開いた髑髏が数多く発掘されているそうだ。明らかに額の穴は外科手術によるもので、穴の周囲には骨が盛り上がっており、術後長く生きていたことを示しているという」

「マヤ、アステカ、それにインカといった文明ですね」

「現在のメキシコにもその魔術的文明が残ってないかと思っているんだが、たぶん無理だろう。強欲な宣教師達が、何もかも根こそぎ滅ぼしてしまったから」

「わかりません。新大陸は巨大なガラパゴスでした。日本よりもはるかに孤立した豊かな環境で、古代の信仰は保存されたんです。アステカ文明が滅びるのは一五一九年、インカ文明の滅亡は、一五三三年でした。織田信長が日本で生まれたのが、一五三四年です。わずか四百年前ですよ。シリアにバール信仰の名残りを探すよりもはるかに有望でしょう」

「そうか、気がつかなかった！　中南米の魔術的文明と信長は一世代しか違わないのか」

「日本に最初のヨーロッパ人が漂着したのが、一五四三年。その時、ポルトガル人が鉄砲を売っていなければ、一五四九年あたりにインカに続いて滅亡していたかもわかりませんね。コルテスやピサロにできたことが、ザビエルにできなかったとは思えませんか ら。そうしたら、ぼくはここに座ってはいなかったでしょう」

「すると、信長は、まだ新しいアステカやインカの血と呪いにまみれたイエズス会士達と接触したということか。面白いな」

アルトーが考え込む顔になった時、総見寺が声をかけた。

「話が一気に十六世紀まで飛んでしまいましたね。ヴォルフさんが付いて来れないかもしれません。古代の地中海に話題を戻しましょう」

「要するに、霊石は人間の脳と様々なやり方で同調した。それがどんな力を発揮するかについて、あのプリニウスの『博物誌』にとても興味深い記述がある。雷石という〈星の光をとらえることができる〉石が存在し、ソタクスによれば、赤と黒の二種類に分けられるという。赤いものはケラウニアといい、見た目は水晶に似て〈瞬く星を内に孕んでいる〉飾り物くらいにしか役にたたない石だが、黒いものは超自然的な力を持ち〈その石があれば都市や艦隊を攻撃して打ち負かすことができる〉という。この神秘な黒石の名は、バエトゥルスだ」

「名前に、バエルやバールの影があります！」

総見寺が身を乗り出した。アルトーもうなずく。

「おそらく、バエトゥルスは、バールの霊石だ。どうやって霊石が都市を破壊し、艦隊を撃破できたのかは謎さ。持主に秘策を授けたのかもしれないし、雷石の名にふさわしく、雷霆《らいてい》を放ってすべてを焼き払ったのかもしれない。どちらにしても、ヘリオガバルスはその力を十八年の生涯の内、一度しか使っていない」

二一七年五月、アンティオキア郊外の谷あい。

ローマ帝国最強の親衛隊の先頭に立ったマクリヌスは、すでにアンティオキアで勝利宣言を終えていた。ヘリオガバルスの籠るエメサを陥落させるべく満を持して彼は進軍を開始した。マクリヌスは自らの戴冠式について早くも思いをめぐらせていたかもしれない。谷のあちこちに密かに配置されていたヘリオガバルスの遊撃隊が、四方から襲いかかってくるまでは。

千三百数十年後はるか東方で反復されたように、奇襲は成功する。しかし、シリアでは日本ほど素早くはいかなかった。午後の太陽に照らされて突撃したマケドニアの傭兵《ようへい》、スキュティアの騎兵、シリアの志願兵といった雑多なヘリオガバルス軍は、見事に統制されたローマの精兵達の壁に簡単に撃退される。潰滅寸前だった寄せ集めの軍を立て直したのは、祖母マエサ、母ソエミアとともに剣を抜いて敵軍の真中に突っ込んで行った、まだ十三歳のヘリオガバルスだった。

奇襲による迎撃。その成功でヘリオガバルスは皇帝となり、信長は日本の王となる。

「たった一度だけ。その一度しかないというのがヘリオガバルスたる所以《ゆえん》なのさ。彼は一度しか勝利しなかったが、結局、一度も敗北することはなかった。戦争そのものを愚《ぐ》弄《ろう》したんだ。新鮮な男達の流血を好む戦争の守護女神パラス・アテナを、淫蕩で熱を持った経血の中でまどろむ優美な女神タニト・アスタルテに置き換えていった。ヘリオガバルスは最初の勝利を抱いて、不敗の卑怯者、不遜な絶対的自由主義者として遊び暮らしたまま死んだんだ。バエトゥルスの力は、むしろ信長において発揮される」

「すでに確立した帝国の皇位についた少年と、自らの帝国をこれから建設しなければならなかった少年の違いでしょう。ヘリオガバルスが精液に酔ったように、信長は血に酔ったのです。むせかえるほどの血を流すことで、それまでの古典的で微温的な戦争の美学を、信長もまた愚弄したのですよ。ヘリオガバルスが戦争を徹底的に回避して悪ふざけに耽溺《たんでき》したのなら、信長は、戦争を美でも政治でもない、剝き出しの力の舞台とすることで、戦争そのものを愚弄したのです。戦争はもはや武士道の表現でもささやかな土地の奪い合いでもなく、これ以上ないほどの残酷きわまりない演劇と化したのです。バリ島の舞踏よりも激しく、踊り痙攣しながら突撃する彼の姿を思い浮かべてください。信長は、最初の戦場から玉座に帰還することのなかったヘリオガバルスなのです」

アルトーと総見寺は口をつぐんだ。

「『新フランス評論』を読んだのか」

「『バリ島の演劇について』ですね。東洋に光をあてていただき、ありがとうございました」

アルトーは目を閉じた。

「……残酷の演劇か……」

つぶやいて目を開ける。まるで一つの言葉を呑み込んだようだった。一つの言葉が、この二年の間、一向に改善しない経済状況の中で八方塞《ふさ》がりのままのたうっていた彼の演劇の実験に、発光する霊石のように与えられた。〈残酷演劇〉はバエトゥルスになって、この生活の隅々にまで隙間なくつまっている汚物を焼き払ってくれるだろうか。

「なんだか、今度は私がきみの手を握りしめたくなってきたよ」

「どうぞ、御遠慮なく」

総見寺は、マクリヌス軍を蹴散らしたヘリオガバルスのように華やかな笑みを浮かべた。シュペーアはもう訳そうとすらしていなかった。ヴォルフと身を寄せ合って、二人をただ穴の開くほど見つめている。

アルトーはゆっくりと口を開いた。

「さて、そこで、私の演劇の実験のためにもぜひ聞いておきたい今日の会合の核心部分となるわけだが、つまり……信長は石を持っていたのか？　すべての神々の上にその石を置き、石を崇拝し、石に帰依し、人々にも石への崇拝と帰依を求めたのか？　ヘリオガバルスはそれをやった。なぜなら、彼自身がいわば生きている石に他ならなかったからだ」

しかし変質した石の震えは
明るい荒野の凍った銀を自らに引き寄せる
一つ一つの石は雷鳴を含み

その力は潜在的であり変換されている
いきなり自分の詩を総見寺に暗唱されて、アルトーはたじろいだ。

「もちろん、信長は石を持っています。彼もまた生きている石でした」

シュペーアが汗だくになって再び訳し始める。ヴォルフはアルトーから視線をはずし総見寺の朱い唇を凝視した。この四十男も、事の重大さが十分にわかっているようだ。

アルトーはいつの間にか、小部屋がひどく静かになっていることに気づいた。七色のリボンの娘も、化粧した男達も、男装の麗人も、いつの間にか誰一人いなくなっている。代わりに、黒いスーツの堅苦しい男達がテーブルに三々五々、腰を下ろしているだけだった。みんな思い思いといった風に新聞を読み、本を手にし、お茶を飲んでいる。さり気なさを装って、これほど不自然になるとは。

彼らは全員見事な金髪で、誰一人、口をきく者はなかった。

12　信玄月光殺

去程に、天沢と申し候て、天台宗の能化《のうげ》あり。一切経を二篇繆《くり》たる人にて候。或時関東下りの折節、甲斐国にて、武田信玄に一礼申候て罷通り候へと奉行人申すに付いて、御礼申候の処、上かたはいづくぞと、先国《まづ》を御尋ねにて候。尾張国の者と申上候。郡《こほり》を御尋ね候。上総介殿居城清須より五十町東、春日原のはづれ、味鏡と云ふ村天永寺と申す寺中に居住の由申候。信長の形儀《ぎやうぎ》を、ありのまま残らず物語り候へと仰せられ候間、申上候。

「天沢長老物かたりの事」『信長公記』

天沢は武田の〈草〉であった。もっとも、本人は細作をしているというつもりはなかったろう。三代も前から尾張の地に根づいてきたのだ。代々、天永寺の住職としての勤めを果たしながら、回国自由の僧侶の身を活《い》かして尾張と甲斐との間を行き来し、詳細な情報を武田家に報告している。乱破が坊主を装っていると言われたら、天沢は本気で怒ったはずだ。祖父はいざ知らず、父も天沢本人も、何よりも有徳の天台僧であった。特に天沢は八万四千の仏典ことごとくを二度も読破したとの評判でもわかるように、尾張の指折りの学僧であった。ただ代々の業として、武田家の目となり耳となって動いているにすぎない。

天沢のような〈草〉は、甲斐を取り巻く諸国に数十年、時には百年の歳月をかけて配置されてきた。平安末期の初代信義以来、実に四百年以上甲斐守護職を守り続けた源氏の名門・武田氏なればこそできた諜報網である。

ただ現実には、信玄の操る軒猿達の細作情報ほど役に立たない。諸国の君主の人となりや、家中の勢力変化の物語を聞くくらいである。しかし、平時のこうした情報は乱破の苦手とするところで、その意味では重宝していた。

その天沢が平伏している。

甲府・躑躅ケ崎館は、降り続く雪に包まれていた。

「不動を作れと？」

信玄が尋ねる。

元亀三年が明けたばかりである。恒例の年賀の席に天沢も呼ばれていた。

すでに正月の儀式も終わり、半ば酒宴、半ば軍議の時になっていた。無礼講であれやこれやと提案し論を戦わす。和を重んじ、諸将の意見を良く聞いた信玄らしい新年の祝い方である。いつも片隅で、宿老達が戦談義に花を咲かせるのを微笑みながら聞いている天沢が、今年は珍しく信玄の前に自ら進み出た。ぜひとも、守護仏の像を作れという。

信玄は三十一歳の時、京から仏師・康清を招いて自身の姿を模刻させ、等身大の不動明王を彫らせている。

「不動ではござりませぬ。太元帥明王でござりまする」

天沢の返事に信玄は首を傾《かし》げた。

「聞かぬ名の御仏であるな」

「太元帥明王は、不動・降三世・大威徳・愛染など諸明王の総帥であり、国家鎮護の大願にかなう時のみ修法できるという最大最強、無比力の明王でござる。この度の御上洛は私怨私闘にあらざれば、鎮護国家の大法、太元帥明王法を修さねばなりますまい」

「確かに」

信玄は静かにうなずいた。

比叡山が全山焼亡したのは、前年のことである。王城鎮護の要が信長によって破壊しつくされたという知らせは、瞬く間に広まり、人々を震撼させた。信玄も身を震わせた一人だ。戦国最強と謳われた騎馬軍団を駆って隣国を併呑するこの猛将はまた、仏法に深く帰依していた。永禄二年、三十九歳の時には出家し、徳栄軒信玄を名乗っている。フロイスによれば、戦場にすら六百人の僧侶を同伴したという。臨済禅に傾倒し、天台の守護者としてふるまい、本願寺十一世の法主である顕如と縁戚関係にあることから戦闘的な一向宗とも協力し合っていた。焼亡した比叡山そのものを丸ごと甲斐に移転させることすら考えた彼は、ついに天台宗権僧正にまで任じられている。

無謀な戦いを嫌い、常に六分の勝ちで納めることをよしとしていた信玄に上洛を決断させたのは、信長の天魔外道の所業に対する怒りであった。将軍・義昭からの信長討滅嘆願の御内書にはうんざりだが、いよいよ誘いに乗るべき時が来たようだ。

思えば、桶狭間で義兄者《あにじや》を討たれて十二年になる。うかとすごしたものよ。

いつの日か軍門に従えることを夢見ながら、当面の戦略のために信長とかりそめの友好を続けてきた。義元の死によって三国同盟の力の均衡が崩れてきたのも大きいが、何よりも宿敵・謙信との対決に信玄は手を焼いていた。上杉の名跡《みようせき》と関東管領の位を受け継いだ彼は、信玄に匹敵する戦国屈指の名将へと成長していた。桶狭間の驚きもまだ覚めやらぬその翌年、信玄は、信州・川中島で、政虎と名乗っていた謙信と死闘を繰り広げねばならなかったのだ。

「どうやら、信長殿は呪殺をなしておるようでござります」

「呪殺じゃと」

山県昌景が口を開いた。

「にわかに信じ難い話なれば、天沢坊は証人をともなうてござるそうで、御館様《おやかた》にはお目通り願えましょうや」

信玄が同意すると、天沢の隣に一人の質素な身なりの男が連れて来られた。

「この者、雪斎の乱破でござりました」

天沢の言葉に、武田の宿老達がざわめく。

「門太と申しまあす」

天沢と同じ年格好の老爺が平伏する。

「勘助の申したとおりであったか」

信玄は薄く笑った。

今川には服部党とは別に乱破の党がある。「服部は恐れることはないが、軒猿どもがここまで探っても正体のつかめぬそ奴らが恐い。くれぐれも坊主には御用心くだされ」と山本勘助は口癖のように言っていた。稀代の軍師であったその彼も今は亡い。川中島の土になった。越後の龍は相手にとって不足はないが、そのために費やしてきた膨大な時間と犠牲のことを思うと、甲斐の虎も暗澹《あんたん》たる気分となる。

「この者は尾張に潜入しておりまして、妖しの行者を見たそうでござります」

天沢に促され、門太はのんびりした口調で津島の社で遭った怪事について語った。そして、小平太から聞いた雪斎の死に様も。

最初は不審気にさざめいていた宿老達も、門太の訥々《とつとつ》とした口ぶりにいつしか引き込まれ、やがて、降る雪の音さえ聞こえるほどの静けさが座敷を支配した。

「どういうことだ」

馬場信春がうめいた。

「どうこういうよりも、この者は信頼できるのか」

内藤昌豊が、信玄の思いを代弁するように尋ねる。

「雪斎殿を失い、義元様を失い、門太は長らく浪々の身でござりまする。今川の御家もすでになく、今さら我らを誑《たぶら》かしていかがいたしましょうや。話に出てまいりました小平太の最期を見取ってから、乱破の縁で我が寺を訪れましたのが三年前のこと。三年の間、寝食をともにし、その性根を見きわめてまいりました。この者の申すことに嘘はござりませぬ」

山県昌景が天沢に口を添えた。

「猿どもの調べでも、天沢坊のおっしゃる通り、他家とのつながりはござらん。また、猿どもの老忍と話を突き合わせましたところ、雪斎の手の者として働いておったことも間違いなく、それも相当の手練であったようでござる。とっくに隠居した爺猿の一人なぞは、今ここで討ち果たしてもよいか！　とえらい剣幕でござった」

野太い笑いが部屋を暖かくする。

天沢が信玄の前に膝を進めた。

「所は津島の牛頭天王社。門太は、三角に築かれた調伏壇も見ております。まず間違いなく、信長殿は外法《げほう》を使っておったかと」

「古《いにしえ》はいざ知らず、この末法の世に、祈禱で人が殺せるとは思いませぬ」

天沢の言葉をさえぎって鋭い声が響いた。勝頼が厳しい目で、天沢と門太を見据えている。武田の世継ぎでありながら、彼は宿老達と同じ席に座っていた。自分よりもはるかに年上の男達が発する抹香臭い空気が、我慢ならないようだった。

「四郎」信玄がたしなめるように口を開く。「おまえはまだ若い。神妙不可思議なることを軽く見るでないぞ」

勝頼は不満気におし黙った。

「雪斎が、上洛直前に急死したのは事実。雪斎がおれば、義兄者も桶狭間で討たれることはなかったであろう。それも疑えぬ」

信玄は再び首を傾げた。

「が、御坊、牛頭天王へ祈願する調伏の法があったかな」

天沢は首をふる。

「いずれ外法でござる。正しき調伏の法を用いてはおりますまい。しかし、牛頭天王は恐るべき祟り神なれば、我流の呪詛はかえって始末に悪うござる」

「もとが外道の神ゆえ、仏法の手には負えぬか」

「生半《なまなか》な守護法ではとても、とても。しかも、信長殿はしきりに南蛮邪宗門の経を求めておるとか」

「伴天連の教えをのう」

「買い漁っておるのは、種子島だけではないのか。つくづくいかもの好きよ」

馬場信春が軽蔑の声を上げる。

「邪宗門にも、いや邪宗門なればこそ、どのような呪法があろうやもしれぬ。信長め、そこまで考えてのことであろう」

信玄の言葉に、宿老達は顔を見合わせた。

「あまりにも正法をはずれておりますゆえ、どのような呪詛か見当もつきませぬが、凄まじき力を持っていることは確か。まずは雪斎殿、続いて義龍殿……」

一同が息を呑んだ。

「美濃の義龍もそうである、と？」

落着いた声であったが、信玄の眼光はにわかに鋭くなった。

「おそらく。義龍殿は御年、三十五。急な病で亡くなったにしては、信長殿にあまりにも都合が良すぎまする」

斎藤義龍は、蝮の道三さえ逆らえなかったほどの器量人であった。それが、桶狭間の合戦の翌年に、突然病死している。人並はずれて長身で大力の持ち主だったという彼の死は謎めいている。軒猿からも、義龍に持病があったという報告はなかった。

その死因がなんであれ、最も利益を得たのは信長である。伸るか反るかの奇襲で義元を葬り去ったとはいえ、自軍の精鋭の半数以上を失った。尾張一国すらまだ完全には統一していない。この混乱に乗じてもし義龍が侵攻してくれば、今度こそ信長は抵抗できなかったはずだ。

義龍亡き美濃は、幼主である龍興を奉じて難攻不落の稲葉山城に籠り、信長の執拗な攻撃を七年の間、撃退し続けた。暗愚といわれた若き龍興でさえ七年。義龍が生きていれば、信長は美濃を落とすことができず、当然、上洛も不可能だったであろう。

できすぎては、いる。

永禄四年。この年を信玄は生涯忘れることはできない。五度に及んだ謙信との川中島合戦の中でも、空前にして絶後の一大決戦を繰り広げ、討死しかけたのだ。義元の戦死に続き義龍は病に倒れ、その数ヵ月後、信玄と謙信はあやうく刺し違えるところだった。

できすぎている。いかにも、できすぎじゃ。

信玄の目がかっと見開かれた。

いや、あの八幡原での大乱戦こそ、呪詛の結果ではなかったか！

永禄四年九月十日。夜明けとともに、八幡原を覆う一面の濃霧が晴れた時、信玄は自分が狂ったと思った。目の前に黒々とした姿を現わしたのは、「毘」の一字を染めた大旗をはためかせ、粛々と進んでくる上杉軍であった。沈着冷静を以て鳴る信玄も、全身から音を立てて血が引くのがわかった。顔が土気色に変わる。

永遠とも思えるような睨み合いの一瞬の後、謙信の懸り乱れ龍の旌旗《せいき》がふられ、一糸乱れぬ態勢をとった上杉軍一万三千が、颶風《ぐふう》のように突撃してきた。

「うろたえるな、陣形を整えよ！　しばらくの辛抱じゃ」

腹からしぼり出さねば声も出ない。

武田本陣を守るのは八千。主力の一万二千は、昨夜まで上杉軍が滞陣していた妻女山に向かっている。山本勘助の軍略、名づけて「啄木鳥《きつつき》戦法」だ。馬場信春、高坂昌信ら馬術の達人が率いる別働隊の奇襲を受け、うろたえて山を降りてくる上杉軍を、海津城から出て待ち受けている本隊が捕らえ、追撃する別働隊と挟み撃ちにして殲滅する。騎馬軍団の機動力を活かした武田ならではの戦法である。

しかし、この戦法には裏があった。川中島での対陣はすでに四度目。今回の対陣はもう一月近くに及んでいる。たがいに手の内のほどはわかった。動員力も補給力も、存分に見せ合った。そろそろ潮時だ。

関東管領を拝命したばかりの謙信にとって、真の敵は北条である。出陣は威嚇にすぎず、謙信は北信濃に領土的野心を持っているわけではない。ましてや、伝統秩序と格式を重んじる謙信が、正統な甲斐国守護である名門武田家との全面対決を望むはずもなかった。謙信個人が、信玄の征服欲をいくら小面《こづら》憎く思っていたとしても、である。事実、今まで三度に及ぶ川中島合戦では、一度も本格的に刃を交えたことはない。今度もそのはずであった。

しかし、奴からは意地でも引けまい。ここは、わしの方から動いて痛み分けとしよう。信玄は勘助の策を入れ、自軍を二つに分けた。出陣の準備はできるだけ盛大にやらせた。人馬の動きは活発になり、幾筋もの炊飯の煙が上がった。妻女山からは丸見えである。これで武田軍に動きがあると見抜けぬほどに謙信が愚かであれば、軍略通り討ち取れるだろう。しかし、上杉軍は先手を打って山を下りると信玄は確信していた。軍師は天候も見る。明日の早朝、一寸先も見えないほどの川霧がこの地にかかることを、勘助は告げていた。上杉方でも同じ結論を出したはずだ。

わしが奴なら、夜の内に山を下り、霧にまぎれて善光寺平へ抜け、越後に戻る。

上杉には信玄の裏をかいたという名が残る。武田にも先手を打ったという名が残る。

「損をするのは、勘助だけじゃ。許せよ」

「もったいなき御言葉にござりまする」

醜怪な顔を感激で歪めながら、勘助は平伏した。

義元亡き今川を討ち、これから東海筋へと出なければならない信玄にとって、武田の軍略さほどでもなしという侮《あなど》りは、むしろ好都合だ。

信玄がこの策でたった一つ恐れていたことは、謙信があくまで妻女山を下りないことであった。山上の敵を攻めるのが不利なのは、兵法の常識である。上杉軍が死守するつもりで山にとどまれば、逆に別働隊が潰滅しかねない。だからこそ、限界まで軍を割いたのだ。それが、仇《あだ》となった。まさか、本隊に上杉全軍が突っ込んでくるとは！

奴は、毘沙門信仰のあまり気でも違ったのではないか。相討ち覚悟で突撃せねばならぬ理由がどこにある。それほどわしが憎いか。見損なった、見損なったぞ！

信玄の頭に義元の最期が浮かんだ。わずか二千を義元は支えきれなかった。後続部隊との合流に望みをかけて戦線を離脱し、泥田で見苦しくもがいているところを討たれたという。

わしは逃げぬ。御旗、楯無しの鎧にかけて。

鬼神もこれを避くと恐れられた上杉軍一万三千の突撃に武田軍を持ち堪《こた》えさせたのは、信玄の怒りだった。謙信が毘沙門なら自分は不動である。別働隊が駆けつけてくるまで、骨が舎利になってもここは動かない。八千の武田軍は、掲げる孫子の旗にふさわしく、動かざる山となって上杉軍の前に立ちはだかった。

ともに地獄に堕ちるか、若造！

史上例のない大乱戦は昼前まで続いた。信玄も謙信もともに自ら太刀をふるい、返り血を浴びた。急を聞いて別働隊が駆け戻って来たのは巳の刻。形勢はにわかに逆転する。

武田本体の九つの部隊を討ち破り、今一歩のところまで信玄を追い詰めた上杉軍も、一万二千の新手《あらて》を討ち破る余力はもはや残っていない。さらに夕刻まで激闘を続けながら、謙信は追い縋る武田軍をふり切って撤退して行った。

武田・上杉両軍の戦死者は合わせて一万を超えた。謙信を退けはしたが、信玄の受けた傷は深かった。右腕とも頼んでいた弟の信繁が信玄の身替わりとなって戦死。軍略の無惨な失敗を償《つぐな》うように山本勘助が切死《きりじに》。諸角昌清、初鹿野源五郎、油川彦三郎、安間三右衛門、三枝新十郎など名だたる武将が命を落としている。

「このような無道な戦、聞いたこともないわ」

そう吐き捨てた信玄の心に、謙信への憎しみが初めて芽生えた。

信玄は瞑目し、しばし動かなくなった。決断を下す前はいつもそうだ。宿老達は御館様の頭の中で素早く駆けめぐっている思念の数々を邪魔しないよう、黙って盃を重ねる。

どうにもわからぬ。

川中島から疲れ果てて帰国した信玄は檄《げき》を飛ばし、集められるだけ越後の情報を集めたが、謙信の心がどうしても読めない。宿老達とも何度か話し合ってみたが、結局、一種の事故ではないかということに話が落着いた。濃霧の中で方向を失った上杉軍が、偶然に武田本隊に接近してしまったというのだ。

「たまたまじゃと！」

信玄は絶句した。偶然で弟と軍師を失おうとは……。

わずか三年後の最後の川中島合戦の時には、ついに両軍が戦端を開くことなく終わっている。計五回の川中島合戦の内、たった一度、全面対決が起った。戦場での予期せぬ事故であったという結論を、やりきれない思いで信玄は受け入れるしかなかった。

しかし、謙信はあの時、何かに導かれたのではなかったか。打ち消しても打ち消しても、今の信玄の頭からはその思いが離れない。軒猿にも宿老にも最後まで語らなかったことがある。

あの日、あの濃霧の朝、信玄は自分の耳許で何かが囁いているような感覚に悩まされ続けた。それは、つぶやきのようでもあり、読経のようでもあった。上杉軍はしばしば、信仰する毘沙門天の真言を唱えながら進軍するという。しかし、それははるかな霧の向こうからではなく、明らかに信玄の内部から聞こえてきた。

気の迷いじゃ。戦場ではよくあること。

そうすませていたが、霧が晴れ、上杉軍が目の前に見えた刹那、そのつぶやきが嘲《あざけ》るような嗤《わら》い声に変わったのを、信玄ははっきりと聞いた。

同じ頃、菩提寺である恵林寺に奉納されていた不動明王像が、音を立てて裂けたという。信玄の躰の寸法をとり、その胸に本物の髪の毛を埋め込んだ守護仏であれば、乱戦の身替わりとなったのだと人々は口々に噂した。信玄自身もそれを信じ、すぐに修復を命じて、より一層熱烈なる崇敬を捧げた。不動明王の霊的な力が自分を守ったとするならば、同じく霊的な何かの力が自分を害しようとしたのではないだろうか。

あれは、術者の呪詛のつぶやきであったか。

信玄は立ち上がった。

「京から康清の一門を呼び、直ちに太元帥明王像を作らせよ。上洛に間に合わせるゆえ急がねばならぬ。御坊、門太、苦労であった。甲府にとどまり、信長のことを教えてくれ」

全員が平伏して応える。

文《ふみ》を書かねばならぬ。謙信に信長の外法のことを教えてやろう。奴も毘沙門天の行者よ、天魔外道の討伐には力を貸してもらうぞ。

信玄は外道の王・第六天魔王を討ち果たしに行く明王の昂揚《こうよう》を味わっていた。

なるほど、これが奴の言う欲得ずくのない義の戦か。悪くないものよ。

信玄は謙信への積年の蟠りが一気に溶けていくのを感じ、苦笑しつつ書院に向かった。

「大体において気に入らぬわさ」

秀吉はぼやいた。何を言われても蛙の面に水で、いつもけらけら笑っている剽軽者。織田家中で彼の明るさを知らない者はなかったが、一緒に乱破渡世をくぐり抜けてきた蜂須賀小六に対してだけは、ぼやきとぐちを隠さなかった。

「何がじゃい」

小六が馬を寄せる。吐く息が白い。

「おぬしと、こうして轡《くつわ》を並べて夜道を行けるというのは風流でよいがの……」

「ははあ、万軍を指揮する侍大将が、乱破まがいのおつとめをせねばならぬで辛いかや」

蜂須賀党は今では秀吉に仕えている。人前では主として秀吉を立てている小六も、面と向かうと昔のままの口調だ。秀吉もそれを望んでいた。三河の山道を行く二人に、気づかう者は誰もいない。後方に漆黒の塗輿を担いで音もなく歩く蜂須賀党の若武者達がいるばかりである。いずれまた、疾風のように走らせねばならない。今は乱れた呼吸を整え、火照《ほて》った躰を鎮《しず》める時だ。そろそろ目的地も近い。

寒天に、月は皓々《こうこう》と照り輝いている。

「なんの、猿はいつまでたっても猿よ。わしは、今すぐにでも乱破に戻れるじゃ」

「言うたわ。なら、何が気に入らぬ」

秀吉は黙り込んだ。

「危ないおつとめじゃ。うようよおる軒猿どもを躱して、武田本陣へできるだけ近づけなどという命令を正気で出せるとは思えぬわい」

小六は小六で言いたいことがあるらしかった。

「信長様の悪口《あっこう》を申すと捨て置かぬぞ」

秀吉はぼそりとつぶやいた。小六はやれやれと首をふる。

「おぬしはいつもそれじゃ。どこまで信長様に惚れ込んでおるか底が知れぬ。わしはそれが歯がゆいのよ」小六は憤然として続ける。「わしはよい。所詮、川並衆じゃ。大名面などしたいとも思わぬ。しかし、乱破あがりとはいえ、おぬしは歴とした織田の侍大将ではないか。こんなおつとめをわざわざ命ぜずともよかろうがい。おぬしの忠義にあまりにも冷とうないか」

「それは、小六、考え違いぞ」

秀吉は馬上で痩せた胸をそらして見せた。

「信長様がわしを選ばれたのは、このおつとめが信玄坊主の進軍に関わる肝心要のものだからよ。いわば武門の誉れじゃ」

「何が誉れかい。わけのわからぬ黒塗の輿を寄越され、武田本陣のでけるだけ近くに運べと言われただけじゃろが。なんのために何を運ぶのか、信長様から話してもろうたか」

小六はますます不機嫌になってきた。これでは秀吉がなだめ役だ。

「まあ、そう怒るなや。くだくだおっしゃられぬのはいつものことじゃろが。あれで、信長様も気をつこうておられる」

「おもしろい。どう気をつこうてくれたのじゃ？」

「お茶をよばれた」

感に堪えない秀吉の口調に、小六はげんなりとした。

「また、お茶で丸め込まれたかい。まったく、武将連中は誰も彼も、茶、茶じゃ。あのような糞まずい汁のどこがありがたい」

「野盗あがりに風雅の心はわからぬわさ」

秀吉は剽気た口調で小六をからかった。すっかりいつもの彼に戻っている。

「それに、他の連中は宗易殿が点《た》てた茶をもらえるだけよ。わしはな、信長様が手ずから点てたお茶をばいただいたのよ」

小六がせせら笑う。

「ようここまで骨抜きにされたものじゃ。手ずからのお茶のどこがありがたい？」

秀吉は月光の中に視線をさまよわせ、うっとりとつぶやいた。

「よい匂いがする」

小六は思わず鞍からずり落ちそうになった。

「高直《こうじき》な茶をば使こうておるだけのこと」

「茶ではない。信長様じゃ」

「香でも焚《た》きしめとるのじゃろうよ」

「香ではない。御自身が薫られるのじゃ」

憤然と反論した秀吉は、涎《よだれ》を垂らさんばかりの恍惚とした表情で言葉を続けた。

「手ずからお茶をよばれねばわからぬよ。茶室は狭い。二畳しかない。そこでな、顔と顔が触れあわんばかり、手と手が重ならんばかり……。えも言われぬ香りが満ちた中で、一国一城にも匹敵するという大名物でお茶がいただけるのじゃ」

猫にマタタビを投げたようじゃなあ。

小六はもはや言葉もない。もしや、お茶とともに一服盛られたのかもしれぬと、本気で疑っている。茶室での信長がいかに魅力的であるか。間近で見るその肌がいかに白いか。その瞳が炉の炭の火を映してどれだけ神秘的な光を放っているか。秀吉は憑かれたようにとめどなく語り続けた。なるほど小六の目から見ても、信長は最初出会った時から少しも年を取っていないように見えた。もう二十年以上も少しも変わらない。

「なればこそ、信長様は神なのじゃ」

そう秀吉は言うのだが、小六には不吉なものしか感じられなかった。二十歳前後の姫のような若君のまま、信長はもう息絶えているのではあるまいか。今動いているものは死人に時が重なった人形《ひとがた》にすぎぬのではなかろうか。初めて信長の舞う能を見せられた時、百年以上も伝来して来た面の白く蛍火のごとく篝火に浮かぶ肌と、その面をはずした時の信長の素顔がまったく同じに見えた。

若狭に八百比丘尼という者が棲むという。朝倉勢を細作していて知った言い伝えだ。人魚の肉を食べ、不老不死となった少女が出家した姿だそうな。

信長様も人魚の肉でも口にされたのではあるまいか。

乱破という人外の身なればこそ、化生の者の感触を恐れる。小六と蜂須賀党は、いつの間にか信長から距離をおくようになっていた。

秀吉の信長讃美はまだ続いている。

「わからぬ男じゃのう。それほどこのおつとめがありがたいのなら、ぬしは何が気に入らぬのじゃ？」

秀吉は思い出したように暗い顔に戻って、口をつぐんだ。

「……光秀よ」

「これはこれは！　光秀殿の何が不満かい」

小六は思いがけない秀吉の答に驚いた。どんなにぼやいても、秀吉が家中の人間の悪口を言うことはめったにない。

「それじゃわ」

秀吉はしばらくためらった。

「小六よ、わしは冴え冴えとしたものが好きじゃ。この月の光のようになあ」

「いきなり何を言うかと思えば」

「信長様は冴え冴えとしておられる」

「ははあ」

「光秀も冴え冴えとしておる」

「ほう」

「わしは猿じゃ」

「何を言うておるかわからんな。野盗あがりは血のめぐりが悪いで」

秀吉はぎろりと小六を睨んだ。

「信長様は尾張半国の殿としてお生まれになったからよいとして、光秀は我らと同じ野の者ではないか。なぜにああ、取り澄ました造作をしておるのじゃ」

「おやあ、おぬし光秀殿に焼いておるな」

「やかましいわい」

秀吉は光秀の何もかもが気に入らなかった。大体、なぜ光秀は生き残っているのだ。

あの夜、生駒屋敷の踊り興行の場にいた者は、桶狭間の合戦でことごとく討死している。光秀の名が供養帳になかったのには気づいたが、いずれ名もない野の者のこと、数え漏らしたのであろうとさして不審にも思わなかった。

その明智光秀が秀吉の前に再び姿を現わしたのは、五年前のことである。なんと将軍・足利義昭の側近としてだ。義昭を信長と結びつけたのは彼であり、永禄十一年九月二十六日の信長上洛は、それによって実現した。わずか八年前まで諸国を経めぐっていた武辺者が、気がつけば自分と同じ、いやそれ以上の地位を織田家中に占めている。人の出自や出世の早さを妬むような秀吉ではない。しかし……。

しかし、なら、あの夜のことはどうなる？

光秀は信長と戯れていた。にもかかわらず生き延びて、そればかりか何事もなかったかのように侍大将として信長に仕えている。秀吉は信長に手も触れていない。もし、逆ならば……。自分が信長の裸身にあのように戯れることができたら、思い残すことなく桶狭間で切死しただろう。そうしたら、信長に触れることもできないまま生き延びて信長に仕えている光秀を、かえって草葉の陰で哀れんだはずだ。

戯れておきながら、なおかつ生き延びるとはどういうことだ！

「まったく理不尽じゃ」

秀吉はその不満を誰にも打ち明けることができない。小六はふて寝していて何も知らないし、光秀は秀吉の存在に気づいてもいなかった。唯一、話すことのできるのは信長だが、さすがの秀吉にもそれはできない。あの一夜はまるで夢のようであったし、事実、夢だったのかもしれない。

茶室で信長と二人きりになった時、喉元まで出かかった言葉を秀吉は呑み込んだ。のばせば手のとどく所に、わずかな布地を隔てて、あの時、ゆらめく炎で見た裸身が息づいている。

夢を見ました。信長様はお市様のような姫君でございました。光秀とは寝たのでござろう？　馬鹿な！　そしてどう言う？　わしと寝てくだされ。光秀とは寝たのでござろう？

なぜわしとは寝てくれませぬ。そう袖に縋って掻き口説いてみるか。お寧の時のように。これが衆道じゃろうか。いや、他の男なんぞ薄気味の悪い。第一、信長様は本当は女子《おなご》ではないのか。いやいや、あれは夢幻の類じゃ。わしはいかれておるのじゃろうか。

うつむいてぶつぶつつぶやく秀吉に堪りかねた小六は、すべてを笑い飛ばそうとした。

「おぬしがいくら焼いてもいかぬて。光秀殿は生まれながらの名族じゃと教えたであろうが。どこぞの木の叉から生まれた我らとは違うわさ」

小六が自分達の出自をことさら貶《おと》しめるのは、これが一番の元気づけの妙薬だからだ。失うもののないことだけが、野の者の誇りであり力の源でもあった。

秀吉は深い溜息をついた。

「やはり、生まれか……」

誰にも負けぬほど働いてきたつもりである。調略、城攻め、野戦《のいくさ》、兵糧攻め、細作、普請なんでもござれ。落とした城も一つや二つではない。光秀に勝りこそすれ劣っているとは思わない。だが、そんな秀吉ですら信長の戦略の中枢には関われなかった。敵である武田家には二十四将とも謳われる宿老達がいて、信玄は軍略のすべてについて彼らと親しく合議の上で進めるという。

元亀三年九月二十九日、山県昌景の率いる先鋒の甲府出発を皮切りに、風林火山の旗を立てて最強の騎馬軍団が西上を始めた。その数、三万五千。

信玄の本隊が甲府を出たのが十月三日。天龍川沿いに遠江に侵攻し、十二月十九日には二俣城を陥落させた。秋山信友率いる別働隊が同時に美濃に侵攻し、十一月十四日には岩村城をすでに攻略している。信玄は二俣城を二十一日に出発。二十二日には、信長の援軍三千を加えて浜松城に籠城する徳川軍一万一千を、三方原に誘い出し撃滅している。まさに「疾《はや》きこと風の如く、侵掠《しんりゃく》すること火の如し」という孫子の旗そのままであった。

明けて元亀四年二月も終わろうとする今、信玄は、菅沼新八郎が守る三河国野田城を包囲する武田本陣にいる。

同盟者・家康の領土が信玄に好き放題に荒らされても、信長は動くことができない。浅井、朝倉、本願寺、三好、六角、伊勢長島の一向一揆、それに松永久秀までが兵を挙げ、信長を完全に取り巻き、攻め立てていた。後の世にいう第一次信長包囲網である。足利義昭を通じてこの鉄壁の布陣をしいたのが、信玄と宿老達であった。

敵ながら、うらやましい。

そう秀吉は思うのだ。このような大きなたくらみの絵図を、信長と一緒に描けたらどんなにか面白かろう。信長とともに悩み、信長から膝《ひざ》を交えて相談を受ける。自分には考えもある。調略といった小手先の技ではなく、天下そのものを動かすような外交に携わること。それが秀吉の夢だった。

しかし、織田家の外交は、信長ただ一人によって決定されている。秀吉達は決まったことをいかに迅速に実行するかしかなかった。例外があるとすれば、またしても光秀である。秀吉が乱破仕事をしている今も、信長の傍らで将軍義昭を動かし、勅命による個別講和で包囲網をずたずたにする一方、謙信と結んで信玄をゆさぶる高度の外交戦略を展開しているに違いない。秀吉にはそれが気に入らなかった。

信長様は、わしにはそんなことができぬと思うておられるのじゃろうか。

「生まれがよければ、学問もできたじゃろ。光秀のようにものを知り、歌の一つも詠《よ》めたわやい。さすれば、信玄も謙信もわしが手玉に取ってくれたものを」

「珍しく溜息なぞつくから心配しておったら、この乱破あがりは何を夢見ておるやら」

「ふん、エンジャクイズクンゾコウコクノココロザシヲシランヤじゃ」

「あれま。耳学問は立派じゃが、エンジャクもコウコクも書けりゃすまいがよ」

「ぬうう。さすが小六じゃ、痛いところを抉りよる」

秀吉は、ようやく明るい声で笑った。

山道が終わり、平原に出た。腰まである枯れ薄《すすき》が一面に広がっている。闇の向こうから一人の男が駆け寄り、小六に耳打ちした。

「剽気話は終わりじゃ。もう野田城は近い。気配を殺してくれい」

軒猿は思った以上に封じられている。服部党の陽動作戦が効いている証拠だ。自国を蹂躙《じゅうりん》されているのだ、服部党も必死であるに違いない。だが、そろそろ武田本陣を守る軒猿の円陣に入り込んでいる。気づかれたら、一巻の終わりだ。

どこまで近づけるか。

小六は唇を舐めた。

「あれさ、そこを行きゃあす御一行、織田様の御家中とお見受けいたしましたがのお」

薄の原に、いきなり緊張感のまったくない大声が響いた。小六がさっと手を上げる。輿は置かれ、四人の担ぎ手は防御の態勢をとった。一行を遠巻きに散開していた物見衆も、飛ぶように戻って来る。

平原の真中に、月光に照らされて一人の老人の姿があった。

「気づいていたか」

秀吉が押し殺した声で尋ねた。

「いや」

小六は驚きを隠せなかった。前面に展開していた蜂須賀党の物見にも引っかからなかったとは！　こ奴、完璧な隠形のできる乱破に違いない。

「いかにも左様じゃ。おぬしは何者か。狐狸妖怪の類ではあるまいの」

小六が止める間もなく、秀吉が答えた。直ちに殺すべきだ。小六が目で語りかけるのを、秀吉は目で制した。この老人は殺気を発してはいない。

「乱破には、名乗る名前もないですがの、まあ門太と呼ばれとりました。今川家中、雪斎様の手のものですわあ」

「今川？　雪斎じゃと」

小六は頭を抱えた。おたがい名乗り合う乱破がどこにあろう。秀吉はお構いなしだ。

「今川はもう滅びておる。今さら雪斎の乱破がなんの用じゃ」

「はあて、それが自分でも、も一つはっきりしませぬでなあ」

「なんと、だらしのない乱破よな」

秀吉はすっかり門太とうちとけている。これぱかりは誰にもまねできない才能だった。

「なあ、乱破のじさまよ。わしらは今川の御家の仇・武田に一泡吹かせにまいるのじゃ。力を貸せとは言わんが、おとなしくどいてくれぬかの」

門太はにこにこ笑っている。

「それが、なかなかそうはまいりませぬで」

蜂須賀党の面々にさっと緊張が走る。秀吉だけが平気な顔をしていた。

「ほう、じさま一人でどうするつもりじゃ？」

門太の目が、月光にきらきらと輝いた。

「一人じゃとはゆうておりませんがなあ」

小六の全身が総毛立った。殺気だ。多い！　平原全体が殺気で波打っているようだ。えい、なぜ、今まで気づかなかった。爺め、この薄の原に何人の軒猿を伏せたのだ？　蜂須賀党の若党達が戦闘態勢をとった。この人数でどこまで闘えるか。小六は必死で、敵の数と配置を殺気から割り出そうとした。

「小六、無駄だ」秀吉は落着き払った声を出した。「これは幻術よ。探ろうとすればするほど術中にはまるぞ」

「この気配が幻と？」

　秀吉はうなずく。

「考えてもみよ。これだけの人数が伏せておって物見の目をくらませられるわけがない。この門太のじさまは相当の古狸じゃ。軒猿が皆これほどの手練なら、わしらはとうの昔にやられておるわ。なんとじさまよ、図星であろうがや」

　全員に聞かせるように秀吉は大声で話した。

　なるほどその通りではある。しかし、この圧倒的な殺気は、たとえ頭でわかっていても、幻と納得することなどできなかった。

　門太はふぉふぉと空気の漏れるように笑った。

「どうでしょうなあ。軒猿が利け者をえりにえって寄越したかもしれませぬぞ。秀吉様と小六様が御自らお出ましと聞けば、そのくらいはいたしますで」

　小六は殺気に反応しようとする自身の躰を懸命に押さえていた。あらん限りの手裏剣を殺気の元に乱れ打ちすれば、軒猿が潜んでいるかどうかははっきりする。しかし、もし本当に軒猿が潜んでいたなら、懐《ふところ》に手をやった瞬間に、こちらが敵の手裏剣で蜂の巣にされるだろう。掌が熱い。

「我らの名まで知っておるなら、そうかもしれんの。じゃが、あやしいなあ」

秀吉はいつものように笑っている。この度胸には小六も舌をまく。

「どう疑ろうと、万に一つの心あたりがありゃ動けますまいよ。それが幻術の壺ですで」

「こりゃあ面白い。幻術の壺を教えてくれるとは、小六よ、なんと愉快な乱破ではないか」

小六は答えるどころか、秀吉の方をちらとでも見ることはできない。一瞬でも気を抜けばやられる。殺気はそれほど鋭いものになっていた。

「で、ここな幻術の達人は、我らを金縛りにしてなんとする?」

門太は首をひねった。

「そうですのお。まずはその輿の中身についてお話し願えましょうかい」

「困ったなあ」秀吉は心底困惑した声を出した。「わしらは何も教えられてはおらんで」

「おとぼけは効きませぬぞ」

「とぼけてはおらぬ。さっきも話しておったところよ。もそっと読み書きができねば、信長様は信用してくださらぬと小六は言うのじゃが、のう、じさま、ぬしはどう思うかや」

門太の気配がゆらぐ。さすがの彼も、秀吉のあまりの馴れ馴れしさには戸惑っていた。

「もうよかろう」

秀吉の笑みが凍りついた。小六も息が止まる。門太は驚きの表情を浮かべていた。蜂須賀党の若党達が一瞬で躰の向きを変えた。

誰とも知れぬ声は、輿の中から聞こえてきたのだ。

黒い塗輿の戸が静かに開いていく。

小六には信じられない。輿から人の気配はまったく感じられなかった。目の前の老いた乱破以上に、完璧に隠形の術を操れる人間を乗せていたことになる。

まさか、服部党の半蔵自身が……。いや、ありえぬ。軒猿の誘導と迎撃には当主自らがあたるしかない。今、半蔵が別行動をとれば、武田の目の前で徳川は裸になるのも同然だ。

黒い影が輿から降りた。月光を吸い取るような立ち姿に、全員の視線が釘づけにされる。影は悠然と前に進んだ。

蜂須賀党も小六も、剛胆な秀吉さえ、かける言葉もなくその姿を目で追うしかなかった。

影は、身構えている門太に近づいて行く。あたりの原一面に殺気が立ち騒いだ。

「面白い。また会えたな」

影は跳んだ。法衣が翼のように膨れ上がり、月光に照らされ、影の顔が目の前に曝《さら》された。目も鼻も耳さえもない。だが、削ぎ取ったような頬とこの黒ずくめの姿を忘れるはずもなかった。門太は必死に耐えた。まだ生きていたか。

化け物め、今度は逃げんぞ！

間合いを保つために門太も影とともに跳んだ。手裏剣が効かないことはわかっている。

二度、三度、影と門太はともに跳ぶ。黒々とした穴だけが開いている器官を失った顔の中で、唇だけがあの時と同じように赤く、独自の意志を持って生きているようで、影の男がどんな体勢をとろうとも、笑っていた。

何度目かの跳躍の時、門太は一気に間合いをつめて前に飛び込んだ。渾身の力を籠め忍び刀で胴を払う。

手応えがあった。

影がぐらりと身じろぎする。

門太は間髪を入れず後ろに跳んだ。太股を思いっきり抉ってやった。すぐにでも止めを刺すべきなのだが、そうなれば、一行が何をしようとしていたのか永遠にわからなくなる。それに、蜂須賀党が黙っていまい。薄の原からすでに殺気は消えている。小六達には、門太一人の幻術であることが、もうわかってしまったはずだ。

が、秀吉も小六も動けない。若党達も、うずくまった影を息を呑んで見ているだけだ。

これはなんだ？　こ奴は何者だ？

小六にはどう掩護すべきか、そもそも掩護すべきかどうかわからなかった。

月光の中で、影が一夜でのびる茸《きのこ》のように立ち上がった。

「これでよい」

影はあの時と同じ嬉し気な声を上げた。

逃げるな！

門太は喘ぎながら自分に言い聞かせた。

影は、自分の右脚を抱えていた。月明りに透かしてみてもその脚は血で濡れていない。骨を断った感触はなかった。大の男の脚がこうも容易く切断されるわけはない。小六も秀吉も目を剝いた。影は、のっそりと脚から草履をはずし、脚絆の布を毟り取っていく。白く、硬質な光を反射する造り物めいた裸の脚が現われた。

「徳達神王子、参らせ給う」

影は剝き出しになった自身の脚を月光に捧げ持つと、低く低く、蜂の羽音のように、とめどなく何事か唱え始める。影の手の中で脚は見る間に分解して、光の粒子の塊になっていった。影の男の両手に、危険なまでに輝く蛍の群が集い蠢いているようだった。男の呪言で振動する夜気に乗って、蒼ざめた月光の中を、輝く粒子は次々にほぐれ散乱し、一つの方向に飛び去って行く。

門太はすっかり血の気の失せた顔で、光の帯を作って流れて行く輝点の方向を呆然と目で追っていたが、「しもた」と一声叫ぶと猿《ましら》のように駆け出した。

「ナウボ・タリツ・ボリツ・ハラボリツ・シャキンメイ・シャキンメイ・タラサンダン・オエンビ・ソワカ」

身の長《たけ》八尺、四面八臂《はっぴ》。正面は仏の顔に作り緑色。左右両面は神の憤怒の相でそれぞれ青と金、虎牙を嚙み合わせ、怒髪天をつく。最上の顔は悪相をなし真紅。赤龍を用いて髻を結い、火炎を頭上に頂く。いずれも三眼を持ち、その目は血の色である。八臂の内、二臂は合掌、残り六臂に、剣、棒、五鈷杵、槍、三鈷戟、五鈷鈴をたずさえ、全身に赤と青の毒蛇と龍をまとい、劫火を背負う。

異形の明王像の前で、信玄は太元帥明王の真言を唱えている。護摩の火が顔を赤々と照らした。行軍中であれば、もちろん正規の太元帥法など修することはできない。遠く平将門の乱や元寇に際して行われたというこの法は、治国の宝・勝敵の要の大法なのだ。しかし、その像の前でただ護摩を焚き、印形を結んで祈るだけでも心が落ち着いてくる。

何度も小競り合いを繰り返してきた徳川勢が、いざ正面から対決してみるとこれほど脆《もろ》いとは思わなかった。朝倉がもう少し頼りになれば、すべて計算通りなのだが……。

滞陣の時間を利用して各方面と連絡を取り、信長包囲網の激励と引き締めに信玄は忙殺されていた。太元帥法を修するのは祈願のためばかりではない。じっくりと軍略を練ることのできる貴重な一人きりの時間を得るためでもあった。

はて。

ぶ～んという、羽音の低いうなりにも似た音が聞こえてくる。

気のせいか。

耳を澄ませる。自分の単調な声の合間に、確かに音がする。

耳鳴り、ではないな。

低く、だが途切れることなく、次第に次第に高まるように聞こえてくる。何かが猛烈に震えているような音。

信玄は真言を唱えるのをやめた。

はっきりと聞こえる。それは急速に高まって、本陣の寺の本堂全体を震わせるほどに響く。信玄は堪りかねて目を開けた。

本尊と入れ替えた陣仏の太元帥明王像が立っている。うなりは他ならぬその像から発していた。真紅の悪相が振動している。あまりに激しく震えているため、その顔がぶれてはっきりとは見えない。信玄が見守る内に、振動は正面の仏面に、続いて左右の神面に広がっていき、ついに、四つの頭全部が振動を始めた。

うなりはもう本堂を圧している。

信玄が身の危険を感じて扉を開け放った時、四つの頭が一斉に音を立てて弾けた。

そして……何事もない。あたりに木っ端を散らしただけであった。後にはただ首のない太元帥明王の惨めな姿が残り、冬の深更の静寂が広がっているばかりだ。

驚かせおって。

信玄は息を吐いた。

どうしたことじゃ。

おかしい。明王像の破裂もだが、それ以上に、あれほどの物音に誰一人駆けつける者がないのが不審だった。

縁先から庭に出てみる。宿直《とのい》の者や小姓達が詰めているはずだが、誰もいない。射るような冬満月が輝いているだけである。

「誰かおらぬか」

信玄は無人の庭を横切り、門を一、二歩出てみた。応える者はない。夕刻まで軍兵に溢れ、馬の嘶《いなな》きと人いきれが満ちていたこの陣所の寺が、深山幽谷の孤寺のように静かだ。

ああ、何にせよ月が美しい。

篠原や習わぬ野辺の仮枕伴う月も雲隠れして

かつて詠《よ》んだ腰折《こしおれ》を思い出す。もっとも、これでは雲隠れしてしまったのは月ではなく将兵達の方だが。甲斐源氏の名流にふさわしく和歌漢詩をよくする風流人・信玄は、思わず月に見とれた。それほど山門に続く平原に浮かぶ月は、冴え冴えとしていた。

きらきらと輝くものが、月のまわりをよぎる。それは、発光する綿毛か花粉の群のようだった。月を覆い、空を覆い、やがて時ならぬ花吹雪のように、あるいは決して溶けることのない雪のように、門前に立つ信玄の全身に降りそそいだ。

これは！

信玄の頭にも肩にも、光る粒子は降る。灰か羽毛のように軽く、思わず吸い込んだ信玄の口中にも異物感はなかった。わずかに酸味だけが残った。次から次へと音もなく降りしきる光の雪に打たれる。砕かれた月光が、冷涼な水晶の飛沫となって乱舞する中に、信玄は自分が今何をしているのかも忘れて、いつまでも立ちつくしていた。

元亀四年二月、野田城包囲の陣中で信玄は病に倒れた。肺結核とも肺癌ともいわれている。側近の御宿監物は「肺肝で苦しむにより、病患忽ち腹に萌《きざ》して安んぜざること切なり」と小山田信茂に宛て報告をしている。

しかし、異説があった。『松平記』には、月の美しいある夜、野田城から聞こえる妙なる笛の音に誘われ本陣を出た信玄が城から狙撃され、その時の鉄砲傷が元で病死したと記されている。野田城主・菅沼一族の『菅沼家譜』にも同じ話が伝えられていた。この『菅沼家譜』のある写本には、あまりにも奇怪なため口伝と化した記述があるという。

信玄公、望月《もちづき》の一夜、石花を見ることあり。光りつゝ、群れ飛ぶ様、風花の如し。公、俄に御腹痛。薬石効なくお苦しみになること数夜、つひには石卵を生ませらる。鶏卵大。内に光あり。奇態の物なり。ある薬師《くすし》の曰く、神農記古伝中に見ることあり。石卵は石花の育ちしものぞと。公、それを聞きて、妖しのものにたばかられ我が命運ここに窮《きは》まるか、と御嘆息。左右の者の悲嘆限り無し。公、つひに遷化《せんげ》し給へる時、御生み給へる石卵は、両十四、五にのぼると云々。

「信玄公、石卵を生ませらる、の事」

二月十日、野田城陥落。しかしにもかかわらず、武田軍は信玄の病状を窺《うかが》いながら、緩慢だが確実に撤退を始めた。その途上、信濃国伊那郡駒場で四月十二日、信玄は陣中に没した。享年五十三。法名は、恵林寺殿機山玄公大居士。遺言により、三年の間、その死は秘せられたという。

13 設楽原のメギドの丘

正月朔日、京都隣国面々等在岐阜候て御出仕あり。各三献《さんこん》にて召出しの御酒あり。他国衆退出の已後、御馬廻ばかりにて、古今承り及ばざる珍奇の御肴出で候て、又御酒あり。去年北国にて討とらせられ候、朝倉左京太夫義景首、浅井下野首、浅井備前首、已上、三ツ薄濃《はくだみ》にして公卿に居ゑ置き、御肴に出され候て御酒宴。各御謡御遊興、千々万々目出度御存分に任せられ御悦びなり。

「義景・浅井下野・浅井備前三人首御肴の事」『信長公記』

光秀の舞は、華麗だった。

天正二年の正月。宴はもう終わろうとしていた。外様の大名衆は豪奢な贈物と祝賀の言葉を溢れんばかりに残して、すでに退出している。信長のまわりには、馬廻衆と側近の侍大将が残っているだけだ。光秀は人形ぶりを踊っている。珍しい傀儡《くぐつ》の舞であった。見えない糸で操られている光秀の手足は、造り物めいて動く。

例によって秀吉は不機嫌である。

わしの猿踊りがすっかり喰われてしまうわや。

先刻まで、満座の爆笑を集めた猿芸に較べてなんという違いであろう。笑い転げていた信長も、小姓達と一緒に一心に光秀の流れるような動きを見つめている。

扱いが違うのお。

秀吉は光秀が絡むとどうしても冷静ではいられない。

元亀元年の突然の裏切り以来、秀吉は浅井討滅の先頭に立ち、ついに昨年八月に浅井の居城である小谷城を落とし、見事お市の方を救出するという大金星を上げていた。ほぼ同時に、光秀が中心となって越前の朝倉も滅ぼされている。秀吉は、今や浅井の旧領を与えられ、近江長浜十二万石の城持大名になった。名も羽柴秀吉と改めている。草履取りになってから二十年。下剋上の戦国においても異数の出世であり、まさに得意の絶頂といってよかった。

しかし、秀吉は知っていた。自分が城持ちになれたのは、浅井を滅亡させたからでも、お市の方を救出できたからでもなく、ただあの満月の夜の隠密行によるということを。信玄が病に倒れなければ武田上洛軍の撤退もなく、浅井・朝倉の滅亡もなかっただろう。だが、秀吉には実感がない。

あの影のようなノッペラボウの坊主が片脚を光の粉に変え宙に飛ばしたことが、どうして信玄の死につながるのか。秀吉にも小六にも、わかるはずもなかった。しかし、奇妙な乱破が光の粉を追って駆け去ると、坊主は何事もなかったように輿に戻り、まったく同じようにこう言ったのだ。

「もうよかろう」

秀吉と小六はしばらく呆然とたたずんでいたが、引き返すしかなかった。すぐに軒猿が総力を上げて来襲してくるだろう。すべてが悪い夢のように思えた。自分が何をやったのかわからないまま武田軍撤退の知らせを聞き、考える間もなく浅井攻めに参加し、そして城持大名となった。

秀吉には長浜の城がどうにも座りが悪いのである。だからこそ、城持大名になって初めてのこの正月も、今までと同じように道化てふるまい、例年よりも一層熱心に猿芸を見せた。信長はいつもと同じように笑い転げた。それが秀吉をますます、もやもやとさせる。

なんかこう、接しようも変わらぬものかや。

これからはもう少し重々しくふるまえとかなんとか、言ってくれてもいいのではあるまいか。出会った時とまったく同じように自分の猿芸を無邪気に悦ぶ信長の姿を見ていると、なぜか淋しいようなホッとするような妙な気持ちになるのだ。

秀吉は赤い顔をして盃を重ね、ますます猿に似てしまう。

踊り終わった光秀が、息を弾ませ座に戻った。ちろり、ちろりと視線を送っている秀吉に気づいて、屈託のない笑顔を見せる。秀吉は思わず笑い返し、急いで盃をあおった。

いい男では、ある。

光秀もまた少しも年を取らないようであった。あの篝火の下で垣間見た時の、少年のような端正な顔のまま信長の傍らに座っている。小姓達と混じっても全く違和感がない。

雛《ひいな》のような主従でござるな。

年賀の外様衆の一人が歎声を漏らすのを聞いて、秀吉も我知らずうなずいてしまった。

光秀の隣には、フロイスがいる。

伴天連の年もわからぬわい。

どこか信長に似た白い肌、透明な瞳と高い鼻を持つポルトガル生まれのこの司祭は、重臣ばかりのこの場に身の置きどころがないのか、居心地が悪そうにその長身を縮めていた。器用に箸を操り揚げた魚の身をつついては、グラスから赤い珍陀《チンタ》の酒を飲んでいる。

信長様と光秀とこの伴天連は、ほとんど年が違わぬと聞いた。なるほど不思議な家中ではある。人形めいた三人が、年齢不詳の顔を並べている様は、普通ではない。フロイスの隣には、通訳兼世話係としてロレンソが付き従っている。この異相の日本人伊留満は、伴天連の裾に隠れるように控えていた。

わしも、ああいう風に見えるのじゃろか。

人形のような貴人達に混じった醜怪な道化。汗をかきながら酒をあおるだけの場違いな存在。小六がいれば、自分がどう見えるかぜひ聞いてみたいところだが、陪臣である彼をこの席に伴うことはできない。

すっ、と信長が立ち上がる。白い素足であった。

祝宴の大取りだ。皆がぴたりと口を噤《つぐ》む。小姓の一人が、恭しく何かを捧げ持って来た。白木の方形の台に銀の盆が乗っている。その上に、黄金の髑髏が据えられていた。一つ、二つ、三つ。信長の前に、小さな三角形を描いて髑髏は置かれた。漆を塗られた金箔の肌が、室内の夥しい灯火を照り返し、甘い蜜のような光を反射させている。

「薄濃という」

信長の声が静かに響いた。

「首をさらして骨とし、箔と漆で仕上げる。長政、久政、義景ぞ」

全員の目が、零れ落ちんばかりに見開かれている。

まさか、が、あるいは……。

秀吉も前にいざり出ながら、信長の顔と黄金の髑髏を何度も交互に眺めた。

えらいことを……。

音を立てて唾と声を、呑み込む。宴の空気が一気に冷えていくのがわかった。

武士の身であれば、生首は見慣れている。野ざらしの髑髏もありふれたものにすぎない。しかし、敗将の首を骨にして細工したものなど、見たことがなかった。供養と首実検のために化粧することはあるが、ただでさえ恨みを呑んだ戦死者は祟るのであり、弄ぶことなど思いもよらなかった。ましてや、義景はともかく、浅井氏とは一度は縁戚を結んだ仲だ。お市の方を娶った長政は信長にとっては義理の弟、久政はその父である。

信長は一つの髑髏を両手に取った。燭台の炎が金色の影をつくり、信長の白い顔が蜜色に染まる。髑髏は、高々と捧げられるように信長の頭上に掲げられた。抱き上げた赤子や子犬にするように、信長は剝き出しになった黄金の歯に顔を近づけた。

「長政、なにゆえ義兄《あに》を裏切った」

ガタリと音がした。折敷《おしき》に乗っているグラスが倒れている。

「サロメ！　サロメ・アンティパス！」

フロイスのうめくような叫びを聞いたロレンソの顔色も変わっていた。

信長は二人に目をやると、艶《あで》やかに微笑んだ。

誰もが戦慄していた。喉に異物の詰まったような沈黙があった。秀吉の腰は抜けてしまったかのようである。

長政の金箔貼りの髑髏を胸に抱くと、信長は二つの白木の公卿台を蹴飛ばした。久政と義景の髑髏が畳の上に転がる。信長は袖をひらめかせて、ふわりと二つの髑髏の上に立った。まるで重さがないもののごとくに、二つの黄金の頭骨は信長を支えていた。

信長は口づけするかのように長政の髑髏に唇を寄せると、胸に抱きかかえる。

そして、唄い始めた。

それは、宴に連なった誰も聞いたことのない唄だった。時に金属を打鳴らすように高く、時にむせび泣くように低く。この国の言葉ではなかった。フロイスすら聞いたことのない異国の響きを持った言葉が、未知の旋律に乗って、信長の口から溢れ出していく。鬼哭《きこく》を喩える啾々《しゆうしゆう》という言葉がふさわしい、心を無限に掻き毟り続ける唄を、彼らは聞いた。

皆が泣いていた。意味もわからずただ涙が溢れてしようがなかった。

信長は唄いながら、胸に抱えた長政の頭蓋骨の金の頬をいとおし気に撫でる。

サロメ。あのヘロディアスの娘というよりもあれは、あれは……マドンナ。

師に逆らって聖母子像を思ったロレンソは、自分の連想に震え上がり、何度も何度も十字を切った。デウスに許しを乞いながら、彼もまた泣いていた。冷静な光秀も、勇猛な柴田勝家さえも、涙を流している。秀吉は身も世もなく泣き崩れながら、涙でぼやけて見える長政の黄金の髑髏に激しく嫉妬していた。長浜十二万石などなんであろう。秀吉は、自分の望みが城でも領国でもなく、ただ一個の薄濃となって信長の胸に抱かれることに他ならないことを、思い知った。

「あれが馬防柵か」

武田勝頼は、跡部勝資に尋ねる。数日来降り続いていた雨がようやく上がった。夏の早い曙《あけぼの》が、設楽原の全景を浮かび上がらせていく。薄明の中、武田軍の正面前方に、棒杭を縦横に組み合わせた柵が、えんえんと続いている。

「左様でござります」

「信長は、あの程度の柵で我が騎兵の突進を止めることができると思うてか」

「さればこそ、申し上げましたる通りで」

「ふむ」

勝頼は、射し始めた朝日に煌めく露を含んだ草原を見つめて、考え込んだ。

天正三年五月二十一日早朝、三河国設楽原。武田軍は、家康の拠点である長篠城西方に広がるこの山間の平原で、織田・徳川連合軍三万八千と対陣していた。

この年の四月十二日、信玄三回忌の大法要を営んで喪が明けたことを宣言した勝頼は、直ちに、一万五千を率いて三河侵攻を開始した。信玄が組織した上洛軍に規模は及ばないが、最強の名声には少しの陰りもない騎馬軍団を中核とした、精鋭部隊のほぼ全軍である。前年には信玄すら落とせなかった無類の名城・高天神城を陥落させていた勝頼の目的は、信玄の死のどさくさに紛れて家康に掠め取られた長篠城を奪還し、徳川軍を完膚なきまでに叩き潰すことにあった。

奥平信昌がわずか五百の兵で守る長篠城に、武田軍は猛然と襲いかかった。家康からの急報を受け、信長は自身、三万の軍を率いて岐阜を出発する。三方原の時には、中核部隊を動かすことすらできなかった信長が、ついに動く。

勝頼と信長、おたがい満を持しての一大決戦を決意している、ようではあった。

五月十八日夕刻、織田・徳川連合軍は、設楽原に着陣する。武田軍に一気に緊張が走ったが、軒猿の報告によると、彼らはいきなり平原を流れる連子川に沿って柵を立て、防御陣を築き始めたという。詳細は不明だ。細作に出掛けた軒猿達は、陣に近づくこともできないほど、散々に狙撃されたからである。それだけでも夥しい数の鉄砲が陣中にあるのは確かだった。偵察隊全滅の知らせは、逆に敵陣の謎を解く鍵を、雄弁に語っていた。

「軒猿が歯が立たぬとは、きつい守りよの」

「種子島の力を見せつける腹かと」

鉄砲弾薬に丸木と縄。出陣前の信長は、それらを狂ったように掻き集めていたという。同時に各将に鉄砲足軽をそれぞれ差し出すように命じている。軒猿からその報告を受けた勝頼は初めて、信長が三万もの軍を集めて東進できたわけを悟った。勝頼は信長の援軍を五分五分と見ていた。援軍が出て来たとしても、せいぜい一万であろうというのが、勝頼と側近達との結論であった。

石山本願寺を中心に、三好三人衆、松永久秀が依然予断を許さない状況にあり、すでに将軍の位《くらい》を追われているとはいえ、義昭は反信長の文書をばら撒き続けていた。信玄の死、浅井・朝倉の滅亡、室町幕府の終焉などによってぼろぼろにされたとはいえ、反信長包囲網は消滅してしまったわけではなかった。信長打倒の炎は燻《くすぶ》っており、わずかなきっかけで火を吹いた。

信長は兵をみだりに動かせないはずだった。まさか本人が出陣してくるとは驚きだが、軒猿の細作によれば、この三万は大部分が雑兵・足軽の類で、騎馬武者はほとんどいないという。武田侵攻に驚いた信長が慌てて編成した、急ごしらえの大軍であろう。

五月十八日、長篠城を望む医王山での軍議は、まずその事実の確認から始まった。

陣幕の内にずらりと揃った歴戦の老将達はみな、先主・信玄にも似た貫禄を漂わせ、若い勝頼と並ぶとどちらが主君であるかわからない。山県昌景、内藤昌豊、馬場信春、小山田信茂、原昌胤、そして信玄の弟・逍遥軒信廉ら名だたる宿老達に囲まれ、勝頼はその一挙手一投足まで監視されているに等しい。

「三万か」

勝頼は取りあえず口火を切るだけだ。毎度毎度、軍議の度に兵法を試されているようなものだった。気の休まることがない。自然、無口となる。

「寄せ集めの烏合《うごう》の衆じゃ」

馬場信春が嘲《あざけ》りの声を上げた。

「侮るでない。奴らは腐るほど種子島を持っておる由」

山県昌景はたしなめたが、武田軍全体に、彼我の兵数の差をあまり心にかけない気分が生まれたのは否定できない。

武田軍は個々の武将が末端の兵にまで責任を持っている。彼らは皆、独立した領土を有する国人衆であり、宿老ともなれば、武田本家にも匹敵するほどの実力者達だ。勝頼はいわば土豪国人連合の上に乗っているのであり、武田軍は、部将達がそれぞれ独自に練り上げた独立部隊の連合軍であった。それを束ねるのが、公正な法度《はっと》と統一された軍法、そして甲斐源氏の嫡流たる武田本家の血と総大将の偉大なカリスマなのである。勝頼が直接下知できる兵は一万にも満たなかったろう。合議の上でなければ軍は動かせない。信長が満足な援軍を寄越せないだろうという読みは、武田的なあまりに武田的な推測だった。

織田軍はすべて信長に直属している。部将達はそれを一時的に預けられているにすぎない。軍だけではない。城も領地もそうだ。信長は彼らを自由に移転させることができたし、その気になれば、どんな譜代の家臣でもすべてを剥奪し、身一つで放り出せた。現に、後に宿老である林通勝や佐久間信盛を追放している。

織田軍は変幻自在、軟体動物のように捕らえ所がなかった。兵士の一人一人が、金で雇われた専業者であった。何よりもまず甲斐の土民であり国人衆の寄子《よりこ》である武田軍の兵士達とは、本質的に違っている。

「金で買われた浮浪人どもよ。あのくらい集まらねば、我らと対陣もできまいて」

内藤昌豊の言葉は嘘ではない。尾張兵の弱さは定評があった。すぐに逃げる。彼らは、甲斐兵のように土地の主人への義理や近隣の評判や故郷への愛着で戦っているのではない。欲得ずくの戦いなら命は惜しい。信春をたしなめた昌景さえ、織田軍を恐れてはいなかった。軒猿が集めてきた情報を総合すれば、どうしてもそういう結論になる。

しかし、彼らが決定的に知らないことがあった。信玄との対決を避け続けた信長の方針の結果、宿老達でさえ、信長が直接指揮する織田軍と戦ったことはなかったのである。三方原で瞬く間に潰滅した三千の援軍、あるいは苦もなく取れた美濃の明智城の守兵達が、彼らの知る尾張兵のすべてだ。あまりにも淡白で、「一人で五人を相手にできる」と罵られたそんな弱兵が、信長直々の下知の下では狂気のような奮戦を見せることなど、知る由もなかった。たとえ軒猿達が報告していたとしても、とても実感できなかったろう。自軍の倍の織田軍の接近に対しても、武田軍内に決戦気分は消えなかった。

「なんでも、信長はこの度の戦では味方を一兵も損なわずして勝つと申したとか」

「吹きおったわ。御館様御健勝の折は、手も出せず震えておったくせに」

小山田信茂の声に宿老達はどっと笑った。勝頼は一人苦い顔をしている。宿老達にとっては今でも、「御館様」は信玄以外にない。

「信長はわしを侮っておるのか」

宿老達は黙り込む。言わずもがなとでも言いたい風情だ。

「信長は戦う気がないのではありますまいか」

側近の跡部勝資が口をはさんだ。戦歴の少なさをその才気で補い、今では勝頼の懐刀となっている。無口にならざるをえない彼の思いを、見事なまでに代弁してくれる跡部は、勝頼にとってなくてはならない貴重な存在であった。

「信玄公の御威光もさることながら、信長は武田そのものを恐れておりまする。先の手切も信玄公から。今の今まで、信長は武田に正面から敵対したことはございませぬ」

勝頼は内心快哉《かいさい》を叫んだ。父の西上に彼は冷やかであった。上洛することにどれほどの意味があろう。せいぜい副将軍として義昭あたりにこき使われるだけではないか。そんな実益のないことのために、どうして武田にとって最も大きく、最も豊かで、最も安定した同盟相手である織田を敵にまわさねばならないのか。勝頼は今でも、信玄が三河一国で満足する意向を示せば、信長は家康を捨て殺しにしたのではないかと思えてならない。信長は西に進みたいのであり、東方の安定を保証してくれる相手が武田なら、これにすぎる喜びはあるまい。

むろん勝頼とて、今さら織田と結べるとは思っていない。都に風林火山の旗を立てよという信玄の遺令はもはや知らぬ者はない。織田家から妻を娶っていただけに、勝頼はことさら織田には敵対的でなければならなかった。しかし、雌雄を決するとなれば話は別である。宿老達も考えている風であった。気に入らないが、織田との手切に関して言うなら、信長に否はない。

「軒猿が面白いものを手に入れてござります」

跡部は懐から一枚の紙片を取り出し、楯の上に広げてみせた。

誓紙である。

「両軍一戦に及べば、必ずや御味方申し上げるとの佐久間信盛裏切りの証《あかし》でござります」

「まさか！」

「織田の調略じゃ」

「待て待て、ないことでは……」

「贋物《がんぶつ》よ、贋物」

宿老達は我れ先にと誓紙をひねくりまわし、好きなことを口にした。

「もとより偽物《にせもの》ではございましょう」

跡部が議論を制するように勝頼に話しかけた。

「が、何故、信長がこのようなものを調略として流すのか、わかりかねます」

「知れたこと。三万もの大軍に我らが浮き足立ち後ろを見せぬよう、誘っておるのじゃ」

馬場信春が吐き捨てた。

「舐められたものよ」

「御冗談を。やっとのことで三万ばかり雑兵を集めた信長に、今、武田と決戦をやって何を得るものがありましょうや。一兵でも惜しい時ではありますまいか」

「一理あるな」

山県昌景がつぶやいた。

「ならばこの誓紙は何じゃ。本物ではない、織田の調略でもないとすると……」

信春は不満気である。

「服部党が動いておるものと愚考いたしまする」

跡部がぼそりと漏らした言葉は、宿老達をかえって戸惑わせた。

「なるほど、家康の仕掛けか」

昌景だけがうなずいた。他の宿老達はまだ納得がいかないようだ。

「今、武田と織田の決戦を最も望んでおりますのは、徳川でござりましょう。信長は体裁のため数だけは整えた大軍で布陣をし、対陣だけでこの戦を終えたいところ。逆に、家康は信長が大軍を動員してくれたこの千載一遇の好機に、一気に決戦に持ち込んで武田に大打撃を与え、積年の愁《うれ》いを散じたいところ。信盛が三方原から逃げ帰った腰抜けでありますことを、よもや皆様方はお忘れではござりますまい」

「でかしたわ。これで筋が通る！」

信春が思わず膝を叩いた。

信長の異常な大言壮語、信盛の唐突な裏切りの約束。それは、決戦に及び腰な信長と躍起になって信長の尻を叩く家康との、分裂を語っていたのだ。彼らにとってまずたばからねばならないのは、武田ではなく、自分の同盟者であった。

思えば、三方原の時も高天神城の時もそうであった。信長の援軍はいつもあまりにも遅い。あの迅速で鳴る信長が、である。この機を逃せば、次の援軍はないかもしれない。家康が是が非でもどうにか決戦に持ち込みたいのは、道理であった。

「家康め、一石二鳥を狙いおったか。我らと織田とを嚙み合わせられればよし。信盛が痛くもない腹を探られるのもよし」

勝頼の言葉に、宿老達が素直に納得している。なかなかないことだ。

一人、山県昌景だけが浮かぬ顔をしていた。

すべてが理にかなっている。いや、かないすぎている。きれいな理屈に目を眩まされて、とんでもない間違いを犯そうとしているのではないだろうか。

何か、重大な見落としがある。何か……。

「種子島か」

独り言のつもりが、思いがけず大きな声となった。

跡部が機敏に反応する。

「大量の種子島は脅しでござりましょう。柵を立て、驚くほどの数の種子島を持ち大軍でその中に籠れば、めったなことでは手出しはすまい。そう、信長は考えておりますはず」

「うがちすぎではあるまいか」

昌景は顎を撫でる。

「何千挺集めましょうとも、一雨くれば使えぬような戦道具、所詮それ以外にいかなる使いようがござりましょうや」

勝頼は笑みをこぼした。

「梅雨空にこれ見よがしに種子島を揃えてやって来るのは、察してくれということか」

宿老も勝頼も初めて一緒に笑った。昌景も笑うしかなかった。

武田軍が決定的に知らなかったことがもう一つある。組織的に鉄砲を使用する敵との本格的な戦闘である。鉄砲隊を中心に最も苛烈な戦闘を展開した本願寺の一向門徒達は、武田と友好関係にあった。全一向宗徒の上に生き仏として君臨する顕如は、たがいの妻を通じて信玄とは縁戚である。門徒の反乱に信玄はほとんど悩まされることなく、逆に顕如を通じて敵国の門徒勢力を煽り、背後から攪乱《かくらん》させたほどだ。信玄西上の間、謙信を牽制したのも一向宗だった。

大量の鉄砲を持って陣に籠った敵がいかに危険か、信玄の時代以来、武田軍は身を以て経験したことがなかったのだ。その点は、勝頼も宿老も、いかに勘助の再来を自負する才知に満ちた跡部であろうとも同じであった。武田軍は武器としての鉄砲を軽視していたわけでは決してなかったが、壮絶な銃撃戦を経験したかどうかは、致命的である。その本願寺と真正面からやり合い、信長の異母弟をはじめ、幾人もの武将が命を落としている織田軍とはまさに対照的であった。

然《しか》らば長篠の地取詰のところ、信長家康後詰として出張《でばり》候といへども、指《さし》たる儀もなく対陣に及び候、敵てだての術《すべ》を失ひ、一段逼迫《ひっぱく》の体に候の条、無二に彼の陣に乗り懸り、信長家康両敵共この度本意を達すべき儀、案の内に候。恐々謹言。追つて、両種到来喜悦に候。

勝頼（花押）

五月廿日

三浦左馬助殿

勝頼は迷っている。

二十日は豪雨であった。それまでの降ったりやんだりのはっきりしない空が、いよいよ本格的な梅雨に入ったようだった。戦場での雨は不快である。しかし、篠《しの》つく雨の中を設楽原に進軍した時、勝頼には、全身を濡らす雨が勝利の美酒のように快かった。

これで種子島が封じられる。

二十日の夜半すぎまで、勝頼は勝利を確信していたといっていい。残された書状が彼の昂揚を伝えている。しかし、頼みの雨は次第に小降りとなり、武田軍が十三部隊に分かれ鶴翼《かくよく》の布陣を完了した未明頃には、ほとんど上がってしまった。

信長め、命冥加《みようが》な奴よ。

土地の古老ですら、二、三日は降り続くと予想した雨だったのだが……。

勝頼は一日遅れた。たった一日。しかし、それは決定的な一日だった。戦うのなら十九日の内に設楽原に入り、雨中陣形が整わない敵軍に急襲をかけるべきであった。この一日は、信玄と勝頼の差そのものであったのかもしれない。

連子川を挟んで五万以上の兵が、整然と陣形を組んで対峙している。たがいに、わずかに鉄砲の射程距離を超えたほどの距離しか離れていない。騎馬隊なら一駆けで柵に辿り着く。柔土に杭を打ち込んだだけのあの程度の柵なら、一揉みで倒せよう。馬防柵とは笑止だ。信長はあの柵の向こうで息を潜めている。その仄《ほの》めかす提案に乗るべきか、どうか。

あたかも信玄と謙信のように威風堂々と睨み合い、痛み分けで引き上げるというのは悪くない軍略だ。しかし、そうなれば、信玄の喪明けにぶち上げた三河侵攻は、なんの成果も上げなかったことになる。ただでさえ不安定な勝頼の威信が、一層ゆらぐことは間違いない。高天神城攻略で上げた評判も帳消しになりかねなかった。

「種子島……か」

勝頼は、山県昌景のつぶやきを思い出した。

「あまり御心配なさりませぬよう。種子島が第一陣を撃ち倒した時には、すでに第二陣が柵に取り付いておりましょう」

跡部は気にならないようだった。

「なれど、信長の種子島狂いは世に聞こえておる。掻き集めたとなると、千や二千は揃えていよう。第一陣の傷は大きい」

勝頼の表情が険《けわ》しくなった。へたをすれば一部隊が全滅するかもしれない。

「されば、それがために信玄公恩顧の二十四将の御歴々がいらっしゃるのでは？」

跡部の声はあくまで冷静だった。勝頼は跡部の顔をまじまじと見つめた。

「宿老達を弾よけにせよ、と？」

聞き取れないほど低い問いかけに、もはや跡部は答えなかった。涼しい顔で、馬防柵の彼方を見つめている。

宿老達の部隊が被害を受ければ、武田軍全体としてはもちろん打撃である。しかし、同時に、本家を脅かしかねない宿老達自身の勢力を削ぐことにもなる。もしや当人が死ねば、より若い、つまり物わかりのいい息子達が後を継ぐことになるだろう。

勝頼はぞっとした。

わしはなんということを！

「謙信が八幡原の御本陣に対した時も、このような静けさでありましたでしょうな」

跡部がぽつりと言う。

完全武装の大部隊同士が真正面からぶつかった例は、合戦史上にもほとんどない。あの川中島の一大決戦は例外中の例外だ。

その結果どうなったか。出陣こそしていないが、勝頼が知らないわけがない。数千におよぶ自軍の損害と引き換えに、上杉軍は武田の重臣達を次々に屠《ほふ》った。この合戦で信繁と勘助を失った打撃から、信玄はついに立ち直れなかったのかもしれない。上洛戦の蹉跌《さてつ》の遠因は、ここにあるといっても過言ではなかった。

八幡原の典厩信繁にあたるのは……。

家康、か。

勝頼の考えを先まわりするように跡部が話し始めた。

「一度、陣内に入られれば、織田勢はすぐに総崩れになりましょう。八千足らずの徳川勢が残されるばかり。御味方二、三千の首と家康の首は引き換えにはなりますまいか」

勝頼は答えなかった。答えられるはずもなかった。不快な汗が背を伝った。

あれは？

勝頼は顔を上げた。

笛の音。それに鉦《かね》と太鼓だ。戦場にはふさわしくない剽気た楽の音が、突然、平原の真中から湧き起こった。対陣している二つの軍の間に傀儡の一行が迷い込んだようであった。騒々しく笛を吹き、太鼓や鉦を叩き、銅鑼さえ鳴らしながら、その一行は連子川を渡って来る。兵達がざわめいた。

「あれはなんじゃ」

「はて」

跡部も驚いた顔で眺めている。

「使者の旗を立てておりますな」

男が十人。武器はもちろん、具足も着けていない。ただ全員背に白旗を立てている。

「織田の使者が、なぜ鉦や太鼓を奏しておる」

「もしや、合戦の古式にあります、言《こと》の葉《は》戦《いくさ》では」

跡部も実見したことはない。合戦の始まる前に相互に人を出し、たがいに激しく言い争うという古い慣習である。一騎討ちがまだ戦の花であった古《いにしえ》には、歌のやり取りをしてその優劣を競い合ったものだという。平安鎌倉の世ならともかく、当世では実行する者もない。誰もが言霊《ことだま》などよりも矢弾の方を信じるようになったからである。ましてや、相手は信長だ。

十人の内、二人がさらに前に進んで止まった。他の八人と違って空手である。ただ、頭が異様に大きかった。ハリボテ状の仮面をすっぽりと冠っているらしい。

勝頼は呆れていた。

「あれも作法か」

「聞いたこともございませぬ」

跡部は慌てて打ち消した。

将も兵もあまりのことに度胆《どぎも》を抜かれ、ただ見入っている。

仮面は二つとも同じ顔をしていた。さすがによくは見えないが、禿頭《とくとう》で頬骨が高い、ぎょろりと目を剝いた異相の老人であることは、わかる。

勝頼は思わず身を乗り出す。

跡部は鉄砲組に伝令を走らせた。十人に向け、武田の持つ種子島のすべてが構えられた。

「秀吉よ」

「おう」

「おぬしはあほうじゃ」

「……わしもそう思う」

秀吉と小六は、並んで立っていた。

目の前には、武田の鶴翼の陣が美しく広がっている。これほどまでに間近で見たことはない。ハリボテは、視界が限られるのが残念だ。もっともこれがなければたちまち二人の面は割れ、蜂の巣にされてしまうだろう。使者を殺した悪名よりも、信長の軍団長であり、十二万石の大名とその一の家臣を討ち取る功名の方が大きい。もう矢でさえもとどく。

「火縄の匂いがせぬか」

「するじゃろの」

小六は仮面ごしにもわかるほど深い溜息をついた。

「やれやれ。こんなたわけた姿で討死とは、蜂須賀党の名折れじゃ」

「武田は軍法を重んじる。めったなことでは使者に手出しはせぬよ」

「これが使者のやることかや」

「賑やかでよいではないか」

後ろで陽気な楽の音を奏でてくれているのが救いだ。敵と至近に接する緊張を紛らわすことができる。それでも秀吉は脚の震えを止められない。小六が選りすぐった傀儡の猛者達も、震えているだろうか。しかし、さすがに、音は少しも乱れることはなかった。

「秀吉よ」

「おう」

「武田の軍兵の前でわやをやれと命じられても、まだ信長様が好きか」

「言うにゃ及ぶ。わしがやらねば、信長様御自身がここに立っておったところじゃ」

小六は黙った。自分達の出現に驚きさざめいていた武田の陣が、今は息を詰めてこちらを見つめているのがわかる。一人一人、はっきりと識別できた。

あまりに恐ろしいと、よく見えるものじゃな。

「あのな、この戦から無事に帰れたらな、わしはおぬしに生涯ついて行こうと思う」

「こんな時になにを言う」

「最後になるやもしれぬで言うておく。おぬしは、とてつもないことができるあほうじゃ」

「おおさ。大うつけ殿の御仕込みじゃ」

太鼓が連打される。楽の音が一気に高まった。傀儡達が一斉に声を張り上げる。

「都より甲斐の国へは程遠し」

野太いよく通る声であった。道々のさすらいで鍛え抜いた傀儡の声は、数町四方に響くという。朝の空気を震わせて、間違いなく武田の本陣にまでとどいているはずだ。

「おいそぎあれや日は武田殿」

「はあ」

秀吉が叫んだ。

「ほい」

小六が応じる。

♪都よりい

「それ」

♪甲斐の国へはあ

「はいな」

♪程遠しい

「よいさ」

♪おいそぎあれやあ

「どっこい」

♪日は武田殿

「やっせ」

二人は傀儡の囃子《はやし》に合わせ、見事な剽気踊りを踊り始めた。

「なんじゃあれは」

勝頼は何度も繰り返している。

誰もが呆気にとられて、踊るハリボテの二人を眺めていた。出陣前の緊張を忘れ、口を開いたまま立ちつくしている兵もある。

「言の葉戦とはこのようなものか」

「いや、これは」

跡部は額に汗を浮かべている。

「なんともはや」

古今の戦法戦術に通じていると自負する彼が混乱していた。

歌舞音曲は余計だが、言の葉戦の定石通りの挑発と言えなくもない。しかし、今なぜ、信長が我らを挑発するのか。見事に組み立ててみせた精緻な軍略の読みのどこにも、この剽気踊りは嵌め込むことができなかった。

♪信玄の

「あれさ」
♪後をようよう
「やっとな」
♪四郎殿
「なんと」
♪敵の勝頼
「どした」
♪名をば長篠
「そいそい」

ハリボテの頭をぶつけ合い、よろけて見せたかと思うと、寸分違わず手足を揃えて踊る。なんとも息の合った二人に、兵達からは笑いが漏れ始めていた。将達は渋い顔をしている。勝頼の顔にも血の色が上ってきた。跡部には、誇り高い宿老達の苦笑の裏に怒気が膨れ上がっていく様が目に浮かぶようだった。

まだ、笑えるが……。

「かような無礼者、撃ち殺しましょうや？」

わけのわからぬものは排除するに限る。

「使者を撃つわけにはいかぬ。面白い。織田の戦作法、しかと見とどけてやるわ」

勝頼の笑みが引き攣っている。

危ういな。

跡部はひやりとした。

なんであれ、敵の思惑にはまるのは危険だ。

いきなり、楽の音がやんだ。

武田軍にどよめきが走る。

草原から槍が三本、蒼天に向かって立てられた。三間半、織田家の名高い朱塗りの大槍だ。どうやって持ってきたのか、三人の傀儡が楽器を捨ててそれぞれ槍を支えている。

鉄砲隊の引き金にかかった指が緊張する。弓隊も一斉に矢をつがえた。

しかし、槍に穂先はなかった。代わりに黄金の玉のようなものがついている。昇る朝日を受けて、三つの玉は槍先できらきらと輝いていた。

「お珍しきものをば御覧に入れもうす」

傀儡達が口上を述べ始めた。

武田の全軍が耳を澄ませている。

「掲げましたるは、朝倉義景、浅井久政、浅井長政のしゃりこうべ。土に埋めますること二十と五日。肉皮ともにきれいに落とし、残りましたる白骨に、金箔、漆の細工を加え、造り上げたる珍宝でござりまあす」

勝頼は絶句した。

「あれは真《まこと》であったのか」

三武将の髑髏を信長が薄濃にして正月の座興として出したという噂は、昨年中に軒猿から勝頼の耳に入っていた。その時はただ眉を顰めただけであったが……。

上の者が叱りとばしても、兵達は囁き合った。いや、将達も事の真偽を尋ね合っている。機密にはあたらぬ噂だ。特に口止めはしていない。どこにも事情通はいるものだ。

瞬く間に武田の全軍が口上の内容を理解し、確認していた。

間合いを十分に計ってから、傀儡達は続けた。

「天晴れ一国の将たるが、かかる浅ましき姿になり果てましたのも、信玄公の不甲斐なさ」

甲斐兵達の野次と怒号が、一気に爆発した。

「情けなきかな、お見限り」

「それ」

♪お見限り
兵達は地団駄を踏んでいる。彼らを制するはずの将までが、織田の無礼を罵《ののし》っていた。

「静まれ！　静まらんか！」

勝頼が大喝した。伝令が各部隊に走り、馬廻りが鎮静に駆けまわる。怒りにかられ使者に手を出したとあっては、織田の侮辱を裏書することになる。怒りよりも誇りが優先した。

「跡部」

「はっ」

「どういうことだ。信長は我らを本気で怒らせるつもりぞ」

「合点がいきませぬ」

「信長が決戦を望んでおるとすると、元から考えなおさねばならぬ」

勝頼も跡部も黙り込んだ。

ふいに唐突な銅鑼の音が鳴り響く。槍を掲げ、賑やかな演奏と踊りを続けながら、一行は馬防柵の方へと、じりじりと後ずさりしていった。

「さあて、千番に一番の兼ね合いでござります。取り出しましたる四つ目のしゃりこうべ、どなたのものとおぼしめす」

ハリボテ男の背の低い方が、懐から同じく金色の玉に似たものを出した。バチを片手に、木魚のように髑髏を叩いて拍子をとる。ぽくぽくという虚《うつ》ろな音が、思いのほか大きく響いた。

「これぞ悲しや我が子に追われ、甲斐に戻れず儚くなり申した、信虎公でござそうろう」

あれは、あのハリボテの老人の頭は、信虎の顔であったのか。

「真っ赤な偽物でござる！」

跡部は叫んでいた。昨年、憎み続けた我が子の後を追うように、奇しくも信玄の逝《い》った信濃の伊那郡に八十一歳で没した武田信虎。その遺骸が盗まれるようなことは、万に一つもない、はずだ。

「確かか」

勝頼の顔色は蒼白く変わっている。

「それは……」

跡部も言葉に詰まった。

冷静な彼が狼狽《ろうばい》すればするほど、勝頼は腹が据わるようだった。

「偽物であろうと同じことよ。皆、もしやと思うておる」

勝頼は痙攣するように笑った。

「どうやらおぬしの望んだ通りになりそうじゃ。わしが堪えても宿老どもが許すまい」

諸部隊の陣形がにわかに騒がしく波打ち、動揺した。

「もはや信長の首を取るしかあるまいよ」

吹っ切れて、勝頼はかえってさっぱりとしていた。

軍略など気の迷いにすぎぬ。ひた押しに押して、押し砕くのみ。

跡部は自分の組み立てた策の中で、ただひたすら見えない出口を探していた。突撃は是か非か。さっきまでの確信は消え失せ、言葉もなかった。

♪親を追い

「ほいな」

♪子を斬る武田

「あれさ」

♪甲斐もなく

「なんとな」

♪ここで信玄

「ずんと」

♪うらみ信虎

「どっせ」

わっと一行は散り、我先にと馬防柵の中へと逃げ去った。

しかし、設楽原には以前の静寂は戻って来ない。武田軍全体が蜂の群のように怒りのうなりを上げていた。雑兵一人の発砲も飛礫《つぶて》打ちもなかったのは、名誉を重んじ末端までよく制御されている武田軍なればこそだが、それだけに織田への怒りは膨れ上がった。

陣形の左翼で、黒地に白桔梗の旗印がゆらりと動き始めた。

山県昌景の部隊である。伝令が駆け寄って来た。

「先鋒、直ちに攻撃つかまつる。老体を弾よけに続かれたしとのことでござりまする」

勝頼がうなずく間もなく、陣太鼓を打ち鳴らし、馬蹄の轟きとともに二千の軍馬が柵に向かって突進して行く。中央、そして右翼の先手《さきて》、内藤昌豊千、馬場信春千が同時に動いた。立ち塞《ふさ》がるものすべてを蹂躙する甲州騎馬軍団、戦国最強の突撃である。鉄と皮の重装備に身を固めた馬と人が、見る間に連子川を渡り、柵に迫った。

その瞬間、凄まじい音が、設楽原全土に響き渡った。勝頼にはそれが銃声であるとは、信じられなかったほどである。耳は鳴り、陣中の馬も猛り狂った。硝煙が濛々《もうもう》とたちこめ、視界をさえぎっている。

勝頼は懸命に流れる白煙を透かして見た。夥しい人馬が鮮血に染まって倒れている。胸を締めつけるその衝撃に彼は懸命に耐えた。第一陣の損害は覚悟の上だ。問題の馬防柵は、かなりの長さで呆気なく倒されている。犠牲は無駄ではなかった。多くの隊が、陣内への突入に成功したに違いない。

「先手の老将達を殺してはならぬ。続け！」

勝頼はすぐさま二番手、三番手に突撃の命を下した。種子島は次弾の装塡《そうてん》に時間がかかる。この間に一人でも多くの兵を馬防柵の内側に突入させねばならない。

竹束を重ねた軽く丈夫な防弾楯を武田兵は常に携帯している。一撃目をそれで躱し、再び撃たれる前に鉄砲隊の懐に飛び込む必要があった。

武田軍は、小石を混ぜた粘土を古布でくるんだ芯に青竹を巻き、大きな円筒状にした〈うし〉と呼ばれる弾よけの防具も備えていた。今、幾つもの〈うし〉を転がしながら虎の子の甲州鉄砲隊三百が、じりじりと前進していた。

二番手・小山田信茂隊、三番手・赤備えで名高い小幡信貞隊が進撃する。四番手・漆黒の軍団である武田信豊隊も動き始めた。

銃声と硝煙がすべてを圧していた。いつもの戦場に聞こえる鬨の声も断末魔の叫びも、槍刀の打ち合う音も、軍馬の嘶きも掻き消され、白煙の中で想像を絶する戦闘が続けられているようだ。だが、跡部は気づいていた。銃声が途切れることなく、しかも一向にそれが衰えていかないことに。

本当に我が軍は陣内に侵入できているのか。ならばなぜ、織田の鉄砲隊は乱れない？まるで後から後から種子島が湧いて出るかのようではないか。いくら信長でも、万の単位で種子島を持っておるわけではあるまい。

何か自分には想像もつかないことが今、設楽原に起きている。

跡部勝資は震えていた。

山県昌景は倒れた愛馬の陰に横たわっていた。あたり一面、兵と馬の死骸である。

なんという種子島の数よ。

昌景はそっと馬の鼻先から前方を窺った。

あの柵にたばかられたわ。

倒れている貧弱な木柵は囮《おとり》だ。馬を防いだのはその前に掘られていた乾堀であった。幅も深さも二間ほどもあろうか。大の男二人分の背丈を超える幅と深さである。信長の陣は平原から茶臼山にむかってゆるやかにせり上がっていくように構築されていた。つまり、川から攻め上がる形になる武田軍には、至近距離になるまでこの堀は見えない。堀の底は、驚いて棹立《さおだ》ちになったところを狙い撃たれた人馬で埋まっている。

それでも山県隊の先陣をつとめる小菅忠元、広瀬景房、三科形幸らの剽悍《ひょうかん》な兵達は、自軍の兵馬の骸《むくろ》を踏み台に柵に取り付いた。しかし、彼らも間断なく撃たれる銃弾の餌食にすぎなかった。柵を倒したのは執念だったのかもしれない。何人かは陣内に入ったはずだ。今の昌景には確かめる術がない。柵の向こうには長々と土塁が築かれ、視界をさえぎっていたからである。

この土塁こそが織田・徳川陣の本体だったのだ。土塁には一定の間隔で銃眼が穿《うが》たれ、鉄砲隊はそこから狙い撃っていたのである。

あそこに潜まれては、こちらの弓も飛礫も通じまい。信長め、卑怯な手を使いおって。

どのくらいの者があの土塁を越えられたのか。懐にさえ飛び込めば、相手は軽装の鉄砲足軽だ。鎧武者の敵ではあるまいが、動く者と見ればなんでも撃つこの銃火の中、堀を渡り倒れた柵を越えて土塁に駆け上がることは、恐ろしく難しい。

昌景は考えていた。考えることしかできなかった。

なぜ種子島は間断なく撃たれ続けているのか。恐らくあの土塁の向こうでは、一人の銃手に数人の弾込め役がつき、次々に新しく装塡した種子島を渡しているのだろう。鉄砲名人と呼ばれた老人が、櫓《やぐら》の上からそうやって敵の騎馬武者を続けざまに撃ち倒したのを、見たことがある。多勢に無勢故の窮余の策で、あくまで狙撃のための技だと思ったが、何千挺も揃えてここまで大掛かりにやってみせるとは……。

後知恵じゃ、もはや間に合わぬ。

今も、銃声とともに叫びと人馬の倒れる音が聞こえる。

勝頼への恨みは不思議と湧いて来なかった。

こんな馬鹿気た戦をやる相手と戦われたのが不運。御館様が最後の戦国武将であったかもしれぬ。あるいは、越後の謙信か。これからはこのような戦をせねばならぬ世となるのなら、いっそここで終わりにしたい。もう十分生きた。いや、生きすぎた。

せめて死に花を咲かせて、御館様に詫びるとしようぞ。

昌景は立ち上がろうとした。

「山県様ではござりませぬか」

ふり向いた昌景のすぐ後ろに、大きな円筒形の物体があった。

「〈うし〉か、これはありがたい」

乾堀に迫っている〈うし〉は三つ。それぞれに十数人の鉄砲隊が続いている。昌景は急いで〈うし〉の陰に走り込んだ。すかさず放たれた敵の銃弾は、青竹に弾かれ、粘土の芯に食い込むだけであった。完璧に織田の種子島を封じている。

これが、たんとあればの。

今さらどうしようもない。広く水平に展開する戦線に投入するには、数が少なすぎた。じゃが、これだけそろえば、奴らに一泡吹かせることはできる。

昌景は、三つの〈うし〉をつなげさせた。彼と同じように馬体や岩陰に身を隠していた兵達も集まり、六十人近くの人数が〈うし〉の陰に揃う。昌景は、そこから三十人の切込隊を選抜した。宿老直々の下知に、雑兵達は勇み立った。残った鉄砲足軽を三隊に分け、正面の土塁に穿たれている幾つもの銃眼を指し示した。今もしきりに撃ってくる。

「あの鉄砲狭間《ざま》をな、三隊でじゅんぐりに絶え間なく撃ち続けてくれい」

信長め、同じ手を使こうてくれる。

武田鉄砲隊が火蓋を切るのを合図に昌景と兵達は堀に入り、地を這いながら土塁に向かう。銃眼からの射撃は視界が狭い。撃ち返されれば応戦は不可能だ。

土塁に手がかかる。

「卑怯者ばらに、目にもの見せてくりょう。続けや！」

昌景は一気に土塁を乗り越えた。飛び下りざま、驚愕の表情を浮かべている鉄砲足軽の胸を貫いた。兵達が続く。

「武田じゃあ。第一列が破られた！」

鉄砲足軽達は抵抗しなかった。遠くで鉦が連打され、一斉に左右に分かれ撤退していく。昌景も兵達も後を追わなかった。最初に斬った足軽の血に濡れた抜き身を下げたまま、彼らは呆然と立ちすくんだ。

目の前にまったく同じ景色が広がっていた。足軽達が逃げて行く帯状の土地を残して、土塁の向こうには乾堀が口を開け、木柵が立ちならび、そして、銃眼のならんだ土塁が立ちはだかっていた。乾堀には武田菱《びし》の幟を着けた鎧武者と甲斐兵達が転がっていた。柵もあちこち倒れている。

まさか二重になっておったとはの。ここまで辿り着いたに……。

鉄砲足軽達は、はるか左右の通路から第二の土塁の向こうに消えて行く。

「いかん、行くぞ！」

叫ぶと昌景は堀に飛び込み倒れた柵を踏み越え、再び土塁に取り付いた。すでに還暦を迎えていたが、武田二十四将の筆頭であるこの小柄な老人の動きは機敏だった。

間一髪のところで第二の土塁の銃眼が火を吹く。遅れた兵達は全身を撃ち抜かれて次々に倒れた。

昌景は土塁の上から動かなかった。

三度《みたび》、同じ景色が広がっていた。乾堀があり、木柵があり、第三の土塁があった。

これは野戦ではなく、城攻めであったのか……勝てぬはずよ。

昌景は、軍議以来の自分の違和感がやっと晴れたことに満足した。足軽達の槍が下から突き上げてくるよりも早く、彼は一息に自分の喉を掻き切った。

天正三年五月二十一日。一日の内に設楽原で武田が失った将兵の数は、一万を超えた。山県昌景をはじめ、内藤昌豊、原昌胤、馬場信春、真田信綱など信玄を支えてきた宿老達の多くもここで散っている。勝頼とともに無事に甲府まで帰還できた兵は三千にも満たなかったという。武田が信長によって滅ぼされるのは、七年後のことである。

この日、信長は銀の南蛮兜と南蛮胴を身に着け、茶臼山の本陣から一歩も動くことはなかった。その足下には三つの薄濃が置かれ、兜の前立てである「第六天魔王」の文字とともに、久方ぶりに顔を出した日の光を受けて、黄金《こがね》色の輝きを放っていたという。

火砲に堀と土塁と柵を組み合わせ、野に大規模な陣地を築いて敵を迎え撃つ戦法は、一五一五年に死去したイスパニアの将軍コルドバが編み出したといわれ、特に槍騎兵を撃退するのに十六世紀のヨーロッパでは絶大な威力を発揮した戦法だった。この日、信長の傍らに陣僧のように控え、織田・徳川連合軍を聖水と薫香で祝福していたフロイス達にとって、最も親しい戦法であったのだ。この陣地はその難攻不落の故に、キリストが処刑されたゴルゴダの丘とも、世界の最終戦争の舞台となるメギドの丘とも綽名され、恐れられたという。

フロイスは、最初の銃声が平原を圧して轟いた時、吊り香炉をゆらしながら、思わず聖書の一節を唱えている自分に気づいた。

またわれ陽のうちに立つ一人の天使を見しに、彼は中天に翔《かけ》るすべての鳥に云ひつつ、大声に叫べり、いざ来れ、且《か》つ神の大なる晩餐に集まれ。即ち王等の肉と、千人長等の肉と、強き者等の肉と、馬及びその上に坐する人々の肉と、自由人、また奴《ぬ》僕《ぼく》、また小なる者、また大なる者、すべての者の肉とを、汝等の喰はんためなり。

『ヨハネ黙示録』第十九章

14
信長の石

「信長にとっての霊石は、フロイスが『日本史』にBONSANという名で紹介しています。それによれば、信長は自らを神そのものだと宣言し、一個の石を礼拝するようにと領民に命じました。そのために、安土城内に摠見寺と名付けた神殿を特別に建築したのです。〈彼は寺院の一番高所、すべての仏の上に、一種の安置所、ないし窓のない仏龕《ぶつがん》を作り、そこにその石を収納するように命じた〉とフロイスは書いています。〈その年の第五月の彼が生まれた日に、同寺とそこに安置されている神体を礼拝しに来るように命じた〉とも。信長が光秀の反逆によって死亡する、わずか十九日前のことです。自分達に友好的であった信長のこの行動は、宣教師達にも唐突なものと映ったようです。〈突如としてナブコドノゾールの無謀さと不遜に出ることを決め〉たと驚きを隠せないままに書き残していますね」

「奴らの言いそうなことだ」アルトーは鼻を鳴らした。興奮のあまり手をすり合わせる。「しかし、こいつは決定的だな。二年もかけて、信長がヘリオガバルスであることがようやく確信できそうだ。だがその前に、その石の名前には何か意味があるのか」

「BONSANは固有の名ではなく、〈盆山〉だろうといわれています。木製の台座に自然石を乗せたもので、日本では縮小された山としてそれを鑑賞します。おそらくその石自身の名は、信長以外知らなかったでしょう。この石は、〈ある人物〉が信長のところに持参したものだと『日本史』は伝えています。それがつまり……」

「きみの先祖である堯照か」

「摠見寺の初代の司祭です。ああ、我が国の象形文字の解説を忘れてました。〈堯照〉は僧としての名で、仏教徒としてはありふれた名前ですが、〈豊饒なる光〉という意味があります。字体は違いますが我が一族の名と同じ意味の〈摠見寺〉は、〈すべてを見る者の神殿〉の意です。暗示的ですね」

「豊饒なる太陽に〈見者《ヴオワイヤン》〉か。それに黄金までちらちらする。あの天才少年が聞いたらさぞ喜んだことだろうな。まあ、同じ少年でも、太陽神バールの石とともにあり自らを神と信じたヘリオガバルスにこそふさわしい暗示だが」

「あなたのいう〈空想虚構症《ミュトマニア》〉ですね」

「十九世紀には、せいぜい〈言葉の錬金術〉と称して詩でも書くか、沙漠の商人にでもなるしかなかったが、ヘリオガバルスは文字通り具体的な意味でそれに徹したのさ。つまり、彼は存在する神話を見てとり、それを実践したのだよ。貧弱な地上的ラテン的偶像の渦中に、彼は一つの形而上学を投げ入れたんだ。おそらく信長もそうしたように」

「〈すべての上に、何よりも高く、この石を一つの原理として掲げようとした男。全体の統一を信じ、ただの石ではなく、すべての統一の徴《しるし》でありシンボルであるものを、ローマに曳いてきた男。神々を統合しようとして、おのが神の前でローマの贋の神々の像を槌で打たせた男〉あなたがヘリオガバルスを語った言葉にこれほどふさわしい男が、湖岸一帯の仏や神の石像を叩き割って安土城の石垣に流用した、信長の他に存在するでしょうか」

アルトーはうなずいた。

もし今、自分が信長について書いたら、同じ文章になるはずだ。

総見寺によれば、最も神聖なと崇められるペアの神像を手に入れた信長は、その一対の石の頭上に大鍋を乗せ、兵達にふるまうスープを煮立てたという。

「そう、信長もヘリオガバルスと同じく、多くの貧血症の同時代人とは違って偶像崇拝者ではなく、魔術師なのだ。ヘリオガバルスは、精神とラテン的意識に対する系統的で愉快な風俗壊乱を企てた。信長は……」

「信長は、日本的意識に対する系統的で残酷な壊乱を企てた」

総見寺が受けた。アルトーは続ける。

「二人とも、もし首尾よくやり遂げられるだけ長生きできたとしたら、それぞれラテン的世界と日本的世界の壊乱をとことんまで押し進めただろうさ」

「そうなら、ヨーロッパも日本も現在とはまったく違った魔術的世界になっていた……」

「想像もつかないが、おそらくキリスト教が後にローマの国教となることはなかったろう。ミトラ教のように一時的に発展した宗教として、忘れられたかもしれない。我々は今でもバールの信徒であったかもな。もっとも、美女達がみなアフリカ象の声を持っている世界のオペラが想像を絶するのと同じで、見当もつかないがね」

「あの」

すっかり存在を忘れていたシュペーアがおずおずと声をかけた。

「ヴォルフ氏がこうお尋ねです。〈すべての上に、何よりも高く、一つの石を原理として掲げることで、現在のワイマール的世界の壊乱を進めることはできるだろうか〉これが質問です。意味、わかりますか」

アルトーの目にヴォルフの目が向き合う。視線が物質化し、発熱している。

「二十世紀の今？　たとえ可能だとしても誰がそんなことを実行する？」

ヴォルフが答えようとした時、総見寺がドイツ語で何か言った。ヴォルフは怒りに満ちておし黙り、シュペーアはうなだれた。

「重要な指摘ではありますが、急に二十世紀は展望できません。少し待ってください」

総見寺は、自分で連れて来ながらヴォルフの話に興味が持てないようだった。頼み込まれて渋々、同伴したのだろう。総見寺の戸惑った顔は本当に少女のようになる。

「そうだミトラですが、バール以上に日本に伝来している可能性が高いのです」

「古代ローマの神が？」

今さら何を言われても驚かないが、アルトーは調子を合わせることにした。ヴォルフと議論になってはたまらない。少し大袈裟に驚いてみる。

「摩多羅という名の神がいます。日本の神でも、中国の神でもないと覚深の『摩多羅神私考』にはっきり書かれています。牛頭天王と同じ外来神で、両者は同じ神であるという説さえあります。牛祭というこれも起源のはっきりしない祭祀がこの神の名で行われている事実をみても、摩多羅神が、大秦と呼ばれ古代中国と関係があったローマ帝国からはるばる流浪して来たミトラである可能性は高いと思います」

「まさに、神々のガラパゴスだな」

「この神が最も大規模に祭られている聖地こそ、比叡山なのです」

「信長が焼討ちにしたあの！」

総見寺は笑った。

「ね、できすぎているでしょう。ローマ帝国で盛況をきわめ準国教の神にまでなったミトラと、そのミトラによってローマから追われ、シリアからも姿を消したバール。ともに太陽神であり牛をシンボルとする神が、はるか極東の島で再会する。摩多羅と牛頭天王として。同じ場所から流れて来た似た神が同一視されるのは当然ですが、実は旧敵。信長が焼き払いたくなった気持もわかるような気がします」

「かつて自分を追い出したミトラに、バールが復讐した。あるいは自分と似たものとして吸収統一しようとしたのか。ミトラをローマから駆逐することになったキリスト教に信長が甘かったはずだ。敵の敵は、味方だからな」

アルトーはヴォルフの方をちらりと見た。彼は興味を失ったようで、目を閉じてシュペーアの通訳に耳だけを貸している。

総見寺とアルトーは顔を見合わせて、にんまりとした。

「できすぎの神々の話も少し後まわしにしましょう。でも、摩多羅という神の存在は覚えておいてください。日本は極東の島ですが、全ユーラシアの神秘の終着駅なのです」

「大陸の傍らにある島は、面白い。ユーラシアの西の果てのアイルランドや、南の果てのバリが、そうであるように。すでに滅びてしまったものや、人々が忘れてしまったものを、影のようにすくい上げる」

アルトーは、植民地展覧会で見たバリ舞踏の夢幻の光景に似た足取りを思い出した。

「信長の石ですが、BONSAN 以外にもう一つ、〈蛇石〉、蛇の石という意味の名を持つ巨石があります。『信長公記』によれば、山上に建築中の城に引き上げるのに一万人で三日もかかったといいます。石というより岩ですが、信長がなぜ自ら安土の城に持ち込んだのか、未だに謎なんです」

「建築材にするには大きすぎるわけか」

「日本の城は木造ですから。石垣には大量の石を使いますがそれでも大きすぎますし、信長はその自然石を石垣の上まで引き上げているのです。〈一度少し片側へ滑り出た時に、その下で百五十人以上が下敷きとなり、ただちに圧《お》し潰され、砕かれてしまった〉とフロイスが報告した事故まで起こしながら、彼はなぜそれほど執着したのでしょう」

「実用にもならないただの岩……。まさか、その全部が霊石だと言うんじゃ！」

アルトーの叫びに、総見寺は苦笑した。

「いくらなんでも、そんな。でも、もちろんただの岩ではありません。ずっと気になっていたのですが、ようやく見つけました。安土城がある近江の国の地誌『近江国輿地志略』の記述です。〈此山《このやま》は天竺霊鷲山の一岳、仏法東漸するによつて、大蛇背に載せて月氏国より日本に化来し、蛇は岩石に化し此山を戴《いただ》き、東に向ひ毎朝三度口を開き日光を呑む〉と。大蛇によってインドから日本に飛来したというこの山は、平流山という名で、琵琶湖東岸、安土城のすぐ近くにあります。十分に大岩を運搬可能な距離です」

「蛇石は、その平流山から切り出して来たと？」

「でなければ、〈蛇〉という名の由来がわかりません。まさか細長い岩だったわけじゃないでしょう？　岩の表面に蛇形の紋が浮いているか、鱗状の模様があるか、どちらにしても『信長公記』が〈名石〉とわざわざ記すほどとも思えません」

「蛇の石というと、ドラコニティスがある。蛇が眠っている間にその頭を切り落とすと、その無念が結晶して石になるという。無色透明の結晶で、研摩も装飾加工もできないほどの硬度を持つとプリニウスの『博物誌』にある。この石の採集者は睡眠薬を使うそうだが……」

　アルトーはグラスを一つ弾いてみせた。「これは見当違いだな」

　しかし、総見寺は興味を惹かれたようだった。

「いや、満更無関係とも言えないかもしれません。例のヤマタノオロチ退治の神話」

「ああ、古代日本の八つの頭を持つドラゴンだな。確かスサノオに殺害された」

「もしや書き落としてしまったでしょうか、スサノオはヤマタノオロチに酒を飲ませ、眠らせてから殺害する。そして、体内から草薙剣を取り出すんです。頭部ではなく尾から、石ではなく剣という違いはありますが」

「そうか、あの日本のエクスカリバーは一種のドラコニティスだったのか！　石と剣は同じものさ。結晶の二つの比喩にすぎない。古代人が尊んだのは純粋な鉱物だ。石はまだ無垢《むく》な剣であり、剣は鍛え上げられた石にすぎない。このアスパラガスのようなものだ。緑か白か大した問題じゃない」

　議論はもちろん飲みかつ食べながら行われた。

アルトーは猛烈に食べ、それ以上に喋った。総見寺は晩餐会にでも出ているかのように優雅に銀器を操りながら、淀みなく語る。ヴォルフは得体の知れないハーブが盛られた小皿を気のない様子でつつくだけで、時折、薄荷の香りのする飲み物を口にした。サラダと同じくその飲み物も特別製のようだ。シュペーアは何一つ口にしなかった。

「ヘリオガバルスは白く信長は緑、ですか……。剣と石が同じならばなおのこと、信長が蛇石に執着したわけがわかるような気がします。これはヤマタノオロチ退治の神話の、建築的な再現なのです。平流山にあった岩は、この山を背に載せてインドから運んできた大蛇の頭部が石と化したもので、これは背に森林を生やしていたというヤマタノオロチそのものです。さらに、この石の蛇頭は、太陽光を呑んでいた。つまり、この岩も、バールの黒石とは違う形ですが太陽の炎を内蔵する伝説を持っている」

「信長は城の近隣に文字通り存在する神話を見てとり、それを実践したというわけか。その岩を無視して、別の場所から蛇の模様のある岩を運んで来たと考えるのは、むしろ不自然だと思うね」

「前野家の文書によれば、信長自身が蛇石の上で引き上げを指揮したようです。〈大石の上に御上りなされ御指図これあり候。破手《はで》なる御粧《おんよそほひ》、衆目の眼を打ち驚かし候。南蛮渡来の緋羅紗《ひらしゃ》の陣羽織、殊の外御見事に候〉と書かれています。〈数百の篝火、松明は真昼の如く〉という夜間の作業についての記述しかありませんが、昼間は〈彼名石《かのめいいし》を綾《あや》錦《にしき》を以てつつませ、色々花を以てかざり、大綱余多付けさせられ、笛・太鼓・鼓を以て囃し立、信長御下知なされ〉と『信長公記』に記されたようだったに違いありません。正確にはこの記述は、首都に将軍の館を建築した際の藤戸石運搬のことで蛇石ではありませんが、はるかに大きなこの岩を運ぶなら、もっと祝祭的になったはずです。なんといっても今度は、信長自身が石とともに衆人の前に立つのですから」

総見寺は思わせぶりに笑ってみせた。

「ねえ、似ているとは思いませんか」

真紅のフェルト地の高価な戦闘衣装を着、伴奏される音楽に合わせ、装飾された大岩の上でダンスするように指揮をとった美貌の王。建築中の安土の城に、石とともに入ろうとする魔術的専制君主。

「ヘリオガバルスのローマ入城か」

二一八年三月、ヘリオガバルスは新皇帝としてローマに入る。

十トンはある巨大な金箔貼りの男根像を車に乗せ、胸も露な三百人の女と三百頭の牡牛にそれを引かせながら、バールの黒石とともに、太陽冠を煌めかせ、鉄の蜘蛛を着け金粉をまぶした臀部《でんぶ》を剝き出しに、城門を後ろ向きに入って行く。

行列は無数の旗幟、獣皮、羽毛、宝石、金属で飾り立てられ、その行列を縁取って、カスタネット、フルート、横笛、アソール、ハープ、シストラ、タンブーラ、シンバルといったあらゆる楽器奏者がならび、帝国の住民が誰一人聞いたことのない異国の音楽を奏で続けた。

偉大で退屈な帝国に、ヘリオガバルスは鶏姦《けいかん》のポーズで対面し愚弄《ぐろう》したのだ。

「だが、感じは随分違う。ヘリオガバルスの爛熟に対して信長は健康的すぎないか」

「そうでしょうか。白くても緑でもアスパラはアスパラです。黄金の男根像に較べて、花と錦で飾られた蛇石は健康的でしょうか。そこにエラガバルスの祭祀につきものの去勢の儀式を重ねて見れば？」

「……なるほど、蛇は男根か。とすれば蛇石は亀頭《きとう》だ」

「ヘリオガバルスはバールの霊石と黄金の男根像を持ってローマの王宮に入り、信長はBONSANと蛇石を安土の城に持ち込んだ。BONSANが霊石なら、蛇石は男根像でしょう？」

「壮大な去勢だな。伝説の山そのものの男根を切除して運んだわけだ」

「蛇石を切り出し、湖東の聖山であった平流山を霊的に去勢するとともに、日本版エラガバルスであるスサノオ＝牛頭天王のヤマタノオロチ殺害の神話もそこで再現する。太陽の黄金光を孕んだ巨大な亀頭＝蛇頭を持ち込むことで、安土の城を文字通り太陽崇拝の神殿と化そうとした。日本最大の聖地であるあの伊勢の神殿に匹敵するようなね。蛇石は、〈天主〉と呼ばれた七重の塔の基底部に埋め込まれ、城全体を太陽の塔と化したのです。『天照太神口決』によれば、伊勢神宮の内宮・外宮という双つの神殿の地下には、発光する太古の瑪瑙石が礎《いしずえ》として置かれていると伝えられており、信長はその伝説の魔術的再現をも狙ったのでしょう」

「蛇石が城の地下にあるという証拠は？」

「現在残されているのは安土城の石垣のみですが、少なくともその表面のどこにもそれらしい巨石が見当たらないからです。一万人が三日がかりで引き上げた巨石を動かす方が難しいでしょうし、現に動かしたという記録もありません。つまりまだそこにあるはずです。とすれば、地下しか考えられません。発掘調査が必要です」

　総見寺はちらりとヴォルフの方を見た。

「近々、それは実行されるでしょう。確実にね」

　アルトーは遠い目をした。

「切り取った自分の男根を手に誇らし気に神殿に駆け上るバールの祝祭の日本的浄化が、蛇石引き上げの真実だとはな」

　男根像の前でヘリオガバルスの滑らかな裸の尻がゆれる。岩の上で信長のしなやかな素脚がリズムを刻む。ともに巨大な帝国の新しい王の誕生を示していた。ヘリオガバルスの場合は、精液の海を呑み込んだユリア達が与えてくれた冠であり、信長の場合は、血の海を乗り越えて自らつかんだ冠であった。

「すべての謎はローマに通ずか」

「すべての謎は安土に通ずです」

総見寺はシュペーアに笑いかけた。

「今まで以上に正確に訳してください。これからはヴォルフさんもずっと興味を失わないと思いますから」

そして、日本最大の湖の岸に数年の間だけ聳《そび》え立った黄金の城、様々な美しい城郭を持つ日本においても最も謎めいた異様な城について、総見寺は情熱的に語り始めた。

15　謙信禅定に死す

春日山城は霞《かすみ》の中にあった。

天正六年三月。春の遅い越後にも、ここ数日暖かい日が続いている。城内の雪もすっかり溶けてしまった。

謙信が毘沙門堂に籠ってから、もう三日になる。

いよいよ、上洛じゃ。

斎藤朝信は身が引き締まるような緊張を覚えた。

殿が姿を現わされた時、戦が始まる。

御堂で毘沙門天への勤行《ごんぎょう》を終え、その昂揚とともに出陣する。それが、謙信のやり方であった。謙信が籠っている間に、諸将は戦の準備を完全に整えておかねばならない。すでに昨年末には、謙信自ら筆をとって八十余名の出陣将士名簿を作成し、それに基づいてこの正月、動員令を発していた。出陣予定は三月半ば。しかし、出陣の正確な日付は誰も、もしかするとまだ謙信自身も知らなかった。

毘沙門天が降りて来なければならない。四天王の筆頭として梵名をクベーラ、またの名を多聞天とも呼ばれるこの神は、無数の夜叉羅刹《やしゃらせつ》を率いる武神であり、北方を守護する。謙信は堂の中で、毘沙門即我、我即毘沙門の三昧《さんまい》の境地になるまで護摩を焚き、真言を唱え、瞑想する。

堂から出て来た謙信は人ではない。毘沙門天の化身であった。馬場に勢揃いした全軍の前に、謙信は青竹一本だけを手に愛馬に乗って現われる。竹は堂から出る度に切った新しいものだ。一つの外征で一本。目の醒めるようなその緑が、上杉家にとって出陣の色であった。整然と並んだ兵の中に謙信は馬を乗り入れる。毘沙門天が導くままに謙信の青竹が指し、馬が駆けすぎたところが道となり、兵は二隊に分かれる。

縦横に謙信が駆け抜ける度に、兵は声もなく分裂し、様々な部隊が生まれた。一度分かれてしまった兵は、元に戻ることは許されない。通常、合戦の部隊は、主従関係にある寄親と寄子を中心に組み立てられる。戦場におけるその最小の戦闘単位、いわば合戦のアトムを、謙信のカリスマは切り裂く。主従であれ一族であれ、彼らの間を青竹が通りすぎれば、別の隊にならねばならない。

思いのままに分けた軍兵に、謙信は瞬間的に将を割り当てていく。彼はほとんど考えない。感じるままに、心に毘沙門が命じるままに決定するだけだ。「毘」の大旗を掲げ、神前に供えた水を重臣達が腰筒につめて携帯し、毘沙門天の真言を唱えながら進む神軍は、まさに神憑かり的に編成されるのである。

殿は神将であられる。

謙信が毘沙門天を崇拝する以上に、朝信は謙信を崇拝していた。戦場での謙信はまさに人知を超えている。上杉謙信は越後国主や関東管領である前に、何よりも修行者であった。在家とはいえ肉食妻帯を避け、ひたすら毘沙門天に帰依し、厳しく身を律する姿は、堕落した出家僧達の遠く及ぶところではない。ただこの修行者は、万軍を指揮する天才を持っていた。まさに毘沙門天のように魔性の者達と戦うためだけに生まれてきた男。

謙信の唯一の愉《たの》しみは酒であったが、それさえ酔って乱れることはない。謙信にとって酒も水も変わらないのではないか、と朝信は思う。

殿の愉しみは、戦以外にあるまいよ。

朝信は密かにそう信じている。武田信玄は敵ながら天晴れな名将ではあった。その謀略に何度煮え湯を飲まされたかわからない。知謀を極限まで高めれば人はあれほどにも強くなれる。しかし、所詮は人の力だ。謙信には調略も策謀もない。それでいて巧みに巧んだ信玄と互角に戦った。すべては神秘的なまでの彼のカリスマの故であった。

上杉軍は謙信在世中、合戦すること七十余回というが、その内、野戦は数回しかない。残りはすべて攻城戦だ。神憑かりの軍に正面からぶつかることを諸大名がいかに恐れたか一目瞭然である。もしあえて正面対決すればどうなるかは、川中島で証明されている。城に籠ってやり過ごすのが一番だ。幸い謙信は成敗はするが征服はしない。領土拡大の欲はなく、疾風の如く来襲して義戦の武威を示すと、疾風の如く去って行った。

「殿、お召し上がりを」

勤行中の謙信の食事は、上杉家の重臣が直々に運ぶ。長年、宿老の直江景綱が運んでいたが、上洛計画が本格化した直後、にわかに病を発して不帰の人となった。今では、家老の朝信の仕事となっている。土器《かわらけ》に盛ったわずかな精進物と瓢箪に入れた水。それが日に一度、謙信がとるすべてだった。勤行に必要な体力を維持するためだけの最低限の食事は、堂の扉に開いた穴から差し入れられる。勤行中の謙信は誰とも言葉を交わさない。返される空の器だけが、その無事を確認できる手段だった。

さすがに、今年は御籠りが多いわい。

謙信が毘沙門堂に籠るのは、出陣前ばかりではない。何か思案があると半日でも一日でも堂に入る。上洛が本決まりとなった年末から、謙信は度々堂に籠るようになったが、特に年が明けてからは、一週間、十日という単位で籠る。その都度自分が食事を運ぶようになると、あらためて御籠りの回数に驚く。堂を埋めていた雪が、今は花に変わっていた。

こうして御斎《おとき》を差し上げておると、殿の御心持ちが少し見えてくるわ。

景綱もそうであったろうと朝信は思う。だからこそ、謙信の意をくんで、彼が苦手とする外交・謀略を一手に代行することができたのだ。

直江景綱のことを考えると、朝信の気持ちは暗くなる。この度の上洛についての唯一の気がかりといっていい。

謙信の股肱《ここう》の臣であり、上杉家の大黒柱でもあった景綱が、よりによって上洛を目前にして没するとは！　謙信がおのれの信じるままに奇矯とも思えるふるまいを続けてこられたのも、景綱という大常識人で稀代の軍略家がいたからこそだ。

上洛は不吉という。

数万の軍勢を率いて本格的な上洛を試みた者は三人しかいない。今川義元、織田信長、武田信玄である。この内、成功したのは信長のみだ。朝信が気にしているのは、ともに途上で非業《ひごう》の死を遂げた義元と信玄が、どちらも軍師を欠いていたことだ。

雪斎と山本勘助。

もし彼らがいれば、二人の最期はああはならなかったであろう。

我らには景綱あり。

そう心安んじていたのだが……。こうして彼を失ってしまうと、縁起でもない類似に嫌でも気づかざるをえない。一度気づいてしまうと、朝信にはもう忘れることなどできなかった。義元は信長に討たれ、信玄もまさに信長と当たらんとする直前に倒れている。

いかにも、悪運の強い男じゃ。

朝信は、信長の軍事力など恐れてはいない。

すでに昨年秋、上杉軍は織田軍と加賀の手取川で一戦を交えている。

天険の要害を誇った能登の七尾城を陥落させ、上杉軍は南下。落城を知らないまま救援に北上中の織田軍を捕捉した謙信は「一騎一卒も生きて帰すな！」と総攻撃を命じ、雌雄を決しようとした。この時、上杉軍は中核となる越後兵一万弱に越中能登の降兵を加えて三万八千の大軍に膨れ上がっていた。対する織田軍は三万だが、柴田勝家、滝川一益、丹羽長秀と五大軍団長の内、三人が揃い、前田利家ら幾多の猛将が補佐する最強の布陣である。相手にとって不足はない。

かつて八幡原でも見せたあの上杉軍の怒濤の突撃に、しかし織田軍の前線は呆気なく崩壊した。総崩れとなって撤退する軍兵は混乱の中で次々に手取川に呑まれ、千人以上が死んだ。

「たわいもない」

謙信が落胆したほど手応えのない戦であった。信長自身が一万八千の後詰を率いて合流するつもりだったともいうが、あれなら、五万近くの大軍になったところで、容易く切り崩せるだろう。ただ、病床で朝信からの戦勝報告を受けた景綱だけが、眉を曇らせた。朝信はその憂い顔を昨日のことのように覚えている。

「わしは信長が撤退を下知したと聞いた」

謙信は乱破を好まないが、景綱は独自の間者集団を養っていた。毘沙門天の眷属である五丈、曠野、金山、長身、針毛の五大鬼神になぞらえて五鬼という。敵城侵入の技で名高い飛び加藤も、かつてここに属していたことがある。軒猿・風魔と鎬《しのぎ》を削るには、同じく人外の者を手足のように使いこなさねばならない。

朝信の報告を待つまでもなく、遠く加賀の戦況を景綱は詳細に把握していた。

「まず初手は負けて油断を誘い、一挙に討つのが信長の兵法のように思ゆる。遠くは、義元の鷲津・丸根、近くは、信玄の三方原、さらには、勝頼の明智・高天神両城の例がある。甘く見てはならぬ」

時折、咳を交えながら、病床に身を起こした景綱は続けた。

「殿が毘沙門天様の化身の神将ならば、信長は魔将じゃ」

「魔将？」

「彼奴、第六天魔王に帰依しておる」

「なんと！」

謙信の薫陶もあって、上杉家の重臣達はみな仏法に通じている。謙信が真言密教の伝法灌頂を受けて阿闍梨となってからは、特に調伏・呪殺に関わりの深い天部の神々は、朝信達にとっても親しいものとなった。仏界最大の魔王の名は、二人には口にするのも憚《はばか》られる呪わしいものの代名詞であった。生理的な恐怖感すら伴っている。

四天王や善界の帝王である帝釈天の住む須弥山のはるか上空に浮かぶ他化自在天に棲み、下界の神々や人獣、魑魅魍魎を自在に操り歓楽の限りをつくさせ、その快楽を貪るという大魔王。輪廻する存在が満ちた欲界の頂点に立ち、下方五天から隔絶した至高の力を持ちながらなお、外道であり続けている最強の仏敵。

「実はな」

景綱は声を低めた。謙信から、信玄直々の書状を見せてもらったという。

「信長が天下を取れば仏法根絶の恐れがある。積もる因縁は忘れて上洛を静観してくれろという文《ふみ》よ。例によって手前勝手な理屈じゃが、殿はお怒りにはならなんだ。というのもそこには仏敵信長の証《あかし》が同封されておったからじゃ。それもまた文よ」

それは、信玄が比叡山焼討ちを責めた書状に対する信長の返書であった。

「北嶺は未来永劫、戒《いまし》めの山として残す。一木一草も生やさねば、七堂伽藍のあるよりも善男善女の導きになるであろう、とな。〈権僧正信玄〉の名乗りに対して〈第六天魔王信長〉と堂々と記されておったわ。さすがの信玄も顔色を変えたであろうよ」

「それで信濃遠征を遠慮されたのでござるか」

信玄西上と前後して、謙信は信長と同盟している。信長からは主のいなくなった信濃への侵攻を求める矢の催促が続いたが、謙信はついに腰を上げなかった。病に倒れていなければ、信玄は確実に京に入っていただろう。いくら越中の一向一揆に手を取られているとはいえ、このまま武田の動きを座視して終わるのは如何《いかが》なものかと思ったものだ。

「南蛮の邪宗など蔓延《はびこ》らせては、確かに一大事」

なればこそ殿は、信長の使者に「まず比叡山を復興せよ。さすれば御仏の加護は信玄から離れ、上洛軍は自ずと四分五裂するであろう」などとあまりといえばあまりな言葉を投げたのか。殿としては仏法と同盟の二つの義に引き裂かれ、精一杯の皮肉であったろう。

しばらく咳き込んでから、景綱は続けた。

「何よりの魔将の証は、噂にもある、安土に信長が築いておる前代未聞の巨城じゃ」

「噂はとかく大きくなり申す。この春日山城を凌ぐほどのものではありますまい。さしたる城とも思われませぬが」

景綱は弱々しく微笑んだ。

「そのように高を括ってしまうのがおぬしの悪い癖よ。安土の城が評判になっておるのは、縄張りの大きさではない。信長は安土山の頂上に七重の大楼閣を建ておった。金箔貼りの瓦で屋根を葺《ふ》き、日があたるとさながら光の柱と見ゆるという」

「それはまた奇態なものを。望楼でござるか」

「いや、物見のためではなく、信長自身がそこに住むつもりじゃそうな」

「本丸の館を楼閣にするとは、呆れたうつけでござりますな。戦になれば、そのように目立つもの、格好の火矢の的でござる」

「おぬしらしい」

景綱は笑おうとしてまた咳いた。

「信長の城は戦のためのものではない。いざとなれば尾根続きに観音寺城もある。楼閣はな……」

景綱は目を閉じて苦し気に唾を呑み込んだ。

「魔王への捧げものよ」

「真《まこと》でござりまするや！」

「信長はその楼閣を〈天主〉と呼ばせておるそうじゃ。伴天連の神のことをそう呼ぶ故、楼閣を建てたのは南蛮人どもの入れ知恵と考える者もいる」

「南蛮人は塔に住もうておりますのか」

「さてな。ただ話に聞いたところによると、南蛮というよりも寺方の塔に近い」

「東寺の五重塔に似てござるか」

「都か……」

景綱は深い溜息をついた。

「懐かしいのお」

謙信は将軍への挨拶のため、すでに二度都に上った。同伴した二人も都に遊んでいる。

「今一度、都が見られると思うたが……」

「何を弱気な」

「愚痴になったの」

景綱はしばし瞑目した。ふり切るように話を続ける。

「信長の塔はな、石垣内の穴蔵一階、石垣上六階となっておる。穴蔵地階の中央には多宝塔を置き、三階までは吹き抜けになっておってな、そこに能舞台がせり出し、橋がかかっておるということじゃ」

押し出すように一気に景綱が語った塔の内部を思い描くのに、時がかかった。ようやく頭の中で形をとったあまりにも奇怪なその姿に、朝信は絶句した。

「……にしても、よう調べられましたなあ」

「五鬼を手引きしてくれる者がおってな」

「ほお、我らに通じる者がおりましたか」

「内通者《ころびもの》ではない。蜂須賀党は一枚岩じゃ。尾張者の乱破でな。雪斎の下で長く信長に当っておったという猛者じゃ。面白い爺であったよ」

「雪斎とは懐かしや」

二人はともに過ごしてきた日々を思って、笑った。


闇は殺気で埋まっていた。

たった一人だ。たった一人に、蜂須賀の若党すべてが翻弄されるとは！　暗黒の底で若党頭の権佐は、歯嚙みしていた。

蜂須賀党が、まったく未知の乱破集団と戦うようになってもう随分になる。上杉家中の五鬼。はるか北方から、恐るべき剽悍さで織田領に続々と侵入して来る。湖北にある長浜城を中心とした蜂須賀党の防衛線は、次々に突破された。

しかし、これほど深く侵入されたことはない。わずか数日とはいえ、安土の城下を五鬼の一団に自由に跳梁されてしまったのだ。もはや、城郭をはじめ街の結構まで彼らに知られたと思って間違いはない。皆殺しにするしかあるまい。急遽、大量動員された若党達を率いて闇を走る権佐に耳打ちされたのは、しかし、信じられない下知だった。

迎撃の布陣は完璧であったと思う。間違いなく木々に見え隠れする異なる殺気に迫っていたはずだった。だが、権佐さえも一度に放ったことのない数の若党達が追っていたのは、皆同じ一人の乱破であったのだ。ふいに現われた仲間の気配にたじろいで、はっと気づいてみれば、森のはずれにあと一歩まで追い詰めたはずの戦意に満ちた敵の集団は、ただ一人、物見遊山でもしているような腑抜けた気の持主に変わっていたのである。

まとまって行動していた他の五鬼達は、闇の中に消えていた。

蜂須賀党の作法通り鉄壁の円陣でとりあえず封じ込めたものの、若党達はみな戸惑いを隠せない。権佐だけが冷静であった。下知を受けた時から一筋縄ではいくまいと思っていたが、まさかこれほどとは……。胸が煮えるほど口惜しいが、下命はまげられない。

闇から闇へ、声が放たれた。

「元今川家中、雪斎様配下、門太殿とお見受けいたす。我が主、秀吉の命によりお迎えに参った。長浜の城に御同道願いたい」

気の中心から、すっとぼけた声が応じた。

「ははあ、えらく人好きのする大将じゃと思いましたがのお、何か御用ですろうか」

御用か、だと！

権佐は突き上げて来る怒りに、不覚にも一瞬目が眩んだ。あたりの殺気が微《かす》かに乱れる。頭《かしら》の思いがけない言葉に、若党達も動揺していた。懸命に気を鎮め、続ける。

「門太殿には、ぜひとも羽柴の陣営に合力《ごうりき》願いたいとのこと」

蜂須賀党の気が、今度ははっきりわかるほどゆらいだ。無理もない。権佐も耳打ちした相手が小六その人でなければ、こんな下知を信じるものか。

門太も一瞬息を呑んだようだった。

やがて、静かに静かに笑い始めた。枯れた竹の上を風が渡るような笑い声。

「嘘偽《うそいつわ》りではない！　わしとて信じられぬ主命じゃが、道々の朋がらの名にかけ誓う」

権佐は必死だった。門太が応じねば、生け捕らねばならない。あれほど巧みに気を操る男だ。殺すだけでも容易ではなかろう。

「いけませんなあ。乱破が軽々しく誓こうては」

道々の朋がらの名による誓いは、彼ら漂泊人外の者達にとって、命に代える至高絶対の誓いであった。門太は衷心から若年の輩の勇み足をたしなめているようだった。

その言葉の温かさに、権佐もためらう。

「我らは蜂須賀党。ただの乱破ではない。秀吉公にお仕えいたす歴とした武者衆じゃ。虚言は弄ばぬ」

権佐も腹を割った。これでごねるなら総攻撃だ。

ふうわりと闇が応える。

「けんどこの年ですでなあ。もう乱破づとめはかないませんのお」

これほど問答しても、闇の向こうの気は相変わらず捕らえどころがない。

なんの、この爺、今も噂にたがわぬ頭抜けた乱破じゃ。舌を巻きながらも、権佐は密かに指示を出した。若党達がじりじりと円陣の距離をつめていく。

「我が主は、乱破ではなく御伽衆《おとぎしゅう》として召し抱えられる由」

諾と応えれば、次の日からこの老忍は、一挙に秀吉の側近となる。権佐の対応も慎重にならざるをえない。他国の乱破を御伽衆にするなど、寝首を掻かれるのを待つようなものだが、秀吉ならためらわずにそうすると権佐も知っていた。ここで取り逃がせば、秀吉自らが小六を引き連れて闇の中を追いかけかねない。

しばらく沈黙があった。

いきなり、からからと高笑いが響いた。

「ええ話じゃ。主の仇を取れなんだ乱破にはすぎたる話ですわあ。愉快な大将で、若い者がうらやましいのお」

「ならば、長浜に」

権佐が身を乗り出す。円陣は十分に引き絞られた。四の五のぬかしても、もう逃げられぬ。口笛一つで、搦《から》め捕れる。

「ええ話を聞かせてもろうたで、お返しにひとおつお教えいたしますがなあ、兄さん方、火龍陣のど真ん中におられますがのお」

「散れ、散れい！」

権佐は絶叫した。円陣は瞬間に散じ、若党達は全力で跳ぶ。

必死で駆ける権佐の背中に、門太の寝ぼけたような声が降って来た。

「ま、せっかくですで、大禅師様にお暇乞《いとまご》いをばして来ましょうわい」

闇が轟音とともに、閃光と炎に引き裂かれた。安土の森の一角が天空に持ち上がり、焼けた木々と土塊が、間一髪で身を伏せた権佐達の背中に雨のように降りそそいだ。

なんという爺だ！　まったくなんという！

膨大な火薬を大地に仕込んで誘い込み、敵の集団を道連れに一気に殲滅する必殺の陣。知ってはいたが、まさか安土でやられるとは。火縄も硝石も、何一つ匂いも気配もしなかった。門太の一言がなければ、間違いなく蜂須賀党の精鋭は潰滅していたはずだ。

寝酒でも買いに行くかのような間のびした最後の言葉を思い出しながら、権佐は打ちのめされたように、地から起き上がることができなかった。


「信長に張りつき三十年というこの者が言うにはな、信長には妖しの術を使う牛頭天王の行者がおって、雪斎も信玄も彼奴の呪詛の手にかかったらしいと、まあ、こうじゃ」

「これはまた！　なんとも途方もない話ですな」

景綱の話でなければ、笑い飛ばすか、怒り出すところだ。

「いずれ乱破づれが言うこと。話半分に聞いておったが、この爺、稀代の利け者でな、五鬼どもも一目置くような手練。すれば、まるまる嘘話でもあるまい」

「その者はまだ?」

「……死んだ。五鬼も随分な」

景綱は沈黙した。毎度のことながら乱破の犠牲は辛い。使う者は堪えねばならぬ。

乱世の習いとはいえ、わしには無理じゃ。

「手練の命と引き換えにようやく信長の城の謎が解けた。魔王じゃ。第六天魔王に加えて牛頭天王も出てきおったな。ところが、この二神は同体じゃよ。牛頭天王は多くの異名を持つが、その一つが〈金剛自在〉。〈大自在〉を名乗る第六天魔王と同じ」

朝信は必死に話について行こうとした。景綱の仏説の造詣に、自分は遠く及ばない。

「そうしてな、牛頭天王のその異名の一つに〈武塔大神〉がある。〈武〉の〈塔〉じゃ」

景綱は宙に字を書いてみせた。「わからぬかな?」

「安土の塔は、〈武塔〉そのもの、いずれ劣らぬ武神である天部魔王の住まう塔じゃ。

されぱこそ〈天主〉」

「おお、〈天主〉の天は、第六天魔王や牛頭天王の天でありましたか」

朝信は毘沙門天を思った。四天王の一人として仏法に帰依するまでは夜叉鬼神の万軍を率いる魔王であったこの神も、左手に宝塔を持っている。

あれを巨大化して山頂に建て、その中に住もうとは、さすがの殿もなさるまい。

信長の心の異様さに、朝信はあらためて驚いた。

「おそらく伴天連の言う泥鳥須《でうす》とやらも入っていよう。第六天魔王も牛頭天王も、はるか西方天竺から渡って来た南蛮の神に変わりはあるまい」

「すると〈天主〉の奇怪な造作も、魔王のためのものでありまするか」

「さすが朝信じゃ。それでこそ後が託せる」

「何をおっしゃいます」

景綱は床の上に座り直した。

「あの軸を見てくりゃれ」

床の間の掛け軸は見なれぬものだった。下方に広がる海面から、様々な色で塗り分けられた岩塊のような木の瘤《こぶ》状のものが生えている。その上方には幾つもの円盤が浮かび、それぞれに梵字と漢文が添えられていた。

「須弥山図ですな」

部屋に入った時から、気にはなっていた。病人が眺めて心休まるものではない。

「わしも気づいたのは、近々のことじゃ」

景綱の目が厳しくなった。

「仏説でいう欲界、すなわちこの世の輪廻する欲あるものすべての世界が、この図にはある。これが信長が〈天主〉に籠めたからくりよ」

「〈天主〉は須弥山を象《かたど》ったのでしょうかな。なるほど高く聳えねばならぬはず」

いやいやと景綱は首をふった。

「信長が象ったのは、欲界そのものよ」

「と、申しますと」

「須弥山は、地階に置かれ地上一階まで届く宝塔が象っているにすぎぬ」

「すれば、その上に聳える五階ははるかに須弥山よりも高い……」

朝信はかっと掛け軸を見つめた。「もしや」

「その、もしやよ。『倶舎論』じゃ。須弥山上空はるかに浮かぶ空居天じゃ」

「なんと……」

朝信は放心したかのように一途な顔で掛け軸に見入っている。まるで遠く安土に聳える七重の塔が、その絵図を通して眺められるかのようだった。

「数が合わぬではありませんか。空居天は四つ、階数は五つ。一階余る勘定ですが？」

「わしもそれで気づくのが遅れたのよ。実は〈天主〉の四階はな、屋根裏部屋じゃ。〈小屋の段〉と呼ばれる納戸《なんど》ばかりの階よ。他の階では今も絢爛豪華な障壁画を描いておるところじゃが、この階にはなんの装飾も施されてないという。この階は勘定には入らぬ」

朝信が納得するのを待って、景綱は続けた。

「宝塔が置かれた地階は須弥山山麓の四大王衆天。ここに毘沙門天様をはじめ四天王がおられる。宝塔の頂上を囲む一階は須弥山山頂の三十三天。帝釈天の城があるのは、この世界じゃ。ここまでが、地上にある地居天よ。能舞台が張り出している二階が夜摩天。吹き抜けに橋がかかっている三階が弥勒菩薩のおわす兜率天。四階は今言うた〈小屋の段〉。そして、五階が楽変化天。最も高い地上六階が、魔王自身の住まう他化自在天じゃ。二階以上は宙に浮く空居天であることを表すために吹き抜けを造ったのよ。天辺まですべてをそうするわけにはいかぬから、吹き抜けに蓋をするために〈小屋の段〉を造らねばならなかったのじゃろう」

「六欲天を丸ごと一つの塔と化す、と」

「ならばこそ、〈天主〉じゃ」

朝信は今や掛け軸を息をつめて睨みつけていた。〈越後の鍾馗〉と恐れられた猛将の顔になっている。景綱はしきりに咳いた。

「最上階に上れば、信長は文字通り第六天魔王の心持ちを味わえるじゃろうよ。どうやらここに、魔王の画像を描かせようとしておるとも聞いた」

景綱の説明も、もはや朝信の耳には入らないようだった。

毘沙門天が侮辱されている。塔の最下層の穴蔵に封じ込められ、はるか天空に立つ信長の足下に踏み置かれている。それは謙信そのものが足蹴にされているのと同じだ。

朝信にとって、安土の城そのものが、上杉に対する挑戦に思えた。

何が、天主じゃ。

「さような城、でき上がっては大きに迷惑。すぐにでも焼き落としてくれましょうず」

朝信は紅蓮の炎を上げて崩れていく塔を思い、うなった。景綱は軽く笑い、そんな朝信を頼もし気に見た。

「おお、まかせたぞ」

朝信は我に返る。

「殿には？」

「むろん。一部始終を申し上げておる」景綱は息を吐いた。「おかげでやっと上洛を御決意されたわい」

朝信は、ようやく手取川での一戦の意味を理解した。

「天下に毫《ごう》も望みなし」と言い切っていた謙信が、安土城の普請が始まった天正四年になって以降、人が変わったように越中制圧に乗り出していく。上杉軍が大挙上洛する道は、越中から加賀を通り、越前に入って北近江から南下する以外にない。能登の七尾城は、上杉上洛軍が背後を脅かされないためにどうしても取っておかねばならない拠点であった。その上洛軍の進路の真正面に、安土城はある。謙信は一路、安土城を目指す形だ。神将と魔将との一大決戦、その最後の舞台は安土になる。

宿敵一向一揆とも和睦《わぼく》し、義昭を巻き込んで本願寺、毛利輝元らを結ぶ信長包囲網を再び築き上げたのもすべては、この決戦のため。朝信はあらためて景綱の大きさを思った。謙信と心を一つにして、これだけのことができる軍略家は他に誰がいよう。

「うまくいけば、来年中には大軍を擁して安土を囲むこともできよう。したが……」

景綱が突然、激しく咳いた。鮮血が夜具に散る。

「誰か！　薬師《くすし》を呼べ」

朝信の大声に駆けつけてきた小者達は、血を見ると物も言わずに駆け出していった。

「……わしはもうもたぬ」

景綱は朝信の腕の中で、掠れた声を出した。

「何を言われる。病ごときに気の弱いことを」

景綱は血の糸を引いた笑みを浮かべた。

「病ではない。呪詛を返された。降三世をやってな」

降三世明王は、足下に第六天魔王とその妃神を踏む仏敵調伏の明王である。信長を呪詛する調伏法に最もふさわしいと景綱が考えたのも当然だった。

しかし、強力な呪詛であれば危険も大きい。降三世明王法は、打ち返されれば修法者は血を吐いて絶命するという。

「ここまでもったのも、毘沙門天様の御加護であろう。上洛のこと頼んだぞ」

朝信は言葉を失った。そして、見たのだ。あたりに散った鮮血の中に、きらきらと輝くギヤマンの欠片のようなものが混じっているのを。

景綱の死は、そのわずか二日後であった。

「クベーラ」

風が囁いたようだった。

毘沙門天は空を見上げた。

「クベーラ」

「我が名を呼ぶは誰ぞ」

ふわりふわりと光の玉が降りて来た。宝樹にあたってパチンと弾ける。七宝の枝の上に、一人の童子が立っていた。

「魔王王子と申す」

幼い顔と裏腹の大人びた声だった。大きな愛らしい目の光も、鋭い。

「この天の者ではないな。いずこより参った」

童子が真直ぐ頭上に指を立てた。

「他化自在天より」

「おのれ、魔性の者か」

毘沙門天は宝棒を握り直した。銀の鎧が音を立てる。童子は恐れる様子もなく続けた。

「我が主がぜひとも一時《ひととき》の歓談をと願っておりまする。どうか御同行を」

「第六天魔王が！」

毘沙門天は驚愕した。帝釈天も及ばない魔の帝王が自分に逢いたいと？

「クベーラ」

天空から声がする。

「あのように呼んでおります故、ぜひとも」

あれは魔王自身の声であったか。それにしては、優しい儚気な声じゃ。

「御心が動きましたな」

童子はいつの間にか傍らで毘沙門天の手を取っていた。慌ててふりほどこうとした毘沙門天は、その小ささと柔らかさに瞬間、ためらった。

「これで魔天と善天に道が通じました」

無邪気に微笑むと、童子と毘沙門天は一気に上昇して行った。

「待て、待たぬか！」

謙信は自分の叫びで我に返った。

すでに護摩の火は消え、蘭奢待の香りは散じていた。堂の中はただ闇である。謙信が羽織っている洋套《カーパ》に一面に縫いつけられた小さな宝石だけが、星々に似た真紅の輝きを、燠火《おきび》のように放っていた。

赤地牡丹唐草文天鵞絨洋套。

華麗な緋色の天鵞絨《ビロード》地全体に凝血のような真紅の小さな石が鏤められ、燃え立つように輝くこの洋套《カーパ》は、信長からの進物であった。同盟が締結されている間、織田から上杉に、毎年夥しい進物が贈られた。莫大な金銀の他に、贅《ぜい》をつくした装飾品がいつも添えられている。

謙信は禁欲的だが、美のわからない男ではない。むしろ美しいものを好んだ。佐渡の金山や麻糸の交易で彼の懐は十分潤っていたから、金銀はさほどありがたいとも思わなかったが、都の技術でしか製作することのできない華麗な装飾品には、素朴に魅せられていた。いや、信長の美的な目には深く共感していたといっていい。

あれほど正反対の生き方をしながら、謙信は信長の美意識を認めていた。信長の進物を眺めていると、自分と同質のものを感じてしまう。もしかしたら、自分と信長とはほんの些細なきっかけで義と魔に、神仏と天魔外道に分かれてしまったのかもしれない、とさえ思う。少なくとも、信玄に感じたような違和感はない。

謙信の中で、信長と戦うことと信長の進物を愛することとの間になんの矛盾もなかった。中でも気に入っているのが、この天鵞絨洋套、狩野永徳が描いた洛中洛外図屛風、そして蘭奢待だった。

この屛風と、足利義政以来初めて信長が切り取った秘宝中の秘宝である名香・蘭奢待とが、天正二年に一緒に贈られて来た時、そこには二句が添えられていた。

屛風曼陀羅
聞香至六天

その時は気にもとめなかった。思い出したのは、断交の直前に洋套《カーパ》が贈られてきた時だ。また句が添えてあったのである。

緋袈裟滅俗
知無即帰天

謙信は考え込んだが、ややあって、洛中洛外図屛風を毘沙門堂に運ばせた。上洛へ腹が決まったこともある。詩句通り曼陀羅として使ってみようと思った。

年明け早々のことだ。護摩の火に浮かぶ黄金色の都の景は、息を呑む美しさだった。金を惜し気もなく使った永徳の横雲や霞が火明りを反射し、謙信は居ながらにして雲を踏んで宙を駆け、都に遊ぶ心地がした。洋套《カーパ》も重からず軽からず、なんの石だろうか緋色の石は自ずから燃えるようで、堂内を華麗な光がゆらめき、謙信はいつも以上に深い三昧の境地に浸ることができた。

ただの飾り物ではなかったか。ならば……。

思い切って蘭奢待の一片を火中に投じた。

崇高としか言いようのない香りが鼻腔を擽《くすぐ》った途端、謙信は毘沙門天になっていた。

須弥山ははるか下方に消えた。もう幾つの天を通って来ただろう。童子は形を失い蒼い発光体となって毘沙門天を導いている。一面の白い光。

我は今、どこにあるのか。そしてどこに行くのか。

毘沙門天は思い出した。あの時もそう思った。八幡原を埋めた一面の白。あれは光ではなく霧であったが。あの時も声が聞こえた。我が名を呼ぶ声が。

「謙信」

毘沙門天は自分の本当の名を知った。そして、すでに他化自在天にいることも。

白光の中に、七つの光の柱が立っていた。小さな乳房としなやかな肢体を持ったものが、そこにいた。自分の名を呼んでいたものが、そこにいた。

「第六天魔王信長か」

魔王ははにかんでいるようですらあった。

「ようやく逢えた」

「手取川で逢いたかったぞ」

毘沙門天は銀甲の肩をそびやかした。

「修羅の巷《ちまた》に降りることはない」

魔王の言葉に、身にまとった洛中洛外を覆っているにも似た黄金の箔雲がゆれた。

「こうして逢える」

「しかし、我は汝と戦わねばならぬ」

「なぜ」

「なぜ？　知れたこと……」

上洛の理由を述べ立てようとして、謙信は毘沙門堂の闇にうずくまっている自身に気づいた。急いで護摩壇に火を熾《おこ》す。

蘭奢待が足りぬ。

砕り取る手つきももどかしく、さらに一片を焼《く》べた。

毘沙門天は戸惑った。溢れるほどあるはずだった戦いのわけが思いつかない。どれもこれも本当とは思えなかった。ようやく一つ見つける。

「知れたこと。仏法護持のため」

魔王は面白そうに毘沙門天の瞳を覗き込んだ。

「仏法は不滅であろう？」

「むろん」

「ならば、なぜ護持せねばならぬ」

「汝のような仏敵がいるからだ」

「私は仏敵などではない」

「嘘をつけ！　比叡山を焼き、長島・越前で根切をしたは、誰ぞ」

毘沙門天の怒声に、あたりに聳えている光の山が幾つか、砂のように崩れた。

魔王は異国の唄でも聞いているような顔をしている。

「私はただ、命とはなんなのか、なんでできているのか、どのようにして打ち倒されるかを知りたかっただけだ。命は、私から最も遠いものだから」

「それこそ、魔である証《あかし》」

魔王は動いた。宝棒を構え直す間もなく、毘沙門天の目の前に魔王の顔があった。華奢な白い腕がのび、毘沙門天の頬に痛みが走った。魔王の鋭い結晶質の爪が、蒼い血に濡れている。毘沙門天は、鼻先に突きつけられた自分の血にたじろいだ。

「これは魔の血ではないのか」

毘沙門天の宝棒が、魔王の脳天を襲う。魔王は笑って小首を傾げただけだった。無数の鬼神を打ち砕いた破邪の一撃は、見事に空を切った。

横に跳び十分に距離を取った毘沙門天は、宝棒を正眼に構え直す。

円錐形の光の山の中に、魔王は陽炎《かげろう》のようにゆらめいていた。必殺の気合いとともに、宝棒が打ちおろされる。右に左に。天から、そして反転して地から。宝棒が起こす闘気を孕んだ風が、光の山を次々に薙ぎ払った。

それは、紛れもなく善神と魔王の命をかけた闘いであった。しかし、舞い落ちる花に酔い痴《し》れて踊る姿、あるいは飛蝶と戯れる様にしか見えない。魔王は宝棒の起こす風に乗って、不可思議な花弁か揚羽のように舞った。その涼し気な笑みをたたえた顔と肢体には、重さというものが存在しないかのようだ。

毘沙門天の息が切れるまで、魔王は宝棒と戯れ続けた。

とん、と宝棒を踏んで、魔王の顔は再び毘沙門天の鼻先にあった。遊び飽きた子猫がじゃれつく仕種にも似て、華奢な腕が銀の鎧に絡みついてくる。

抗《あらが》う間もなく毘沙門天は押し倒された。宝棒が彼方に飛ぶ。

目の前に乳房が息づいている。毘沙門天が決して触れることのなかった女体が今、胸の上にあった。それはなんと甘やかなものか。

「命はお前からも遠い」

またか！

毘沙門堂の闇の中で、謙信は咆哮《ほうこう》した。

まだ足りぬか！

焦《あせ》りに震える手で、謙信は蘭奢待のすべてを炎に投げ込んだ。


「放せ！」

「私はお前に口づけしよう」

「私はお前に口づけするよ」

魔王の凝血色の唇が、真紅の小宝玉のような唇が、抗い続ける毘沙門天の唇を塞ぐ。

その時、毘沙門天の頭蓋に、〈三界〉が雪崩れ込んだ。

すでに輪廻するものの世界、欲界の頂点にある。地上百二十八万由旬の天空に浮かぶ他化自在天から、魔王に抱かれて毘沙門天は再び舞い上がった。

梵衆天、梵輔天、大梵天。

ここからは、欲望を離れた形あるものの世界、禅定者の住まう色界である。

初禅三天を二人は凄まじい速度で上昇して行った。毘沙門天は離生喜楽の光を浴びた。

少光天、無量光天、極光浄天。

二禅三天も矢のように抜ける。毘沙門天は定生喜楽の香を嗅《か》いだ。

少浄天、無量浄天、遍浄天の三禅天も超える。毘沙門天は離喜妙楽の音を聞いた。

そこには〈楽〉が、様々な〈楽〉だけがあった。すでに地上から六億五千万由旬。

そして、非苦非楽の四禅天に入る。

無雲天、福生天、広果天、無煩天、無熱天、善現天、善見天、そして色究竟天へ。

四禅天の頂上、一千七百億由旬の色界の最高峰に、毘沙門天と魔王は至った。

ここにはもう〈楽〉さえもない。存在するものの絶頂である有頂天に彼らはいた。毘沙門天のすべては絶え間なく痙攣していた。

欲界の高みにすら上ったことがなかった。今は色界の頂点にある。

「私とともに行こう。私とともに滅ぶのだ」

「我が亡き後、汝は天下を窺うはず」

「天下？」

魔王は澄みきった声で笑った。毘沙門天は、自分の憤怒が凍った炎となって、その笑いで粉々に砕けるのを感じた。もはや色界の至高を極めた身に、天下とはなんであろう。

「私はただ、天に帰りたいだけだ」

二人はさらに昇って行く。ここから、虚空すら滅する否定の無色界に入る。

形も存在そのものも、すべて絶える。

空無辺処、識無辺処、無所有処、非想非非想処。

ああ、これだ。

求め続けたのは、〈義〉ではなかった。〈義〉すら滅する、この〈無〉だ。

「本当にともに滅ぶのか」

「お前の年は越えまい」

「我はなんのために戦ってきたのだ？」

「天に帰るために」

「なぜ天に帰る？」

「天から落ちたから」

「汝もか」

「私もだ」

毘沙門天の痙攣は、ますます激しくなった。

「我は誰よりも勇猛に戦ってきた」

「知っている」

「何者も我が義の誠を疑る者はいまい」

「そうだな」

魔王は、むずかる赤子に言い聞かせるように応えた。毘沙門天の銀の鎧が透き通っていく。その身自身が、末端から透明になる。

「ただ、疲れた」毘沙門天の指は虚空で魔王の頬を探した。「我はひどく……疲れた」

「もう疲れることもない」

「これで天に帰れるのか」

「これで天に帰れるのだ」

「待っているぞ」

「待たせはせぬ」

魔王が唇を離すと、毘沙門天の全身は玻璃のように結晶化した。

その時、数限りない〈無〉が、蝶のように舞い降り、毘沙門天は玻璃七宝の細工物が砕けるのにも似て、ゼン、ゼンと音を立て、ひび割れ、砕け、散じながら、虚空に揮発していった。

天正六年三月九日、食事に手がつけられていないことに気づいた朝信達は、堂の扉を打ち破り踏み込んだ。彼らが見たものは、洛中洛外図屛風の黄金の照り返しの中、赤地牡丹唐草文天鵞絨洋套を羽織り、護摩壇に倒れ伏している謙信の姿だった。沸き返るような春日山城で、洋套《カーパ》に縫いつけられた無数の真紅の小石がいつの間にか無くなっていることに、気づく者などなかった。

三月十三日、上杉謙信没。享年四十九。

奇妙なことに、謙信は自分の死を知っていたかのように、肖像画と辞世の句を遺《のこ》している。画はちょうど謙信の死去したその日に完成したという。彼はいつから、はるか天空の高みより自分を呼ぶ声を聞いていたのだろうか。欲界・色界・無色界を駆け上ったのは、一日一夜の内のようにも思えるし、一月に最初に堂に籠ってからの瞑想の日々のすべてをかけたようにも思える。

とまれ、天界の時間は計りがたい。辞世にいう。

四十九年一睡夢
一期栄華一杯酒

16　アナーキー

信長が神と自分とを同一視した事実に関して、ヘリオガバルスがそうした事実について従来論じられてきたように、それが確信なのか修辞なのか、議論は分かれている。しかしながら、あのキリストが、人間になった神であったとしても、彼は神としてではなく人間として死んだといわれている。するとなぜヘリオガバルスは自らを人間となった神と考えなかっただろうか。ましてや信長がどうして考えなかったといえるであろう。信長がキリスト教に接して「これ以上に正当な教えはあり得ない」と喜んだというフロイスの証言は、イエズス会士の自惚《うぬぼ》れを差し引いても、事実であったはずだ。ただし、信長がこの教えから受け取ったのは、ヨーロッパを原理的に腐敗させた衰弱と哀れみの教義ではなく、人間が唯一絶対の神になれるという、受肉の神秘だけであった。哀れな司祭がそれに気づくのは、信長の死の直前である。

世界を滅ぼすアンティクリストゥスでさえ人間なのだ。信長はそれを気に入り、それを生きようとした。世界を創造し、世界を滅ぼす受肉した絶対神。信長はそれを気に入り、それを生きよ
うとした。自らの一族に受け継がれた古代からの石＝剣の系譜の伝承と、分岐した最新の西教との一致が、彼にますます自らの宿命を信じさせた。

かくて、信長はヘリオガバルスと同じく、一生正反対に作用する磁力に引き裂かれ続ける。

一方は神に、一方は人間に。

もしヘリオガバルスがローマにアナーキーをもたらしたように、信長が日本にアナーキーをもたらしたとすれば、最初のアナーキーは彼ら自身に内在しており、それがヘリオガバルスの場合は彼の肉体を荒廃させ精神を早発性痴呆に陥《おとし》れ、信長の場合は流血と

残酷の祝祭的戦争に彼を耽らせることになる。

ヘリオガバルスと信長の中には、二重の戦いがある。

第一に、一者としてとどまりながら分裂する一者としての戦い。女になりながら永久に男のままでいる男としての戦い。

第二に、人間としての自分がうまく呑み込めないでいる〈太陽王〉としての戦い。彼らにとっては王として、孤独な王、肉化した神として、この世に生きることは墜落に他ならないからである。

彼らは男であり女である自身の肉体の二重の空洞の中で、原理と原理の闘争を繰り広げる。そこには、本物の血、流れた血、流れることのできる人間の血が存在する。二人の全生涯は行為と化したアナーキーであり、現実化したポエジーである。

それは、残酷さに専念し、名づけようもない混乱を出現させることだ。そこでは事物や様相が目覚め、蜂起し、そして崩壊しながら融合し統一を遂げる。

この危険なアナーキーを目覚めさせる者は、常に最初の犠牲者とならねばならない。ヘリオガバルスも信長もまず自身を貪り喰い、自らのポエジーをその血で贖《あがな》ったのである。この二つの人生の中に史家達は一個の怪物を見、その残酷行為をつぶさに記録した。

ヘリオガバルスと同様に、信長の残酷さには奇妙なリズムが入り込んでいる。魔術的なこの人物は、すべての行為を巧みに、そして二重に、だぶらせてしまう。

彼の仕種の一つ一つが両刃の剣なのである。

比叡山焼討ち　武者小路普請
伊勢長島根切　賀茂競馬
越前根切　妙覚寺茶湯
伊賀殲滅　天下馬揃え

信長は殺戮し、祝祭する。

武者小路の邸宅工事では、建築現場に舞台を造り、金銀で飾り立てた舞台の上で、華麗に着飾った美しい少年少女が笛・太鼓・鼓といった楽器を演奏し続け、花の下で首都の群集は浮かれ騒いだという。

賀茂の神殿の競馬には、数百頭の親衛隊の馬の中から選び抜いた二十頭を、無数の貴石と金属と彩色された革で装わせ、そこに真紅の武装をした騎士と漆黒の武装をした騎士を十人ずつ乗せ、その馬術を競わせたという。

妙覚という寺院で行われた緑色の茶を飲む儀式については、その真価は日本人にしかわからない貴重な土器や木器が、台に並べられた。三日月という名の東南アジア産の壺、中世中国製の白色の光沢のある茶碗、壁にかけられた絵、棚に据えられた置物、水入れや釜、花瓶に至るまですべて固有の名を持ち、一つ一つが一国の領土に等しいという伝説の器物を使ったという。

中でも一五八一年二月二十八日、皇帝と貴族の前で行った軍事パレードは最も有名である。七百名の騎士が集い、諸国から二十万人の群集が集った。信長は眉を剃って描き直し、入念に華麗な化粧を施す。

インドの帝王が着用していたという黄金の布で頰あてを造り、中国風の冠をかぶっていた。襟に白い花弁のプルヌス・ムメを一枝さし、馬が動く度に、その花びらが雪のように散ったという。腰にもパエオニアの造花を着けていた彼の衣装は、古代中国から渡来した貴重な紅の絹の布で仕立てられていた。

緋色、ふんだんに使われた黄金、そして腰に巻いた白熊の皮と紋章を空押しした革手袋の白色が、信長の躰を飾っていた。緋と白の二者は、黄金の中で統一される。錬金術師達が言うように、黄金は両性具有であり、一者なのだ。

ローマのトーガを投げ捨て、フェニキアの紫紅の布を着用したヘリオガバルスそのままに、信長が身に着けたものは、ムメとパエオニアの花に至るまで異国のもので統一されていた。宣教師達が贈った金と濃紅色のビロードの椅子、信長が四人の男達に担《かつ》がせ、その上からパレードを指揮したというポルトガル製の椅子もそこに付け加えよう。

宝石、真珠、羽飾り、珊瑚、護符で全身を覆うことでヘリオガバルスはアナーキーの範をしめした。信長もまた、石から石へ、衣から衣へ、祭から祭へ、そして装飾から装飾へと渡り歩く。絢爛たる生けるアナーキーそのものとして。

有毒な海水のような空色のソースで魚を煮、天井から降りそそぐ薔薇の花弁で寄食者達を窒息させたという少年皇帝にも似て、信長もまた祝祭がなければ生きていけない。血と炎と剣によって縁取られた、黄金と花と乱舞する群集。その中心に、微動だにしないダンスを続ける、生きている石が屹立している。

石の色と感覚、着衣の形、祝祭の制定、肌を直に打つ金属と宝石、それらを通して彼らの精神は奇妙な旅をする。ヘリオガバルスよりも激しく信長は剣から剣へ、火から火へ、閃光から閃光へと駆けめぐる。つまり、アナーキーは、天から落ちたこの儀軌は、あらゆる手段をつくしてそこへ再び昇っていくのである。

もし信長があくまで地上に留まることを望んだなら、一五七八年十一月の大河の河口から、日本最強と謳われた毛利海軍の六百艘の小舟を瞬く間に潰滅させた六艘の巨大戦艦を率いて、海外遠征に出ていただろう。

この戦艦は横十三メートル余り、縦二十三メートル近く、当時の日本人が見たこともない巨大船で、全体に鉄板が張りめぐらされ、三門の大型の砲を装備していた。あの傲慢な宣教師どもも「日本で最も大きく華麗で、ポルトガル船に匹敵する」と驚嘆を隠していない。彼らはユダヤ人によって一世紀頃に書かれたという『シビュラの託宣』、最も古いアンティクリストゥス伝説を、その時思い出したはずだ。

それは東方からの侵攻を予言している。かの皇帝ネロがベリアルとなって東方に復活し、すべてを破壊しに来襲する。

ようやく信長が必ずしも自分達の味方ではないと知って不安にかられたフロイスも、『日本史』に書いている。信長は「日本六十六ヵ国の絶対君主となった暁には、一大艦隊を編成してシナを武力で征服」するつもりであったと。六艘の鉄甲船を建造するのに、信長は二年しかかけていない。

もしや彼がそれでは？　復活したネロそのものでは？

しかし、信長は、ヘリオガバルスが反逆者に与えた穴を開けた軍船の艦隊ほどにしか、この鉄甲船に関心を持たないように思える。建造から自分の死までの四年の間、二度とこの船隊を戦場に送ることはなかった。戦争は途切れることなく続いているにもかかわらず。六艘の鉄甲船は繫留《けいりゅう》されたまま錆の塊となっていく。あるいは、信長自身が穴を開ける。司祭達を一層悩ませ、悪ふざけをさらに完璧にするために。

信長が実行しなければならないのはもはや征服ではなく、帰還だ。

17 神聖惨劇

四月十日、信長御小姓衆五・六人召列れられ、竹生嶋御参詣。長浜羽柴筑前所迄御馬にめされ、是より海上五里、御舟にて御社参。海陸共に片道十五里の所を、日の内に、上下《のぼりくだり》三十里の道御帰りなされ、誠に希代の題目なり。遠路に候へば今日は長浜に御逗留候はんと、何れも存知の処、御帰り候て御覧候へば、御女房たち、或は二丸まで出でられ、或は桑実寺薬師参りもあり。御城内は行きあたり、帳焦《モダヘコカレ》、仰天限りなし。則、くくり縛《シバ》り、桑実寺へ女房共出だし候へと御使を遣はされ候へば、御慈悲に御助け候へと長老侘言申上げられ候へば、其長老をも同事に御成敗候なり。

「竹生嶋参詣の事」『信長公記』

信長が秀吉とともに安土に戻った時、裸の女が踊り狂っていた。篝火に照らされ、秀吉には女が中空に浮いているように見えた。密閉された天主に足を踏み入れたまま、秀吉は呆然と上空の闇を眺めた。女は、二階から吹き抜けに張り出している舞台の上で踊っているのだ。全裸の女は、天主中に響き渡る疳高い笑い声を立てて踊りながら欄干を越え、跳んだ。悲鳴に似た笑いの余韻の後に、肉が潰れる鈍い音が響く。

地階の中央、宝塔の根元あたりで一斉に燭台に灯が点《とも》った。誰かが平伏している。

「待ちかねましたぞ」

蜜蠟の燃える薄明りの中、上げた顔には、目も鼻も耳さえもなかった。秀吉はあっと叫んで、思わず後ずさる。あの夜、塗輿から出てきた男は、腕をついて身を起こした。男には下半身がなかった。のっそりと腕だけで近づいて来る。

男の後ろには小さな壇が築かれ、そこに女達の生首が並んでいた。

秀吉には見覚えがある。城中で信長の身辺を世話する女房衆だ。知った顔は一人や二人ではない。秀吉の歯が鳴った。播州姫路を拠点に、西国の覇者・毛利の万軍と渡り合っている指揮官が、今は歯の根も合わぬほど震えている。

中国攻略も谷間を迎え、すべてを堀秀政と黒田官兵衛にまかせ、都で様々な情報収集と軍略の練り直しを行っていた秀吉が、信長からの緊急内密の呼び出しに、早馬を何頭も乗り潰し駆けつけてみれば、竹生島へ参詣するという。拍子抜けした秀吉だったが、信長がわずか数人の小姓達だけを連れて行くと聞いて、すっかり舞い上がってしまった。

久方ぶりに信長様と、水入らずで話ができゃあす。

しかし、秀吉の行楽気分はすぐに吹き飛んだ。信長は、万端整えた長浜城の歓迎の準備に目もくれず、お茶をお食事をお泊まりをと縋るお寧をふり切って早馬を駆り、春爛漫の琵琶湖の絶景も眼中にない強行軍。なにしろ一行が乗ったのは湖賊衆自慢の八丁櫓の早舟で、湖上を風を切り飛ぶように走る。朝発《た》って、暮方には安土に戻っていた。

金ヶ崎の退《の》き戦のようじゃ。

秀吉は呆れ返った。

「弁才天はいずこに」

「ここだ」

信長が、道中ずっと赤子のように抱いていた塊を男に渡した。上半身だけの男は、地階の石畳から直接生えてきたような格好で、器用に古びた錦の袋をはずした。

現われたのは、一抱えもある碧い水晶の単一結晶だった。

あれが、島の名の由来となったという弁才天の御神体か。なるほど竹に似ておる。

この強行軍は参詣でも遊山でもない、神体を動座する勧請《かんじょう》の旅であったのだ。

男は水晶を頭上に捧げた。

「今こそ、岩戸が開き給う！」

その叫びとともに、宝塔から光の柱が吹き抜けに立ち上がった。何度も見たはずのありふれた宝塔が、自身の吹き上げる赤い光に照らされ、ドクドクと波打っている。天主全体が瓔珞《ようらく》の飾りをゆり鳴らし、歓喜に震えているようだった。秀吉の脚もがくがくいっている。人間相手なら恐れたことのない彼なのだが、妖しのものはどうも性に合わない。男の側に、さっと幾つもの影が寄り添う。

「摠見寺へ」

碧い水晶柱は運ばれて行った。

「桑実寺への手配も終わり、これで御城は伊勢に並びました」

男は再び平伏する。

「堯照」

信長が鋭い声を出した。

「なぜ女達を殺した」

「女達は死なねばなりませぬ」

暗黒の顔の洞を信長に向け、堯照は平然と答えた。

「アマテラスが再臨する時には」

「無用なことを……」

信長がうめく。秀吉は知っていた。敵ならば数万人を平然と殺戮する信長も、身内、特に女達にはひどく優しい。

堯照はこれ以上ない冗談を聞いたように、乾いた笑い声を上げた。

「無用といえばすべてが無用……しかしながら、お怒りとは好都合。どうか御成敗を」

「成敗せよと?」

「はい。素っ首をば、見事に叩き落とされんことを」

信長は一歩、堯照に近づいた。

秀吉は自分のすくむ両脚を叱り飛ばした。このノッペラ坊主が信長に害をなすかもしれない。御加勢せねば。

「なぜ」

「それは……」

堯照は秀吉の方へ顔を向けた。

見えておるのか!

そう思うと、秀吉の脚はまたくたくたと力がなくなってしまう。

「あれはよい。あの男は、私の王国を継ぐ者だ」

信長の言葉に、秀吉の腰は今度こそ、抜けた。

「それは、また酔狂な」

堯照はひとしきり笑うと、もう秀吉には構わず形をあらためた。

「では、申し上ぐる。相光王子を放たねばなりませぬ」

「我が長子か……。この期におよんで誰を?」

堯照の全身から、黒く熱を帯びた気が立ち上がる。

「主上《おかみ》を」

さすがの信長も沈黙した。秀吉は半ば失神していた。

正親町帝を殺す？

将軍殺しはかの松永久秀がやったが、乱世とはいえ帝《みかど》を殺した者はいない。秀吉は叫ぼうとした。

「帝を殺《あや》めてなんとする」

秀吉がわめき出すよりも早く、信長が尋ねた。いつもの平静な声だった。

「あの時の御約束を果たしまする。殿が天下様に」

秀吉も遠く備中で話には聞いていた。信長がすでに正親町帝に何度も譲位を迫っており、その子誠仁親王を傀儡《かいらい》にして天下の権を掌握するつもりであるというのだ。右大臣の位を最後に一切の官職から離れ、帝の大権である天文暦法についても、あれこれ口を挟んでいるという。宮中でもなんとか信長を懐柔しようと日夜頭を悩ましているそうだ。

奇怪な噂がある。

信長をなんとしても籠絡《ろうらく》したい内裏はついに堪りかねて、太政大臣か関白か征夷大将軍か、いずれでも望みの職に推任する前代未聞の提案をしようとしているという。天正六年四月九日、突如、右大臣と右大将の両官を返上してから、信長はまったくの無位無官だった。朝廷にとってこれほど扱いにくいことはない。いずれ劣らぬ極官をずらりと並べて信長の気を引く、空前の譲歩だった。

秀吉が京に戻ったのも、一つは、この三職推任問題についての情報収集のためだ。やんごとなき方々の間では、信長がどれを選ぶかで密かに賭けさえなされていた。武門の棟梁としての将軍に違いないという者と、平氏を称している信長は清盛の例にならって太政大臣をこそ望んでいるという者とが、二派に分かれていた。

生まれだの位だのに縁のない秀吉は、自分なら意地でも関白を選んで彼らの鼻を明かしてやるものを、と面白半分に聞いていた。しかし、三職は表向きにすぎないというさらに奇怪な噂を蜂須賀党から報告され、さすがに耳を疑った。

三職とは、三種の神器の意であるというのだ。

八咫の鏡、八坂瓊の勾玉、草薙剣、どれでも望みの物を差し出す用意がある、と。

信長が密かに神器を集めていることは秀吉も知っていた。信長の好みを知った内裏が、信じ難い最大の恭順の意を表していることになる。

天子様は、何をそんなに恐れてござるのか……。

秀吉はこの件をさり気なく信長に質《ただ》すつもりだった。竹生島への遊山の旅なら、願ってもない機会だ。

しかし、もうその必要はない。

「譲位では人は恐れぬ。帝をも呪殺する力が我らにありと思えばこそ、織田の王朝が開けまする。すでに北嶺なく、王城黒金の霊璧には穴が開き申した。後は古端が屋敷に、王子とともに八万四千の眷属を放つのみ」

「……雪斎、義龍、信玄、景綱、謙信、そして今度は、帝か……」

「我が目を抉り、鼻をもぎ、耳を削ぎ、両の脚を切りて贄《にえ》に代え、末にあそばす王子から放ち申し上げました。川中島で良侍王子が討ち漏らさねば、この度、二王子で必殺の布陣を組め申したが、それも繰り言。されば、最強の相光王子とともにこの老骨も玉体を悩ませ奉りましょうぞ」

秀吉は初めて、あの夜、何が起ったかを理解した。

堯照はもはや太古の泥海にいる年老いた蛭《ひる》のようだった。目も鼻も耳も、すべての器官を失ったことで、彼は本当の姿に戻ったのかもしれない。あの蛭子、器官なき身体を持つ神々の長子が、膨れ上がった自分を、天主の地階で持て余しているのではなかろうか。

「ずっと知りたかったことがある」

信長の声は沈痛で美しい響きを帯びた。

「初めて会った時、おまえはもう左目を失っていた」

信長の目が灯火の光ではない輝きを放つ。「宅相神王子は誰に？」

堯照はあの時のように、つるりと頭を撫でた。

「お気づきでございましたか。ならば、なおのこと御成敗を」

信長は恐ろしくゆっくりと言った。

「やはり……父者人《ちちじゃひと》……信秀か」

「さもなくば、信長様は廃嫡されておりましたでしょう」

信長は左文字の太刀を抜いた。秀吉にももはや止める気力はない。

「牛王の御代《みよ》を願っておりますぞ」

堯照は合掌した。

「あの時も、天下などどうでもよいと言った」

「今日は戯言が多すぎまするな。これまでの苦心はなんのため。はるか西方より一千年の長きにわたる我ら使徒達の漂泊は、ひとえに、牛王を再び君臨させせんがため」

「おまえは八王子の台座にすぎない」

秀吉は叫び声を上げそうになった。信長の額が割れ、金剛石に似た多面体がせり出す。

「おまえは石と一つになったことがあるか。生きている石そのものになったことが」

目のないはずの堯照が、眩しくてならないように顔を覆った。

「私にはわかる。石は君臨したいのではない」

「馬鹿な！　では、あの彷徨《ほうこう》は……！」

堯照は動揺していた。

信長という石が語っている。信長の額に覗く石の輝きが脈動していた。いつの間にか、宝塔の光がそのリズムに同調している。瓔珞がゆれ、さざめき唄うように幾重にも貴石と金属を交響させた。信長の石の煌めきに誘われるように、地階の石畳のそこここから、幾本もの光の柱が吹き上がる。

宝塔の光柱を囲んで、無限の高みにまで聳える光の森の中に、三人はいた。天主を従え、盆山も水晶柱をも支配するただ一つの石が語っているのだ。この安土の城すべての神体である、信長が語っているのである。

「ただ、帰りたかった。山脈を沙漠を島々を彷徨《さまよ》って、天に昇る術《すべ》を探していたのだ」

堯照は、光の森に迷い入った童子のように呆然としていた。

「……では、太宰府を取り対馬を取り高麗の牛頭山を取る、島渡り逆討ちの軍略は？」

「もう、飽いた。この身も、もたぬ」

信長は抜き身を下げ淋しく笑った。光の中に、今にも溶け入ってしまいそうな儚気な微笑みだった。秀吉は朦朧としながら、逆光に浮かぶ二人の間に分け入りたいと思った。

「それに、星が来る」

堯照は急に萎《しぼ》んだように見えた。息を漏らすように反復する。

「星が？」

「土御門が計った」

「それで、天文暦法を……」

堯照も消え入るように笑った。

「……私も連れて行ってもらえまするか」

信長はうなずいた。堯照の肩がすとんと落ちる。

「抜き身の殿と向かい合いまするのは、ちょうど三十年ぶりですなあ」

左文字の太刀が一閃して、堯照の首が飛んだ。宝塔はその瞬間に、光を失う。

その首は安らかな笑みを浮かべたまま、空中で光の霧となった。しかし、あの月光の夜のように散じることなく、光は信長の身に寄り添い、額の輝石の中に溶けていった。

「愚かな廻り道であったな、我が王子よ」

蒼い血が滴る太刀を下げて、信長は悄然《しょうぜん》と立っていた。

剣のピエタ。

ロレンソならそうも言ったろう。

秀吉は合掌し、一心に祈り続けていた。

18　ドゥーブルの城

「天主については、もう十分にその独創性をわかっていただけたと思います。一つだけさらに付け加えるなら、それが塔とならねばならなかった必然は、牛頭天王信仰そのものにあるという点です。天王の名が直接由来するという朝鮮民族の言葉があります。〈ソシモリ〉というこの言葉は、〈ソシ〉が〈牛〉で〈モリ〉が〈頭〉であるとして、従来〈牛頭〉と解されてきたのですが、実は、〈ソシ〉には〈高く上がる〉や〈柱〉の意味があり、〈モリ〉もまた〈頂上〉の意で、〈牛〉と〈頭〉は同音の当字にすぎないと唱える人がいます。しかし、〈柱の頂上〉と〈牛頭〉とは矛盾しません。そのどちらも該当する神名が、世界にたった一つだけあるからです」

「もちろん、牛頭人身で〈輝ける頂上〉の異名を持つ、エラガバルスだ」

アルトーは自分がその神であるかのように誇らし気に名乗った。

「ね、牛頭天王は塔を求める神なんです。それは、すべての魔と輪廻する神々の頂点である天空に棲まう第六天魔王も同じこと。なぜ信長が、天主などという奇怪な建造物を最初に建てた王となったかは、政治的経済的理由からでは絶対に解くことはできません」

総見寺はうなずくアルトーの瞳を見つめながら、グラスを空けた。小さく息を吐く。

「……しかし、天主だけ見ていてもだめなのです。安土城のユニークさは、この城が二つの塔を一体にしたところにある。天主と摠見寺です。正門にあたる大手門から直線で百三十メートルもの大階段が続き、そこを上る者は、右に七重の絢爛たる天主を見、左に摠見寺の三重の塔が並び立っているのを眺めることになります。天主ばかり注目されますが、安土城は二つの塔を持った双頭の城なのです。日本の他の城にはまったくない形です」

「二者を統一する城か……」

アルトーは総見寺の語る二塔の城をなんとか想像しようとした。

「天主は、摠見寺と一対と見ることで初めて意味を持つんです。摠見寺は、信長を神として崇めるための神殿でした。ならば、天主もそうではないのか。BONSANは摠見寺の最上階に置かれました。とすれば、天主の最上階にも神を表すものが置かれたはずです」

「記録は残っているのか」

「太田牛一は『信長公記』に、黒漆と金で飾られた最上階の内装についてこう書き記しています。〈御坐敷の内には三皇・五帝・孔門十哲・商山四皓・七賢等をかかせられ〉」

「何か、神像やBONSANのようなオブジェについては？」

総見寺は首をふった。

「ありません」

「それでは望み薄だな。古代中国の三人の神秘な皇帝と五人の聖なる皇帝の画像をはじめ、私も知っているくらいみなありふれた題材《モチーフ》の画ばかりじゃないか」

「ところが、この画の中に神のイコンは隠されているのです。三皇の一人、炎帝・神農です。古代中国の炎の皇帝。一説には太陽神であったとも云われ、農耕と医薬と交易、それに楽器の作り方までも教えた神として古代から崇拝されています。しかも漢民族の神話世界の至高の存在である黄帝と、天下を二分して激しく争ったといいます。そう、この神の姿は、牛頭人身」

「バールだ！　同じだ、同じだ」

アルトーは興奮して叫んだ。シュペーアが鞭打たれたように訳し続けている。

「太陽と豊饒と祭祀の神。シリアからインドを経由し中国大陸まで、確実にこの牛の王は原形を保ったままユーラシア大陸を渡って来ているのです。そして、津島天王社こそ、その神農が牛頭天王として日本に渡って来たのだと説いている神殿に他なりません」

「つまり、信長は列島のどの王よりも、神農と牛頭天王とが一体であるということを知っていたわけだ。そんな彼が描かせた神農像が、ただのありふれた三皇像なわけがない……」

アルトーは言葉を切った。

「しかし、なぜ牛頭天王を描かなかった？　その神があまりにも異端であったからか」

「おそらく逆です。牛頭天王は一般的でありすぎた。病気や害虫封じの聖人をキリストとして崇めるには抵抗があるのと同じです。牛頭天王と同体で、より権威のある姿として神農は描かれた。もっとも、伝承や由来が不明なのはどちらも同じなのですが」

「信長は神農を描きたいがために、最上階の壁面画をシノワズリーで統一したのか」

「神農を描いた理由はもう一つ。この神が、姜《きよう》という一族の祖神だからです。『信長公記』のある版本によれば、〈商山四皓・七賢〉ではなく、〈文王老子・太公望〉が描かれていたといいます。南面に神農、北に太公望です。この方が正しいでしょう。なぜなら、太公望呂尚こそ姜氏一族の出身であり、しかも周の文王と武王の二代にわたって仕え、ついに殷を滅ぼし理想王国を築くからです。信長がこの古代中国の革命劇に自身の理想を見ていたことは、周の岐山にあやかって〈岐阜〉という地名を採用したことがあるという事実で明らかです。信長が通例通り南面して座れば、彼は、祖神・神農に向かう太公望の位置にいることになります」

「エラガバルスの末裔であるヘリオガバルスと似た位置だな」

うなずく総見寺を眺めながら、アルトーの興味は古代極東の王朝交代の歴史から、二つの塔に戻っていた。

そうだ、分身《ドゥーブル》。二重であるもの。おたがい神秘的な力で裏打ちし合うもの。

あの二つの塔がそうであるように。今、自分と総見寺がそうであるように。これはとても演劇的なテーマだ。初めから唯一者が単独では、何も始まらない。分身のような二者が二重に重なって、たがいに裏打ちして、初めてドラマもポエジーも生まれるのだ。両性具有でないもののなんという退屈さだろう！

「二重性《ドゥーブル》はまだあります」

総見寺の言葉にアルトーは飛び上がりそうになった。

「独り言には大きな声でしたね。でも、double はふさわしい言葉です」

たじろぐアルトーに総見寺は二本の指を突きつけた。

「この二重の城に祭られた神もまた二重でなければなりません。信長、第六天魔王、牛頭天王、BONSAN、これらはみな同じ神格です。この系統はスサノオの系譜であり、エラガバルスの系譜です。両性具有神《アンドロギュヌス》の男性的側面にすぎません。当然、タニト・アスタルテの系譜、女性的側面が必要です」

「そんなに都合よくいくかな」

「いくんです。摠見寺の本尊、つまり主神は十一面観音。湖水地方では最もありふれた存在だからこそ見逃してしまいがちなんですが、この仏は水の女神の系統を引き、しかも『日本記三輪流』をはじめ諸書で、あのアマテラスと同一だとされているんです」

「スサノオとペアになっているあの？」

「ええ。天主が、牛頭天王すなわちスサノオの化身である信長が住まうエラガバルスの塔であるとすれば、摠見寺こそ、十一面観音すなわちアマテラスが住まうアスタルテの塔なのです」

「安土城は文字通り両性具有の城なのか」

総見寺は考え考え、続けた。

「ここから先は、僕の勝手な推測なのですが、信長は死後の自分をお市の方に祭らせようとしたのではないか、そう思うんです。夫・長政の死後、信長は彼女をどこにも嫁がせていません。ルクレチアの運命を考えても、これは異様なことです。信長の方が、チェーザレよりも政略結婚という切札をまだまだ使いたい状況にあったはずです。いずれ彼女に髪を下ろさせ、信長神の巫女として摠見寺に入れるつもりだったのではないでしょうか。堯照は所詮、闇の存在です。信長の死後、血縁の正仲剛可が名目的な初代住持となり、織田一族がそれを継いでいることを考えると、それほど荒唐無稽な仮説とも思えません」

「信長の塔と市姫の塔。両性具有であるばかりか、近親相姦の匂いさえする」

「『荒神縁起』では、スサノオであり牛頭天王でもある第六天魔王とアマテラスが日本の国土について契約するという神話からさらに踏み込んで、アマテラスである十一面観音が美女と化して、魔王の暴虐を鎮めるために交わったと説く口伝を紹介しています。

まさに、アントナン・アルトーの舞台にふさわしい」

アルトーは夢想した。十六世紀に生きる剣の一族。怪物的な当主が、自らの城の中で近親相姦の惨劇を演じる舞台。ヨーロッパで言えば、そう、チェンチ一族……。

「現実に、そうした残酷で神聖な劇が演じられた可能性さえあるのです。それこそ、信長の死の前年、摠見寺建立の年に起きた城中の女房衆の惨殺事件です」

「竹生島巡礼の後に起きた事件か。あれは、確かに唐突で後味が悪い」

アルトーが嫌悪の表情を見せた。

「信長の病的な潔癖や冷血の現われとされたこの事件は、近頃、新しい見方がされるようになってきました。信長は単に参詣に行ったのではなく、竹生島の名高い神である弁才天を摠見寺に勧請し、十一面観音と合祀しようとしたというのです。『遠景山總見寺禅寺校割帳』「塔之内」に〈一辨才天　總見院殿竹生嶋ヨリ勧請安置〉と記されているなど、証拠もあります。摠見寺の三重の塔は、単に十一面観音だけではなく竹生島弁才天とのドゥーブルだったわけです。神とともに疾風のように帰って来たからこそ、女房衆の職務怠慢によってその神聖が穢《けが》されたことに激怒したというのですが……」

「聖なる怒りはわかるが、彼女達をかばった司祭まで処刑することはない」

「おっしゃる通りです。しかし、女達は処刑されなければならなかった。信長の神出鬼没を十分に承知していたはずの彼女達が、いつもと変わらず精勤していたとしても」

「職務怠慢はなかったというのか？」

「あってもなくてもです。なぜなら、処刑の理由は感情的なものではないからです。すべての鍵を握るのは弁才天。この神もまた水の女神であり、日本中で信仰されていますが、特にこの竹生島は、江ノ島、天河と並ぶ三大聖地の筆頭で、最も古い出現の地といわれています。そして『竹生島縁起』によれば〈須弥山の頂上に顕れ給ふ時は弁才天、下界にては伊勢天照大神宮と顕れ給ふ〉といい、この神もまたアマテラスと同体とされている」

アルトーは日本の神々の、次から次へと仮面を変える仮装舞踏会のような世界に圧倒されていた。ここにも、あそこにも、アマテラスがいる！

「アマテラスが安土の城にはるばる降臨する時、御興味を持たれたあの古代日本の、あまりにも有名な神話が再現される必要があったのです。天の岩戸開きの神話が」

アマテラスと暮らすスサノオは、やがて暴虐の限りをつくし、ついにはアマテラスの衣を織っていた館に皮を剝いだ馬を投げ込んで、織女を殺してしまう。激怒したアマテラスは岩戸に隠れ、世界は太陽の光を失った。驚いた神々は、アメノウズメという道化の女神を裸で踊らせ、そのレビューに好奇心を持ったアマテラスが岩戸から顔を覗かせたところを引っぱり出し、世界に太陽が戻り、スサノオは天から追放されたという。

日蝕の神話化で、類似の話は世界中にあるが、とりわけ総見寺が紹介したこの神話にアルトーが惹かれたのは、そこに演劇の起源を見たからだった。バリのあの舞踏が思い出される。

「女達は殺されなければならなかった。彼女達は、織女の役をふられたのです。竹生島の岩戸に籠ったアマテラスである弁才天は、女達の流血の後でなければ姿を現わすことができない。だからこそ、スサノオの役も罰せられる必要があった」

「スサノオの役？　まさか桑実寺の司祭がそれだと？」

「桑実寺は六七七年、天智天皇の命で開かれたという古刹《こさつ》です。そこの長老を怒りにまかせて処刑したというのは、いかにも信長ならやりそうなことだという感じで、かえって不自然でしょう。現に、これだけの大事件なのに寺側にはその記録がないそうです。しかし、桑実寺を象徴することのできる誰かが死なねばならなかった。桑実寺の本尊は、薬師如来であり、この仏こそ牛頭天王の本身とされています。つまり……」

「薬師如来＝牛頭天王＝スサノオだな」

アルトーは中世日本の神々のリゾーム状の絡み合いに、随分慣れたようだった。

「薬師如来は日本で最も大衆的な仏です。しかし、仏教世界では最高の地位にありながら、徹底的に現世利益を与えてくれるこの仏は、数種の教典に説かれるだけで明確な像容すら決まっておらず、実は信仰の起源もはっきりしません。曼陀羅にもその姿はなく、中国ではほとんど造像されていない謎めいた存在なのです。夜叉の長である十二神将を眷属に従え、女を男にして成仏させる変成男子《へんじようなんし》とも関わりが深く、東方の支配者であり、日と月を伴に連れているなど、相当怪しいと睨んでいるのですが、今は保留します。

ただ、数ある薬師（ちなみに、比叡山延暦寺根本中堂の本尊も薬師です）の中で、ここは桑実寺の薬師でなければならなかった。なぜなら、この薬師は、竹生島弁才天と同じ琵琶湖から出現したと云われているからです。この寺には『桑実寺縁起』という貴重な絵巻が伝わっていますが、そこには、大きな白水牛に乗って、眷属を引き連れながら湖上を飛来する薬師如来の姿が描かれています。まさに渡りの神ですが、洗練される以前の、牛頭天王やスサノオと同体の古い姿を失っていないのでしょう。だからこそ、スサノオ役に選ばれた」

総見寺の声の調子が変わった。

「その死なねばならなかった誰かとは、あるいは堯照であったかもしれません。異説もありますが、家伝によれば、堯照はこの年に没しています」

総見寺の一族をも巻き込む形となった残酷劇は、太陽の女神を安土城に降臨させるための神聖劇だったのだ。安土山は元々、ペアの神を祭る聖地であったという。すでに平安末期からこの地には、十一面千手観音と薬師如来を祭る神殿が隣接して建てられていた。

アマテラスとスサノオはどこまでも double として重なり合いながら、二つの塔となって天に向かう。地霊に血を捧げて呼び覚ますように、神話は反復される。巨大な能舞台が設《しつら》えられていたという摠見寺での、流血のこけら落とし。

「竹生島弁才天の御神体もまた石です。『竹生島縁起』には〈金剛宝石者自神代在之、浅井姫命下坐此宝石上〉とあります。『本朝諸社一覧』には〈竹生嶋者在江州湖中其巌石多水精宝珠本朝五奇異之其一也〉ともあり、神体は水晶で、それは浅井姫という女神と一体でした」

「浅井というと……」

「そう、お市の方は紛れもなく浅井の姫です。同時に、彼女こそスサノオ信長の暴虐により苦しみ抜いた挙げ句、織田家に帰還したアマテラスであったのです。BONSAN がエラガバルスの霊石、つまりスサノオの石であったとすれば、竹生島からは弁才天の水晶、つまりアマテラスの石が持ち込まれることで安土の城は完全なものになったのです」

アルトーは総見寺の前に指を一本立てた。

「きみと張り合うわけではないが、私にも一つ考えがある。この聖なる残酷劇には、宣教師達からの影響があると思う」

「キリスト教の、ですか？」

総見寺の思いがけないという顔が、ぱっと輝いた。

「ああ、マタイ伝の悪しき奴僕と愚かな花嫁ですね」

「最後の審判は、ふいに帰還する主人やいつ訪れるかわからない花婿のようなものだ。この事件が信長の突然の死の前年であったことは、大事なことを象徴していると思う」

アルトーは総見寺の目を見つめた。

「信長は自分の死を知っていたんじゃないか？」

総見寺は一瞬たじろいだが、記憶を辿り直すように話し始めた。

「そういえば、この天正九年、キリスト暦一五八一年、信長はイエズス会士達に何かを伝えたいかのようにふるまっています。この年、東方の布教区域を視察するため、ローマから派遣されたイエズス会巡察師アレシャンドロ・ヴァリニャーノの一行が日本を訪れています。彼はフロイスなどとは較べものにならないくらいの大物で、イエズス会総長から相当の権限を授けられての来日でした。

信長は彼らを都で謁見《えっけん》しただけではなく、あの馬揃えを見物させ、安土に一ヵ月近くも一行を滞在させて、城と街を隅々まで案内させています。特に城の見物にあたっては、巡察師の一行だけではなく、安土の修道院にいるパードレ、イルマン、平信者にいたるまでわざわざ会いたいからと呼び出し、重臣二名をつけて案内させたといいます。多忙なはずの信長自身三度も姿を現わしたのは、異例中の異例でした。

ついに巡察師の一行が安土を離れるという時、信長は、天皇に求められても断ったという安土城と市街を描いた屛風を彼らに贈り、それればかりか、教会内で展示させることも許しています。この屛風は少年使節団とともにローマに持ち帰られ、ヴァチカンの地誌廊に収蔵されたことまではわかっていますが……」

総見寺は肩をすくめた。

「結局、行方はわからなくなりました。現在も我が国の研究者が何人も必死になって探索しています。見つかったら、世紀の大発見ですけど」

「偽善者達はいつでも好意を踏みにじる。信長の至宝も、アステカやマヤの写本と同じ扱いを受けたわけだ」

「もっとも、信長自身はあまり気にしなかったでしょう。彼はあくまでヴァリニャーノに屛風を贈っただけですから。それがヨーロッパに持ち込まれたことで満足していると思います」

「随分、気前がいいんだな」

「信長は終始宣教師達には好意的ですが、さすがにこれは今までにないことです。まるで形見分けのようではありませんか。今までにないといえば、もう一つ、巡察師の一行の出発を十日も延期させて、彼が開催した炎の祝祭があります。

ちょうど日本の夏の精霊祭の季節だったのですが、信長は街中の灯を消させ、天主にだけ無数の色とりどりの豪華な提灯を飾って光の塔を演出しました。〈七階層を取り巻く縁側のこととて、それは高く聳え立ち、無数の提灯の群は、まるで上空で燃えているように見え、鮮やかな景観を呈していた〉とフロイスも感嘆しています。信長は城まで続く街路の両側に松明を持った大群集を整然と配列し、その間を多くの若い将兵達に行進させたといいます。人々は〈わざと火花を地上に撒き散らした。街路はこれらのこぼれ火でいっぱいとなり、その上を若侍たちが走っていた〉。目に浮かぶようです。これほど美しい祝祭を自分達のために実行してくれた信長が、なぜ自身を神だと言い始めたのか、フロイスにはわからなかったでしょうね。もし、信長が自分の死を予測し、すべてをそれに備えて進めているのだったら、そう、理解できる気がします。日本では霊界への扉が開くというこの時期、信長は宣教師のためではなく、自分自身の霊魂の旅立ちを送るつもりであったのかもしれません。摠見寺を建てたのも同じことです」

総見寺の声が淋し気だった。アルトーは思わず手をのばそうとした。

「闇と炎は、人の本能を呼び起こす。戦いの陶酔、殺戮の快感、強力な集団への帰属意識、その他諸々《もろもろ》のものを」

聞き慣れない朗々とした声が、小部屋に響き渡った。

シュペーアががっくりと頭を垂れている。目は空ろで、口だけが動いていた。その口は、ヴォルフの唇と同調していた。ヴォルフのつぶやきが、激しい力を持ったフランス語に変わる。草臥《くたび》れた中年男は今やすっかり背筋をのばし、魔性の腹話術師と化していた。

「信長はそのことを知っていた。当然だ。石を持つ者は人を魅了しなければならない。ありとあらゆる手段を使ってだ。石を持つ者にはそれができるし、そのために生きている」

アルトーは胸ぐらをつかまれてゆさぶられるような気がした。ヴォルフをよく知っているはずの総見寺さえ、呆気に取られている。

「建築は永遠に残り、廃墟となった後も、人に感銘を与え続けなければならない。私なら蛇石に、闘争の過程で倒れた者達の名を刻み込んだだろう。千年も一万年もそれは伝えられていく。誰よりも信長の意志が必要とされている今、日本人が城跡を発掘しないとは信じられない。いずれにせよ、信長が新しい都市を一から造り上げようとしたことは正しい。まったく正しい行為だ。新しい帝国には新しい首都がいる。羨《うら》ましいほどだ」

ヴォルフの声はだんだん大きくなっていく。フランス語とドイツ語が今や、たがいに鞭打っているように二重に響いていた。

「極東の状況はほぼ把握した。日本も信長もとても奇妙ではあるが、掛け値なく英雄的である。しかし、残念だが私には時間がない。霊石とは一体なんであり、シリアと日本はどのように結ばれるのかね」

アルトーは思わず頭に血が上った。だが、いい機会ではある。この傲慢の塊のような男に促されるのはしゃくだが、そろそろ俯瞰《ふかん》してみてもいい頃だ。

心配そうな顔をしている総見寺に、余裕の笑顔を返した。

面白い芸も見せてもらったし、な。

「年代ははっきりしない。古代シリアに、天から石が落ちた。真夜中、エメサの街を出て神殿のある山に向かっていた男が、空からもの凄い速さで落下する火球を目撃している。このエウセビオスという男が最初の石の使徒となったという。彼は急いで落下地点に駆けつけ、火の消えた大きな球体を手に入れた。彼の言うことには、彼は石に祈り、石に嘆願しなければならないまったくの奉仕者だそうだ。エメサを出たのも石に呼ばれたからだという。ダマスキオスの〈驚異のバイブル〉と称される『イジドロス伝』に記されている。

使徒達の献身にも関わらず、あるいはその献身故に、この霊石は幾つかに分割されて伝えられたようだ。この霊石が、牛頭人身の太陽神といつ結びついたのかは、明らかではない。おそらくそれが分割される前だろう。シリアにとどまり後に東方に流れて行く比較的古いタイプの霊石信仰には、このバール的な神の像がつきまとっている。逆にバエトゥルスをはじめ、シリアから西や南に運ばれた霊石は、神の姿を剥奪されてしまった。使徒達は絶え、神秘的な力を持った石の伝説だけが伝えられていく。シリアから三方向に分かれた霊石は、バエトゥルスや賢者の石の伝説でもわかるように、危険きわまりない力を持っている。その力を剝き出しのまま全身でつかみ取ろうとするとヘリオガバルスのようになるのだ。信長はよく持ち堪えたといえる」

「だからこそ、西方ではキリスト教が、東方では仏教がその危険な力を封じ込めようとしたとおっしゃってましたよね」

総見寺の言葉にヴォルフも同意していた。キリスト教に好意を持っていないのは同じらしい。この男が何かに好意を持つことがあるとも思えないが。

「手紙には書かなかったが、霊石を封じるのに最も成功したのは、南方に向かった一派に対応したイスラームだよ。聖地メッカのカーバ神殿には、聖なる黒石が祭られている。偶像崇拝をあれほど嫌った彼らでさえ捨て去ることのできなかったこの石は、イスラーム開教以前の古い信仰の名残りだ。天から降って来たという。ともあれ、彼らは新しい信仰の中心に堂々とこの霊石を取り込むことでその力を制御することができた。メッカが、シリアとイエメンを結ぶ東西貿易の中継地点として栄えていた事実、商人であったムハンマドが、隊商とともにしばしばシリアに出かけていた事実は、偶然とは思えない」

「石を手にした者は世界を制する。石は君臨するものの象徴なのだ」

ヴォルフとシュペーアが熱い吐息を漏らさんばかりに語った。

「殊に、天から来た石はね。人類が最初に手にした鉄は、隕石から採取したものだという。地上の鉱石を精錬する能力もなかった頃、十分に鍛え上げられた純粋な隕鉄から最初の武器が生まれた。石はしばしば剣に姿を変え、人々の手から手へ伝承されていった。石の使徒達は不思議な金属信仰とともにさすらったのだ」

「ユーラシア全土に広がる錬金術の伝承ですね」

「そうだ。シリアから東西二方向にのびた霊石の信仰は、溶岩がすべてを焼きつくすように様々な神々を呑み込みながら進んで行く。きみと話せて本当によかったのは、東方でのバール信仰が、燃え上がる危険性を孕んだまま展開したことを確認できた点だ。ブッダはイエスと違って柔軟に対処することで、その力を残したまま無害化できたかもしれないと思っていたのだが……。牛頭天王がブッダを殺すあの詩は衝撃的だった。霊石は聖者をも倒す。あの詩で初めてわかった。西方でも同じことが起きた。イエスは霊石が殺したのだと」

「ロンギヌスの槍か！」

ヴォルフが叫んだ。誰にもこの話題はゆずらないという決意に満ちた叫びだった。

「私はホーフブルク宮殿で見た。あれに出会うために、私のウィーン遍歴時代はあったのかもしれない」

目を閉じて回想に耽っているようだった。

「展示ケースの向こうにあるその槍は、伝来の過程で柄を失い、ありふれた、実にありふれた鉄の穂先だけが銀の鞘を着けて置かれていた。その中央部には釘状の鉄片が埋め込まれており、伝説によるとキリストを十字架に打ち付けた釘であるということだった。基部に彫りつけてあるささやかな金の十字模様だけが、見どころといった平凡なこの槍は、しかし単なる骨董品ではなかった。私はガラス越しにもわかる熱と偉大な力をはっきりと感じた。その日、私はにわか雨に追われるようにこの博物館となった王宮に駆け込んだのだが、槍の力は、濡れた私の躰をすっかり乾かしてくれるほどだった。見学している誰一人として槍に注意を払っている人間はいなかった。信じられないことだが、誰も槍の力を感じることができないようなのだ」

ヴォルフはシュペーアの口を借りて、憑かれたように語り始めた。

あの日が閉じられているのが幸いだ。そうアルトーはしみじみと思った。

ロンギヌスの槍とは、ゴルゴダの丘で十字架上のイエスに止めを刺したといわれている伝説の槍である。『ヨハネ伝』第十九章三十四節〈されど一人の兵士槍にて彼の脇を突けり、されば直に血と水と出で来《きた》れり〉と記されているこの兵士こそ、ローマの百卒長ガイウス・カシウス、すなわちロンギヌスであった。

この槍はキリストの聖遺物の中で唯一の武具であり、そのため最も神聖なものとされていた。この槍が神聖なのは、単にキリストの血と体液を浴びたからというだけではなく、イエスを殺すことによって旧約の預言を成就させたからである。ユダヤの大司祭カヤパ達は、十字架上のイエスを、他の罪人と同じように骨を折り砕いて処刑するようにピラトに迫っていた。救世主の「その骨は砕かれず」というイザヤの預言は、イエスに同情したローマ兵の槍の一突きでまっとうされたのだ。

この槍が単なる聖遺物ではなく、これを所有しその力を使いこなした者は世界を支配できるという伝説をいつから持つようになったかはわからない。しかし、槍の歴代の保持者の華麗なる一覧を見れば、伝説が根も葉もないと言いきることはできないだろう。キリスト教を国教としたコンスタンティヌス、ゴート人を破ったテオドシウスなどローマの皇帝達。ローマに侵攻したアラリクス、フン族を撃退したテオドリックなど西ゴートの王達。ユスティニアヌス一世、ポアチエの戦いでイスラーム軍を退けたカール・マルテル、カール大帝、オットー大帝、フリードリッヒ・バルバロッサ、そしてフリードリッヒ二世……。いずれ劣らぬ征服者、勝利者の手を経てヨーロッパ最大の名家ハプスブルクのコレクションに加えられるまで、この聖槍はこの世の権力の中枢にあり続けた。

「私には確信が持てなかった。槍にはなるほど力はある。だが、いかに神の子と称されたとはいえ、たかだか一ユダヤ人が流した血や体液が、どうして世界を支配するほどの力を保証するだろうか。信仰の盲目とは私は無縁だ。科学的説明を求めるほど大衆的でもない。私が欲しいのは、確たる隠秘学的なる説明だ。歴史の裏側で、達人《アデプト》達の手から手へ密かに受け継がれて来た光の子たる者の叡智による導きだ」

ヴォルフは目を開けた。

青黒い狂気の沼が沸騰していた。狂おしい目つきで、アルトーを見、総見寺を見た。丸呑みする卵を品定めしている爬虫類に似た視線だった。

「しかし、今や確信が得られた。ロンギヌスの槍はバールの霊石そのものなのだ。天から落ちて来た石を精錬し、穂先へと打ち鍛えさせた武具。

この槍には二つの候補がある。ガイウスが常に携帯していた物というのが定説だが、私は今日、もう一つの説を選択することに決めた。ガイウスは、ユダヤの神殿兵達が携えてきたヘロデ・アンティパス王の象徴である槍を奪って、イエスを刺したのだ。

この槍はユダヤの神聖な宝器であり、謎の預言者ピニアスが秘術をつくして造り上げたという。かのヨシュアがエリコを陥落させた時にも、この槍は携えられていたそうだ。ヘロデは殊更この槍をふりかざすことを好んだ。それは、彼が実はイドゥメア人であったからかもしれない。彼にとってはこの槍こそが、唯一のユダヤの正統の証《あかし》だったのだろう。ヘロデがベツレヘムの赤ん坊達を虐殺した時も、この槍を掲げて命じたのだ。とすれば、あの洗礼者ヨハネの処刑にもこの槍は関わっていたのではないか。斬首は、刺殺の後に行われたのではないのか。ロンギヌスの槍は、次から次へとユダヤ社会に出現しては王位を脅かす預言者や救世主達を打ち倒すものとして、ヘロデが採用した武器であった。霊石は、ヨハネとイエスの血を吸ったのだよ。イエスを殺すことによってこの槍が聖なるものになったのではない。元々聖なる槍であったからこそ、イエスを殺戮することができたのだ。

日本人が守り伝えている聖なる剣も同じようにして造られたものだろう。我々には日本人のように霊石そのものも、石の使徒も伝えられてはいないが、幸いにして、この必要にして十分な聖槍がある。この槍をすべての上に君臨する石として掲げよ。我々は結社《オルデン》を創らねばならない。我々こそが新たなる石の使徒とならねばならない。文字通りそれは、この二千年にわたる系譜の、最後の部隊となるだろう！」

ヴォルフは今や立ち上がらんばかりに叫んでいた。シュペーアは完全に白眼を剝いている。呆然と聞いていたアルトーは、部屋中の男達が全員こちらを注視していることに気づいた。だが、彼らの顔には好奇の表情も非難や怒りの表情も浮かんでいなかった。ただ、陶酔だけがそこにあった。讃美と畏敬の視線だけが、ヴォルフに捧げられている。

「異常だ！」

アルトーはテーブルを叩いて負けじと怒鳴った。

「霊石好きも度がすぎるぞ！　これでは、あのちょび髭の演説屋と変わらない」

総見寺は硬い表情で二人を見つめている。ヴォルフは憑き物が落ちたようにアルトーの怒声を静かに聞いていた。我に返ったシュペーアが、脂汗を拭いながら訳し始める。

ヴォルフはにやりと笑った。黒ずくめの男達も一斉ににやりと笑った。

「あの髭はとても役に立つ。誰もがあの髭だけを見るからだ」ポケットをまさぐって黒い小片を取り出した。「お蔭で、気づかれず行動できる。こんな風に」

ヴォルフは小さな髭を鼻の下に着けた。

地獄の道化師、アドルフ・ヒトラーがそこにいた。

男達が全員立ち上がり、右腕を上げて敬礼する。

「ジーク・ハイル！」

「ジーク・ハイル！」

「ジーク・ハイル！」

バリのケチャ舞踏にも似た半円形の敬礼の輪の中心で、ヒトラーはおもむろに立ち上がり、左手首を軽く動かして、親衛隊の絶叫を制した。

「大変有意義な時間をすごさせてもらった。招待してくれたドクトル総見寺には、心から感謝したい」

アルトーははっとして総見寺を見た。総見寺は思いつめたようにうつむいたまま弱々しい声を出した。

「決して黙っているつもりは……」

アルトーは目を閉じ、深く息を吸い込んだ。

「ドクトルを責めないでくれ給え、ムッシュ・アルトー。突然で驚かせてしまったようだが、御存じの通り私は現在、大変に微妙な立場に……」

「この糞野郎！」

アルトーは一声吠え、喋り続けるヒトラーに、テーブル越しに跳びかかった。

ロマニッシェス・カフェは爆弾でも落ちたような騒ぎになった。アルトーは手当り次第噛みつき、殴り、蹴り飛ばした。跳びついた瞬間に、視界は黒い男達の群で塞がれた。どの男を殴っているか考えている暇はない。無数の手と無数の足が、アルトーを攻撃していた。ヒトラーは今頃ほうほうの体で逃げ出したはずだ。

たちまち親衛隊に引き剝がされたが、確実に二、三発はぶん殴ってやった。拳に残るヒトラーのたるんだ腹の感触に満足しながら、アルトーは袋叩きにされていた。全身が燃えるように熱い。もう痛みはなかった。このまま死ぬのかもしれないとぼんやり思った。

それならそれでいい。撮影はもう終わっている。

誰かが大声を出しながら、近づいて来た。アルトーに覆い被さっていた親衛隊の何人かが宙に飛んだ。腕が力強く引っ張られる。

総見寺？　あの華奢な腕でどうしてこんな強い力が出るのだろう。

朦朧としながら、アルトーは引きずられるままカフェから出て行った。アルトーの腫れ上がった目に、褐色の男達が、整然とカフェを取り巻いているのが見えた。

「国境までだ」

アルトーを車に押し入れ、続いて後部座席に乗り込んだ誰かはそう命じた。

「大丈夫か、ナナキ。無茶も大概にしろよ」

オットー・シュトラッサーの無精髭だらけの顔が、目の前で笑っていた。

19　本能寺

この一五八二年三月八日の夜の十時に、東方から空が非常に明るくなり、信長の最高の塔の上方では恐ろしいばかり赤く染まり、朝方までそれが続いた。この明るさも赤さもはなはだ低そうに見えたので、同所から二十レーグア離れたところでは見られなかったであろう。

五月十四日、月曜日の夜の九時に一つの彗星が空に現われたが、はなはだ長い尾を曳き、数日にわたって運行したので、人々に深刻な恐怖心を惹起《じやつき》せしめた。その数日後の正午に、我らの修道院《カーザ》の七、八名の者は、彗星とも花火とも思えるような物体が、空から安土に落下するのを見、この新しい出来事に驚愕した。

フロイス『日本史』

天主は摠見寺の塔とともに血の色に染まっていた。蘭丸に先導された光秀は、どこか懐かしい光の中を、真直ぐに続く石段を上る。

このような夜更けにこの明るさとは……。

しかし、似ている。

光秀は今も肌身離さず身につけている守石のことを思った。明智家の家督を継ぐ者は、代々「光」の一字とともに、一つの石を授けられる。

頼光の守石。

それはこの空のように真紅の小石だった。闇の中でも自ら緋色の光を放つ不思議なこの石は、家祖・源頼光が大江山の酒呑童子を退治た時、その体内から現われ出たものだという。鬼の躰より抉り取られたこの石は、頼光の血を持つ者がその身で鎮めねばならなかった。頼光もまた、四天王を従えた鬼の末裔《すえ》であり、鬼の血と肉だけがこの石を持ち伝えることができるのだ。肌身より離さねば無比の守りとなり、離せば恐るべき祟りにより惨たらしい死をもたらすと教えられてきた。

光秀は天を見つめ、思わず石を入れた胸の香袋を押さえた。天正七年の夏に、丹波国禁裏領山国荘を回復した礼として、正親町天皇から直々に下賜《かし》された品だ。

「奇妙な空模様にござりまするな」

蘭丸はつられて空を見上げながら足を速めた。若者の足の速さに光秀は楽々と合わせている。赤く焼けた天空の光に照らされる二人の顔は、数十年の年齢の差をまったく感じさせなかった。小姓達が信長の許に急いでいる。そうとしか見えなかったろう。

明智の家中でさえ光秀の不老ぶりを不審がる者は絶えないという。かえってそれが貴種を思わせ、家中の結束を高めているのは織田家と同じだ。

　そのもう一人の不老者が天主で待っている。

「信長様は第六天におられまする。どうかお一人でお上りを。この場にてお待ち申し上げるよう、御沙汰を受けております」

　蘭丸は天主入口登楼御門の黒金扉前に、ぴたりと控えた。

「お手数をかけます」

　優しい声で答え、光秀は足を踏み入れた。

　天主は光に満ちていた。無数の燭台と吊灯籠が、磨き抜かれた漆塗りの壁や柱に反射して吹き抜けを照らしているのだが、この光はそんな弱々しいものではない。それは宝塔から発していた。地階中央に位置する塔の尖端から、吹き抜けを光の柱が貫いていた。

　空気が音を立てて震えている。光秀は宝塔が高速で振動しているのに気づいた。不快なものではない。眠りを誘うような夏の午後に響く蜜蜂の甘い羽音。

　守石が同調している。綾絹《あやぎぬ》の小袋の中で、もう一つの心臓のように鼓動を始めていた。いつものことだ。

　誰もいなかった。天主には何度か登楼したことがある。案内を乞う必要はない。吹き抜けの光の柱を横目で見ながら、光秀は涼しい顔で階段を上っていく。微塵の動揺もなかった。二階の能舞台や三階の橋懸かりが光に貫かれている様は、息を呑むほど美しかった。しかし、今は見とれている暇はない。信長を待たせるわけにはいかなかった。

武田討ちのことであろうか。

光秀はちらと考える。満を持した武田への総攻撃が始まろうとしていた。光秀はこの軍には加わっていない。丹波攻略の後、彼の指揮する一万三千は信長の親衛隊として、常にその膝下に遊軍のまま留め置かれている。緊急の参加要請か、それとも隠密の作戦指令か、いかなる下知にも対応できる自信が光秀にはあった。

四階の小屋の段を通りすぎ、五階の八角の段に入る。

釈尊十大弟子図をはじめとして仏教的な意匠で統一されているこの夢殿のような正八角形の部屋が、光秀は一番好きだった。金箔で仕上げられた内陣が、窓から差し込む赤光に怪しく照り映える。天井に舞い飛ぶ天女の絵さながらに、ふわりと躰が宙を飛ぶ心持ちがした。いよいよ最上階である。光秀は息を整えると、最上階に位置する三間四方の信長謁見の間に入った。

第六天は、紅の光の中に浮かんでいた。

木戸はすべて開け放たれ、欄干越しに、手をのばせば届きそうに思える真紅の空が四方に広がっている。曇り一つなく拭き上げられた黒漆の床は、鏡のように赤く染まった空を映していた。黄金の障壁は、鈍くこの世のものとも思われない色に染まっている。

この間には、光秀が忘れられない画がある。南壁の神農の図だ。

並んでいる女媧や伏羲が眷属としか思えないほど、壁一面に描かれた神農は巨大だった。異様な長い角を持ち、額に目を持つ三眼の姿をしている。真紅の日輪を背負い、矛かと思えるような長剣を持ち、黄帝を足下に踏まえている。あたりを飛びまわる、翼を持った八人の唐子《からこ》も無気味だ。その頬は瘦け、金泥をはいた眼光は炯々《けいけい》として、黒い髭をたくわえていた。殊に変わっているのはその服装だ。どう見てもそれは、伴天連の着ている漆黒の法衣のようにしか見えなかった。

初めてこの神農図を見た時、光秀は思わず普請奉行の丹羽長秀に誰が描いたのか尋ねてしまった。信長直々の指図で、狩野永徳が腕をふるったとのことであった。長秀はもちろん、誰もこの画には関心を持たないので、光秀はかえって拍子抜けしたほどだ。

唯一の例外は、ヴァリニャーノら巡察師の一行だった。司祭達は雷に打たれたように画の前に立ちすくんだ。いきなり天井を仰いだ者、目を閉じて後ろを向いてしまう者。

「バフォメット！」

光秀には聞き慣れない名が小さく叫ばれた途端、シッという激しい呼吸音や呪文をもぐもぐとつぶやく声が続いた。伴天連達の顔色がすっかり変わり、画像の法衣とそっくりの大きな袖の中で頻《しき》りに十文字を切る手つきをしているのを、光秀は見逃さなかった。

通訳係のロレンソが急いで何事かを話しかけ、ようやく彼らは静まった。

ロレンソは醜く善良な顔に恐縮の表情を見せ、素晴らしい画に感動のあまり不作法なふるまいをしてしまったことをお許し願いたいとつぶやいて、頭を下げ続けた。

幸い信長が彼らの前に姿を現わしたのは、一行が壁画から離れた後で、光秀は素知らぬ顔でその画を巧みに避けて彼らの案内を続けた。別れる時、ロレンソがあらためて深々と頭を下げていたのが思い出される。

異教の偶像には軽蔑を隠そうとしない伴天連達が、神農図に嫌悪を覚えても不思議はない。しかし、あの時、彼らはまぎれもなく怯えていた。その驚きと恐怖の感情は、異国人の光秀も気づくほど強烈なものだった。まるでまったく警戒していないところで宿敵に出くわしたような。巡察師の一行が安土を発《た》ちたいと急に申し入れてきたのはその直後だ。その唐突さに驚いた記憶とともに、以来、光秀はこの画を忘れることができない。

信長はまだ座に着いていなかった。

神農図を背に、用意された円座の上に光秀は腰を下ろす。目の前には、天目台と小さな合子《ごうす》が置かれていた。光秀はその合子の螺鈿と蒔絵に目を奪われた。特にその蓋の意匠に。

IHS. Iesus Hominum Salvator. 人類の救主イエズス。

青貝の南蛮文字。H の上には金の花のようにのびた十字架が、下には三本の銀の大釘が象眼されている。イエズス会の紋章である。

これは、伴天連の？

続いて光秀の目は、天目台に置かれている茶碗の金の覆輪と白い肌に吸いつけられた。紹鷗白青磁天目。しかも、秘色白玉碗。銘「白牛」。

武野紹鷗伝来と伝えられる白天目茶碗は幾つかあるが、この一碗は、幻の大名物といわれている。代々宮中に伝えられる碗で、紹鷗が一度使用した後、なぜかその存在を封じ「大秘事」とのみ箱書きして返したという。何事にも禁忌の伝来はあるものだ。奏せば死ぬ曲、決して舞われたことのない能、解いてはならぬ巻物。この茶碗もその類であったのだろうか。

茶碗にはすでに血のように赤い液体がそそがれていた。

珍陀《チンタ》の酒か。

光秀はこの奇妙な取り合わせの真意をつかみかねた。

もしや、信長様は吉利支丹に入信なさるおつもりか。

その時、光秀の鼻腔を今まで嗅いだことのない芳香がくすぐった。誰かが香を薫じている。

伽羅、白檀、麝香……？

ああ、身があくがれて浮く心持ちがする。

軽い足音が聞こえた。光秀はさっと平伏する。名を呼ばれて顔を上げると、そこに信長がいた。光秀の頭から、伴天連の合子も白天目も珍陀の酒も、消える。

紅の光を全身に浴びて、信長は立っていた。

髪を下ろしている。童女のように禿《かむろ》の姿だった。一枚の薄衣《うすぎぬ》を羽織っている。焼けた空の色に染まっているだけではなかった。半透明のその布地は、自らも淡く発光しているようだった。蛍が這うように、小さな蒼い光の点が、布地の上を幾つも動いて行くかに見えた。どこにも縫い目がなく材質もわからないその布は、ゆるく信長の華奢な躰を覆っているだけだ。染み一つない素脚がのぞいている。赤光を受けて、珊瑚の柱のようだ。

光秀は息をすることも忘れている。

信長が音もなく光秀の前に腰を下ろした。

「今宵は我ら二人。遠くてはいかぬ」

信長は合子の螺鈿細工の蓋を外した。

「聖餅器《せいべい》という」

中には、白い円盤状の薄い皮のようなものが入っていた。

「南蛮の菓子、でござりまするか」

信長は微笑んだ。

この笑顔を間近で見るのは久しぶりだ。

主従ともに戦に明け暮れる日々。殊に五大方面軍の長ともなれば、信長に会うことすら稀だ。柴田勝家は北陸で上杉と、滝川一益は関東で北条と、羽柴秀吉は中国で毛利と、たった今も鎬を削っている。丹羽長秀も四国侵攻のため堺で水軍の手配に奔走していた。常に近畿にある光秀は、彼らとは較べものにならないくらい恵まれてはいたが、信長と相談せねばならない事態はかえって少なくなっていた。

すでに謙信なき今、光秀が直接外交の前面に乗り出さなくとも有能な事務方の手で足りる。活発だった朝廷への工作も、ここ一年はほとんど動きがなかった。信長はくだくだしい宮中の一切に、興味を失っているかに見えた。謙信が死に、十年以上も抵抗し続けた本願寺が勅命講和を受け入れ石山の地を去った以上、難敵との間を調停する切札としての天皇はもはや重要ではない。いきおいかつてのように信長と膝を交え数ヵ国に及ぶ大軍略を練り上げる機会はなくなり、光秀はひたすら現場の雑事に忙殺されていた。

信長は白く円い皮状のものを手に取ると、二つに裂いた。

「取って食べよ。これは私の躰である」

光秀は驚きのあまり返す言葉もなく受け取った。促されるまま、羽のように軽いそれを口に入れる。なんの味もなく、たちまち舌先で溶けてしまった。

信長は白玉天目碗を手に取り、軽く目の前に捧げた。

「この碗から飲め。これは私の血である」

茶碗を受け取る光秀の腕は、震えていた。

信長様は御乱心なされたのでは？

ひんやりとした磁質の感触に、光秀はぞっとする。

このように哀れで美しい狂人があろうか。たわぶれごとなら逆らうまい。どこまでも仰せに従い、いざとなればこの場で腹を切って、お諫《いさ》めいたすまでのこと。

光秀は心を決めて、ぐうと珍陀の酒を飲みほした。火を呑んだように全身が火照る。

光秀の喉が動くのを一心に見つめていた信長は、飲み終えた光秀に真実嬉しそうな顔を見せた。

「今宵、おまえは私に躓《つまず》く。やがて私は討たれ、私の軍は散らされるだろう」

光秀は思わず信長の手を取った。

「お気を確かになされませ。何者が信長様を討ちましょうや。この光秀が身命を賭《と》してお守りいたしまする」

信長は縋るような目で光秀の瞳を覗き込んだ。

「おまえだ」

信長の囁きは光秀の理解を超えていた。わっと叫びそうになるほど混乱している。

「私の肉を食べ、私の血を飲んだ者は、おまえしかおらぬ。おまえは、私が欲しくはないか」

頭が燃えるように熱いのは、異国の酒精のせいでも、貴く不可思議なこの香りのせいいでも、ますます濃くなってきた血のような光のせいでもない。光秀はあの夜以来初めて、信長の息づかいに酔った。紗《しゃ》の衣は蝶の羽のように開かれ、光秀を包み込んでいた。彼の腕の中には、いつの間にか信長の裸身があった。蒼い光点が、弾けそうな光秀の鼓動そのままに、薄衣の表面を乱れ走った。

「私は星とともに来た。星とともに帰るのだ。おまえは私を討たねばならぬ」

光秀は信長の腕から逃れようともがいた。

「なぜそのようなことを！」

「かつて天から来て天に帰った男のように、人の子は贄《にえ》となり屠られることで、神になる」

「南蛮の邪宗門でござるか。おかぶれになるのも度がすぎましょうぞ」

信長は唇を嚙んだまま、悲し気に首をふった。

「伴天連の教えよりもはるかな昔からさすらっておるものの、悟ったことだ」

「天下布武はなんとなされます」

「我が王国は猿にやる」

「秀吉に！」

光秀は思わず叫んだ。

「あ奴なら、王国のすべてを笑い飛ばしてくれるだろう」

信長が光秀から身を離し、見つめた。ひどく冷たい顔つきをしている。

「私より、私の王国が欲しいか。星とともにあるよりも、長らえてこの地上に散った天の欠片を集め続けるか」

光秀は気が狂いそうになった。あの夜もそうだ。生駒屋敷で、初めて信長の乳房を見た時も。思えばあの時以来、自分は狂ってしまったのではないか。今もまだあの篝火の下で踊り続けているのではないか。

そうだ、もう信長様と私しかおらぬ。

篝火に照らされ一つとなって陶酔した者達はみな、死んだ。あの夜からすべては、下天の内に繰り広げられる夢幻劇にすぎなかったのだ。

「私は……私には……」

ねばりつく濃厚な香りの波を渡るように、鈴の音が聞こえてきた。

階段から三人の少女が上って来る。

お茶々様、お初様、お江様！

光秀は目を見張った。お市の方の三人の娘達は、一列に並んで進んで来る。

先頭の茶々は、両手に黒ずんだ銀の矛を抱えていた。

二番目の初は、紫紺の房を垂らした大瑪瑙の印章を持っていた。

最後の江が、幼い手で黄金の鈴を鳴らしていた。

三人は、信長と光秀を囲んだ三角形を作って、黒漆の床にぺたんと座った。小さな瞳は夜空を焼く紅の光を映して輝いていた。

「もう一つ」

信長の赤く染まった白蛇のような腕が、しなやかに光秀の懐に滑り込んだ。

「あ」

信長の指は緋に輝く守石をつまんでいた。ぬるくあたりを満たす紅の光の中で、光秀の守袋から取り出された石は、ひときわ赤く脈動し、輝く。光秀は生きながら心の臓を抜かれたように思った。全身が恍惚として震えている。

「みな天から落ちたもの達だ。神器と尊ばれ、千年の長きにわたって崇められたもの達だ。しかし、天に帰る術《すべ》は知らぬ。私を、このようにしたいのか」

これほど弱々しい信長を見るのは初めてだった。腕の中で信長は今にも淡々《あわあわ》と崩れ落ちてしまいそうであった。

「どうか、お許しを……」

「ならば、この身は別の者にくれてやろう」

「それは！」

信長を奪われるのは耐えられない。誰かが信長を討つのを、見ていることも。

信長の手が光秀の顔にのびた。裸の乳房が柔らかく押しつけられる。信長の額から輝石が露出するのを、光秀は目眩のうちに見た。守石が黒漆の床に落ち、跳ねる。激しい真紅の脈動は、信長の輝石の煌めきと完全に同調していた。

「私が欲しいなら、私に口づけを！」

光秀は信長の唇の感触に溺れながら、自分のすべてが緋に輝く血の光の中に溶け落ちていくのを感じていた。

「おまえのなすべきことをなせ」

信長の唄うような声だけが、真紅の塔の中に響いた。


赤い髪を禿の形におろした童子は、寝所からゆらりと起き上がった。

怜悧な顔が炎に浮かぶ。形よい唇が噛み締められている。頼光の蜘蛛斬り丸の一撃を、痺れる躰でどう躱したのか。傷ついた左肩をかばいながら剣を構え、坂田金時や渡辺綱を、それ以上一足も踏み込ませなかった。

大江山の闇に沈む黒金の御所は、その時、鬼達の叫喚にゆれ血飛沫で濡れた。山伏の装束をかなぐり捨てた頼光と四天王達に斬り捨てられ、次々に鬼の本性を現わしては悶え死んでいく眷属達の中で、酒呑童子だけは、頼光一行を歓待した時の美童の姿を失わなかった。土産の酒に仕込んだ痺れ薬は、確実に効いているはずだ。しかし、童子の瑠璃色に燃える瞳に射すくめられ、頼光の方が毒をあおったように動くことができなかった。

「情けなしとよ客僧達、いつわりなきと聞きつるに、鬼神に横道《おうどう》なきものを！」

歯がみしながら、酒呑童子は叫んだ。

その叫びに鞭打たれるように、蜘蛛斬り丸とともに頼光は童子の胸に飛び込んだ。

遠い遠い昔、同族を討つことを条件に降ることを許された鬼の末裔に流れる血が、頼光の肉の奥でざわめいた。童子との宴《うたげ》の一夜、一時はこのまま本当に童子の軍に寝返ろうかとさえも思った。しかし、もはやすべては遅い。

今となっては、童子は童子だけは、この手で討たねばならないのだ。

かつて土蜘蛛を屠った刃は酒呑童子の胸を貫き、童子の涙が頼光の頬にかかった。頼光に抱きとめられるようにくずおれていく童子の口から、蒼い血の塊とともに緋に輝く貴石が零れ落ちたのは、この時だった。

古伝では、頼光は大威徳明王の、そして、酒呑童子は第六天魔王の化身とされている。

今夜も、光秀は真紅の結晶の中に封じ込められていた。

「鬼神に横道なきものを！」

反響する金属質の声。耳を塞いでも、大声で叫んでみても、聞こえてくる。

囁いている、つぶやいている、啜り泣いている凝血色の唇。

第六天での一夜から、守石は信長の唇となった。

目の前に迫ってくる、あの……。

「口づけいたしたか……」

闇の中、光秀のつぶやきにうなずいたロレンソは、見えないことに気づいて苦笑した。

天正十年五月二十七日夜、京の西北に聳える愛宕山の宿坊の一室に、明智光秀とロレンソはいる。急遽命じられた山陰攻めの出陣準備の合間を縫うようにして、光秀は愛宕権現に戦勝祈願の名目で参籠《さんろう》していた。京の南蛮寺に所用で出向いていたロレンソが、この異教徒の聖山に呼び出されたのは、昨日のことである。あの壁画の一件以来、光秀に恩義を感じていたロレンソは、言いつけ通り極秘にたった一人でやって来た。

丁重なもてなしの後、招かれた奥座敷には、灯が入っていなかった。

闇の中から聞き覚えのある光秀の声がした。声は急な呼び出しを詫び、訪問への礼を一通りのべた後、事情があって灯火はつけられないこと、ここでの話は一切他言しないと約束してほしいことを告げた。ロレンソは、吉利支丹には懺悔聴聞の仕来りがあり、イエズスに誓ってその約束は守ると答えた。ロレンソ自身が底知れない愁いに引き込まれて行きそうな深い溜息の後、光秀の声はこう切り出した。

「イスカリオテのユダのことを聞かせてくれぬか」

ロレンソは驚いたが、容易いことだった。この究極の裏切者は福音書でも持て余されているようで、簡単な記述しかなかったからだ。

イエズスの十二人の弟子の一人であったこと、弟子達の財布を預かり外部との交渉役だったようであること、それだけに利に聡《さと》く顔もきき、銀三十枚に目が眩んでイエズスを売ったこと、最後の晩餐の席でイエズスにその裏切りを予知されたこと、イエズスに口づけして敵に主が誰であるかを教えたこと……。

その時、暗闇でもわかるほどの動揺が伝わってきた。光秀は息を呑んだようであった。消え入るようなつぶやきがそれに続く。

長い間、闇をただ沈黙が支配していた。

「それからユダはどうなった？」

やっとの思いで声を出しているようだった。

「イエズス様が十字架にかけられたと聞き、さすがに後悔いたいたのでしょうず。どこやらの木に縄をかけ、自ら縊《くび》れ死んだとのことでござあります」

「やはりな……とても生きてはおられまい」

いつものロレンソなら、光秀殿、御教えに脈ありと見て一気に福音をまくしたてるところだが、その彼が悄然とするほど哀しみに満ちた声だった。今にも泣き出さんばかりだ。

「……さぞや、無念であったろう……」

光秀の声に、ロレンソの方が愕然とした。ユダの気持ちなど考えたこともない。

再び沈黙が訪れた。

「〈ラオデキアに告ぐ〉という句は、ユダと関わりがあろうか」

　ぽつんと漏らされた問いに、ロレンソはさらに当惑する。必死に記憶をまさぐった。

「それは……案ずるに黙示録の一節でござありまいて、ユダの世とははるかな後の代の出来事でござあります る」

「どういう意味じゃ」

「それだけではなんとも。ラオデキアとは、古《いにしえ》の南蛮の地名でござありまいて、そこの南蛮寺のパードレ様達に、極楽《ハライソ》のイエズス様がお小言を申されたそうで、その文《ふみ》の口上のお言葉が確かそのような……」

「どのような小言か」

　光秀の声に熱が籠った。

「誠に申しわけなきことでござりまするが、この黙示録は秘伝でござありまいて、口外は禁止されておりまいて、その」

「曲げて、さわりだけでも御教示いただきたい」

　口調は丁寧だが、ロレンソは殺気を感じた。だが、パードレへの誓いは絶対だ。

「しかし……」

「実は、信長様からの文《ふみ》にこの一句があった。わからぬではすまされぬ」

「信長様の！」

ロレンソは跳び上がらんばかりだった。となれば自分と無縁ではない。光秀の懊悩《おうのう》は自分に責めがあるやもしれないのだ。

イエズス様、お許しを願い奉ります。

「わかりまいた。眼目は〈我は汝の業を知る、即ち汝は冷やかにもあらず、また熱きにもあらず、我は汝の冷やかならんか、或は熱からんかを願ふ〉とありまするように、煮え切らぬを責めたるお言葉にて、生温《なまぬる》いままならば〈われ将《まさ》に汝を我が口より吐き出さんとす〉と申されまいた。そもそも……」

「よい。もうわかった」

沈鬱な声がさえぎる。ロレンソはほっと息をついた。この程度なら大過ない。

「生温いと仰せか」呆然とした口調だった。独り言のようなつぶやきが続く。「ラオデキアばかりなぜお責めになるのか」

「ラオデキアだけではございませぬ。イエズス様のお小言は、エペソ、スミルナ、ペルガモ、テアテラ、サルデス、ヒラデルヒヤの合わせて七つの南蛮寺にそれぞれ出されたものでございまいて、みなそれぞれに罪科《つみとが》が」

「待て、文《ふみ》はそれぞれに出されたと？」

「申すまでもなく」

「そういうことであったか。ならば……是非に及ばず」

闇の中、光秀は立ち上がった。

信長様はやはり本気だ。無理にでもあの天主でのことは、夢幻にしたかったが……。黙示録とやらの故事にならったのなら、織田の方面軍の長すべてに書状が送られたかもしれぬ。数日後には、彼らの許に届くはずだ。いや、現に出されているかどうかはわからない。しかし、もし光秀頼むに足らずと書状が出されていれば、四人の軍団長が全国から数万の軍勢を率いて、我先に本能寺を目指すことになるだろう。

信長様を他の者の手には絶対にかけさせぬ。私こそユダだ。

光秀の頭の中には、もう信長のことしかなかった。

信長からの文《ふみ》には、「ラオデキアに告ぐ」に続けて一言、「敵は本能寺にあり」とだけ記されていた。


天正十年、キリスト暦一五八二年、六月二日未明。老ノ坂から反転した明智光秀軍一万三千は、わずか数十人の供廻りだけを連れて本能寺に宿泊中の信長を急襲した。

我らが知っていることは、その声だけでなく、その名だけで万人を戦慄せしめていた人間が、毛髪と言わず骨と言わず灰燼《かいじん》に化さざるものは一つもなくなり、彼のものとしては地上に何ら残存しなかったことである。

フロイス『日本史』

信長の遺体は完璧に消えた。ちょうど太陽の裏側で反転し、太陽系を離脱する軌道に乗って暗黒の外宇宙に帰って行く彗星にさらわれたように。

本能寺から消えたのは、信長だけではなかった。

九十九茄子、珠光小茄子、円座肩衝、紹鷗白天目、松本茶碗、藍香合、火屋香炉、切桶水指、趙昌・古木・小玉澗・牧谿の古画、宮王釜、相良高麗火筋、珠徳浅茅茶杓、筒瓶青磁花入など三十八種の名物茶道具。

四つの別伝神器。そして摠見寺から持ち出した盆山石。

信長は自分の長年蒐集した名物神器秘宝のすべてを本能寺に携帯し、六月一日、大臣、門跡、大納言、中納言、参議はじめ殿上人から地下人まで招いて大茶会を開き、ことごとくこれらを展示披露させた。最後の晩餐そのままに。

二日の京は一昨日に雨が上がったばかりで、本能寺の社殿も十分に水気を含んでいたはずである。わずか数時間で、一人の人間を骨も残さず焼きつくしてしまうほどの火勢が、どうして得られたのか。摠見寺建立以来の信長の自己神格化に危機感を覚えたイエズス会が光秀の謀反に協力しており、南蛮渡来の高性能爆薬を本能寺に仕込んでおいたとさえ疑う者がいる。京の南蛮寺は、本能寺とわずか一街を隔てたところにあった。

事実、変後、新しい日本の支配者になるはずの光秀に、一刻も早く接触する必要があるという意見は、イエズス会内に確かに存在した。彼らが、たちまち光秀の門前に列をなした公卿や僧侶や神官の群に加わらなかったのは、信長贔屓《びいき》であったフロイスの怒りと、ロレンソの猛反対によるものであった。

特に、光秀が朝廷をはじめあちこちに銀子を配っていると聞いたロレンソは、ユダの名を連発して光秀の速やかな破滅を予言したという。

六月四日、明智光秀は主人のいない安土城に入った。

八日に坂本城に戻るまで、五日間も安土に留まっている。一刻も早く都における権力基盤を確立する必要があった光秀にとって、京を離れたこの日々は、致命的な時間の無駄となった。本能寺の変後、不可解さの目立つ彼の行動の中でも、この安土滞在は最大の謎とされている。

七日には、唯一神道の大家で神祇大副の地位にあった吉田兼見が安土を訪問している。個人的にも親しかった兼見と一夜語り明かすと、光秀はようやく居城である坂本城に帰還した。神・儒・仏はもちろん、吉利支丹の教えにも通じていたという兼見と話し合わねば、光秀はどうしても得心がいかなかったのである。

光秀は知りたかったのだ。信長のすべてを。

安土城と摠見寺を隅々まで探るために、時間が必要だった。五日間、光秀は憑かれたように二つの塔の間を彷徨い続けた。そして、待っていたのだ。怒りに燃えた王国の後継者・秀吉が、涙と汗を飛ばしながら疾風となって進軍して来るのを。

憤怒の表情を浮かべ中国大返し二万五千の先頭を駆けていた秀吉の手には、「ヒラデルヒヤに告ぐ」と始まる信長直筆の書状が握られていた。「見よ、我は汝の面前に戸を開きて置けり、されば誰もこれを鍵すること能はず」「見よ、我速やかに来らん、汝のもつところを捉へよ、是れ誰も汝の冠を取ることなからんためなり」。休みなく降る雨と切る風に息を詰まらせながら、秀吉の蒼ざめた唇は、信長の書いた一字一句を果てしなくつぶやき続けていた。

六月十五日、光秀はすでに山崎の合戦で秀吉に敗れ、ロレンソの予言通り、小栗栖で土民の竹槍によって落命するという悲惨な最期を遂げていたが、安土城天主は突如炎を発し、原因不明の焼亡を遂げている。

明智秀満率いる安土城守備部隊はすでに坂本城に撤退しており、城下町もあらかた掠奪され終わって、無人に近くなっていた。その日、麓の街の家々までゆさぶるような不思議な鳴動が起き、天主から噴き上がった壮大な火柱とともに、つい一月ほど前に安土に落ちた彗星のような光の玉が、炎の尾を曳いて天に昇って行くのを見た者は、ほとんどいなかっただろう。

イスパニアの商人で本能寺の変から十二年後に日本を訪れたアビラ・ヒロンが集めた信長に関する噂にも、その目撃談は存在しない。ただ、信長と親交のあったイエズス会士セスペデスから聞いたという、一つの興味深い証言が記録されている。

明智軍来襲を知らされた信長は「何でも噂によると、口に指をあてて、余は余自ら死を招いたなと言ったということである」（『日本王国記』）。伝聞の過程で、信長の仕種は女性的な驚きの表現となり、その言葉は後悔と未練を思わせるものに変わった。『信長公記』が伝える「是非に及ばず」という言葉との違いは歴然としている。

しかし、太田牛一が曲筆したわけでもなければ、根も葉もない噂にセスペデスが惑わされたわけでもない。

あの日、燃え盛る炎の中で、ついに「女は苦しからず、急ぎ罷出《まかりいで》よと仰せられ、追出させられ」るまで、どこまでも信長の側を離れずにいた女房達が牛一に証言したのは、「是非に及ばず」と叫んだ後、傍らの馴染みの女房をふり向き、いかにも嬉しそうな笑顔で「この死は私自らが招いたのだ」とつぶやき、秘め事を語った時のように人さし指を立てて唇を押さえた信長の姿であった。その仕種が、まるでこれから禁じられた遊びをしようという童女のようで、今も忘れられないとある女房は泣いた。

牛一がその証言の全部を採らなかったのは、彼女が熱心な吉利支丹で、いよいよ立ち去り際に見た信長の姿は炎よりも明るく輝き、白い帷子は光そのもののようで、その顔は日輪よりも眩しく、ちょうど伴天連の説く「イエズス様山上での御化身」の段そっくりだとまで口走ったからである。牛一に狂信者あつかいされた古女房は憤懣やる方なく、誰彼構わず吉利支丹仲間に話してまわった。すっかり別の証言となってイスパニアに伝えられるなどとは、夢にも思わずに。

その頃には日本は決定的に何かを失ってしまっていた。あの彗星が何もかも持ち去って行ったのかもしれない。

20　二十世紀の神話

「かくして碑文も陵墓もなく、代りにむごたらしい葬儀を以てヘリオガバルスは生涯を畢《お》える。卑怯未練な死にざまではあるが、彼は叛乱開始の状態で死ぬのである。そしてこのような死によって最後を飾られたかくの如き人生には、結論は不要であると思われる」

アルトーは最後のフレーズを叫び終わった。ひとしきりタイプの音が響いて、アナイス・ニンが顔を上げた。

「ついに完成ね。ナナキ！」

「やれやれだ。やっと厄介ばらいができる」

打ち上がったばかりの紙の束を抱え、アナイスがくるくる踊る。その美しい姿がアルトーの疲労を慰めた。彼女がいなかったら書き上げることはできなかった。男勝りなアナイスの少年のような美貌は、唐突に総見寺が彼の人生から失われたあの日から続く最低の日々を、どれほど癒してくれたことか。口述筆記という形を提案したのも彼女だった。

しかし、アナイスは総見寺ではなかった。

当り前のことだ。ごくごく当り前の……。

結局、パリまでアルトーを運ぶことになったオットーは、言葉少なだった。もっとも、半死半生のアルトーには、話しかけられてもろくに応えることもできない。それでも、オットーがぽつりぽつりと語ったことは、今でも鮮明に覚えている。

「もう少し早く助けられればよかったな。すまねえ。なんせ、総統がいちゃあ、さすがの俺達も手が出せないんでね」

うなり続けるアルトーに、二度とドイツには足を踏み入れないこと、もう自分も頼りにならないことを、オットーは宣告した。今度は命の保障はできないと言うのだ。

「教えてくれ、総見寺はナチに私を売ったのか」

別れ際、やっとのことでアルトーは尋ねた。

「俺もナチなんだがなあ」

苦笑したオットーはすぐに真顔になって続けた。

「あの日本人が、あんたをどうしようと思っていたかはわからねえ。だが、気をつけな。奴は総統のオカルト好きに付け込んで何やら画策してる。奴の後ろにいるのは、日本帝国陸軍の諜報精鋭部隊とうちのハインリッヒ・ヒムラーよ」

「そいつは？」

「レームの親父さんがこさえたならず者集団SAが、アカデミー・フランセーズのように思える陰険な秘密結社さ。恐ろしく冷血で頭が切れる。ナカノとSSと言やあ……」

身震いしてみせた。途方にくれたアルトーの腫れ上がった顔に同情したのか、オットーは力強く肩を叩いた。

「まあ、そう心配することはねえ。これであんたも用済みだろう。ベルリンを大手をふって歩きでもしなけりゃ、いくら奴らでも、これ以上手は出さねえよ。もしまた日本人があんたの前に姿を見せたら話は別だがな。そしたら……殺《や》るか殺られるかだ」

謎を残して総見寺は姿を消した。オットーの言う通り、手紙も電話もなかった。

歴史の謎について話していたんだというアルトーに、オットーは大声で笑って答えた。

「謎なんかねえよ。理屈なんて商売女と一緒さ。誰とでも寝るんだ。奴らは女衒《ぜげん》のマイスターなんだぜ」

『ヘリオガバルス　または戴冠せるアナーキスト』。やっと完成したテクストを手に、アルトーは脱力していた。膨大な草稿では一体となっていた信長に関する記述は、すべて削除した。これは総見寺に出会ったことなどない人間の書いたヘリオガバルス像だ。信長も日本も極東も知らない男の、孤独な思考と調査の結晶だ。アルトーは、詳述する必要のあるバールの牛頭人身の姿や、ミトラ教の殺牛神事《タウロボロス》についてさえろくに触れなかった。牛の角を象ったはずの太陽冠さえ、伝承に反して羊の角に変えてしまったくらいである。

牛なんてもうたくさんだ！

自分の言葉から総見寺の記憶をすべて叩き出すこと。なぜならそれは、決定的にナチによって汚染されてしまったから。

一九三三年一月三十日、アドルフ・ヒトラーがドイツ首相に就任。選挙によらない裏工作ではあったが、ついにナチスが政権を掌握した。

パリの下町の映画館で、アルトーはその事実を速報するニュース映画を見た。スクリーンにいきなり火の川が流れる。新首相誕生を祝う松明行列だった。何千何万という人々が手に手に松明を持ち、無数の光の点が整然と隊伍を組んで行進していた。ティーアガルテンを出発し、ブランデンブルク門を通過する。やがて火の川はすべて首相官邸の前に合流し、鬼火の海を作った。

アルトーは荒く息をしながら、モノクロームであることに感謝していた。これがカラーなら気が違っただろう。

あの悪魔のちょび髭がバルコニーに姿を現わした。群集は機械仕掛けのように敬礼を繰り返す。

「ハイル！」

「ハイル！」

「ハイル！」

「ジーク・ハイル！」

叫びが映画館を圧した。

「同じだ、同じだ！　糞野郎、真似やがった！」

アルトーは叫びながら席を立ち、走り出て激しく嘔吐した。

火の祝祭。三百五十年以上の時を経て、極東の松明行列は、ヨーロッパに甦った。

ヒトラー、あれは踊るぞ！　だが、その曲を書いたのは自分達なのだ。

あれだけ大量の松明が、就任決定当日の夜までの数時間で集められるわけがない。奴はあらかじめ火の祭典をやるつもりだったのだ。とすれば、やがてメガロマニアックな記念碑を建て、組織的な殲滅戦を実行するだろう。十六世紀のやり方すら優雅だと思えるような、二十世紀の最悪の方法で。奴が信長を真似る時、多くの血が大地に沈み、多くの炎が迸るだろう。魔王の紛い物は、魔王よりも危険だ。

その日からアルトーは、信長と総見寺から縁を切った。

『ヘリオガバルス』は、歴史小説としてドノエル社から刊行された。一九三四年四月、アルトーの著書としては破格の五千部を印刷したが、売行きの方は、今までの彼の著作以上に鈍かった。

再び二年がすぎた。

一九三六年十一月、メキシコのインディオ・タラフマラ族を訪ねる一年あまりの大旅行から、アルトーはひっそりとパリに戻って来ていた。アステカ文明に遡る幻覚と神秘のペヨーテの儀礼を体験することが、この旅の目的だった。それは太陽を殺す儀式、トゥトゥグリのダンスによって、永遠の夜を召喚する儀式なのだ。

そう、トゥトゥグリの秘儀を使えば、太陽はもう二度と戻って来ない。

ベルリンで、着実に黒い魔術的な太陽が膨張を始めていた。

一九三四年六月三十日、長いナイフの夜。

三百万人にまで膨れ上がったSAとその幕僚長エルンスト・レームに、ついにヒトラーとSSは鉄槌を下す。千人以上が粛清された。アルトーは舐めるように新聞を読んだ。オットーの名は処刑リストにはなかったが、そこにはわずか七十七人の名しか出ていないのだ。あの日のことが影響しているのかどうかはわからない。しかし、あの時言われたように、もうオットーを頼りにできないことだけは確かだった。

ヒトラーはかつての親友であったレーム逮捕に、自ら乗り込んだという。

「ねえ、似ていませんか」

あの夢中になった時の総見寺の声が聞こえてくるようだ。

信長の信行殺害。外部に膨張する前に、黒い太陽はまず自らの分身《ドゥーブル》を貪り喰う。

ヒトラーがヒンデンブルク大統領の死によって、名実ともに国家元首であり国防軍最高司令官である総統になり、ヴェルサイユ条約を破棄し、ニュールンベルク法でアーリア人種至上主義を打ち出すと、アルトーは居ても立ってもいられなくなった。〈残酷演劇〉の理論を押し進めながら、近親相姦と暴力が革命的に結晶する『チェンチ一族』の舞台上演で、その実現を目指すというやり方ではもはや限界だった。

着々と魔術的プログラムを実行に移して行くヒトラーに対して、なんという遅々とした歩みだろう。〈残酷演劇〉理論の集大成である『演劇とその分身《ドゥーブル》』の出版をガリマール社はためらい続けたし、『チェンチ一族』の上演は経済的困難と悪評をもたらしただけだった。

だから、アルトーはメキシコ行きを決意した。いっそ日本までもと思わないでもなかったが、友人達をまわってようやく旅費を掻き集めた身には、大西洋を渡るのが精一杯だ。メキシコには古代文明の熾火がまだ燃えているはずだった。自分がペヨーテを口にすることで霊的に覚醒すれば、今日はドイツを呑み、明日はヨーロッパを呑み込もうとしているナチスの黒い太陽を殺す、真のトゥトゥグリのダンスを踊ることができるだろう。踊ること、それは神話に耐えること。つまり、レアリテで神話を殺戮することだ。ヒトラーが鉤十字の党旗をドイツの国旗に決めたことが決定的だった。鉤十字、すなわちスワスティカは古代インドの太陽のシンボルであり、しかも光を象徴する従来の方向とは逆に左旋回する黒色の鉤十字は、まさに暗黒の太陽そのものであったのだ。

だが、メキシコに残っていたのは抜け殻だけだった。インディオ達は、脈絡も起源も隠され意味もわからなくなった擦《す》り切れた神話の残骸の中で、幻覚成分を含むサボテンの欠片をただしゃぶっていた。アルトーは猛烈な下痢に襲われただけで、幻覚を見るのなら馴染んでいる阿片チンキの方がましだと痛感させられた。

かくてすべてが徒労だった。事あるごとにおまえは紛い物だと罵られるのに耐えかねて、アナイス・ニンも去った。その後、珍しく長続きしたセシル・シュラムが去って行くのも、時間の問題だと思われた。

アルトーはひがな一日、カフェに座っている。モンパルナス通りのドームがお決まりの場所だった。金はもう完全に底をついていたが、三々五々通りかかる友人達が見かねてテーブルに小銭を置いてくれるのだ。友人達は知っていた。このシュルレアリスムの鬼才にして演劇の革命家であり特異な苦行者であるアルトーが、所持金がなくなると平気で物乞いを始めることを。

阿片と栄養不良で衰えたとはいえ、年齢不詳の鋭角的な顔だちの彼が、舞台で鍛えた喉で、嗄れてはいるが腹の底に響くような大声を張り上げ、硬貨を乞う様は見物《みもの》ではあった。まるで旧約の預言者のように傲然と、「おまえ達は金持ちだから、犬でもある。だから唾を吐きかけてやろう」「私はヘリオガバルス、狂ったローマの皇帝だ」と喚うようにわめく姿は、道行く人の足を止めずにはおかなかった。

アルトーが一本の杖をいつも抱えているようになったのもこの頃からだ。画家のクリスチャンズ・トニーから小銭とともに寄付された骨董品で、アイルランドの守護聖人パトリックの杖というふれこみだった。アルトーはこの杖をひどく気に入った。特注の鉄のキャップを着け、石畳を突いて歩くと火花が散るようになってからは、異常と思えるほど執着した。杖に触ったというだけで、トリスタン・ツァラをぶちのめそうと広場中追いかけまわしたという逸話を作ったのもこの頃だ。

杖でリズムをとる。石と鉄がばしばし音を立て、一瞬、現われては消える火花だけが、アルトーの心を慰める。こんな風に何もかも消えた。アントナン・アルトーという男の歪んだ内面から、二度と目にすることのできない何ものかが姿を消してしまったのだ。

ペヨーテを口にするまでは、古代ローマの夢に混じって、時折、十六世紀の日本の夢を見たものだった。王国以外はすべてを失った秀吉という矮人の道化が、信長の姪を愛人とし、信長の息子達の血で手を濡らし、太陽の拙劣な比喩である黄金を掻き集め、

「違う！ 違う！ こんなものではない」と哭《な》きながら老いさらばえた身を引きずって彷徨する夢は、何度も見た。

「やはり、逆討ちか……島渡りしかないか！」

滑稽なはずの道化の老いた顔を流れる血の涙が、アルトーの胸を酸のように焼いた。狂気のつぶやきを続ける道化の傍らで、豪奢な衣裳で身を飾った愛人は虚ろな目をしていた。その姪の、信長に似ているようでありながら決定的に凡庸な容貌に、なぜかアナイスやセシルの顔が重なる。それは、二度と目にすることのできない総見寺の顔が持っていた、火のような霊性を欠いていた。

私は地下空間に落ち込み、そこから出ていかない、もう出ていかない……
そしてここで大瀑布が始まる
いま私が発したこの叫びは夢だ
だがその夢は、夢というものを喰らう夢

リズムに合わせて大声で自分の詩を暗唱しているアルトーのテーブルに、すっと紙幣

が置かれた。酔眼のアルトーは、それが五十フランであることに驚いた。

また、ブルトンか。

「少しもらいすぎだな、アンド……」

顔を上げたアルトーの舌は、動かなくなった。目の前に、総見寺が微笑んでいた。

「やっと、お目にかかることができます」

総見寺には歳月の流れなど存在しないようだった。昨日別れたみたいな態度で腰かける。いきなり、信長についての新解釈を披露しそうだ。

アルトーはまだ言葉が出ない。引き攣る舌に喝を入れるように、強く杖を握り締める。その時、総見寺が、見なれないが紛れもなく軍服に身を包んでいることに気づいた。アルトーの全身の血が逆流した。

日本帝国陸軍ナカノ結社の将校服か！

「立て」

アルトーはふらつきながら杖を突いて立ち上がった。支えようとした総見寺の手をふりほどく。二人はカフェの前の路上で向き合った。

軍服以外、総見寺は変わっていない。涙が出るほど変わっていない。白い肌に薄い瞳、朱いアルカイックな唇に笑みを浮かべた顔が、胸が悪くなるほどに美しい。

「よくもナチに売ったな。私を、私のヘリオガバルスを！」

総見寺は悲し気に顔を歪めた。

「決して僕はそんな……」

「言いわけはたくさんだ」

アルトーはポケットからしわくちゃになったル・モンドの切り抜きを引っ張り出した。

総見寺に突きつける。

一九三六年十一月二十五日、日独防共協定調印。ナチス外交顧問リッベントロップと武者小路大使が協定書に署名している、お決まりの写真が載っていた。

「きみがなぜ今頃のこのこやって来たのか、お見通しだぞ。戦勝報告か？　それともナカノ式に口封じか？」

総見寺はうつむいた。「なぜ中野学校のことを……」消え入るような声だった。

「ナチ自身が教えてくれたよ、今度きみと会ったら、殺るか殺られるかだってな」

アルトーは杖で殴りかかった。総見寺は避けなかった。

服の上から肉を叩く鈍い音がした。杖は肩に、腰に、腕にあたった。アルトーは手が痺れ、思わず杖を取り落とした。

総見寺の顔が目の前に近づく。

「裏切者！」

アルトーは夢中で総見寺の細い首に手をかけた。

「ああ」総見寺の頬が上気する。「どうか……」

東洋の見も知らぬ花の香りが、吐息とともにアルトーの顔にかかった。アルトーの腕がだらりと垂れる。その唇が、総見寺の唇で塞がれた。

その時、四歳の時に重度の脳膜炎を患って以来何度目かの発作が、アルトーを襲った。


気がつくとアルトーは見慣れたベッドに横たわっていた。硬直した全身が徐々にほぐれてくる。冷えきった躰の末端に少しずつ体温が戻ってくるようだ。だが、動けるようになるまでは、まだしばらくかかるだろう。

総見寺は窓辺の椅子に腰かけ、ベッドの足元から心配そうにこちらを見ていた。

「またきみに運んでもらったのか……。あの階段は？」

「よかった」総見寺は小さく息を吐いた。「なんとか一人で抱えられました。医者を呼ぶ必要は？」

アルトーはかろうじて動く右手をふった。

「このままで……いい」

六階建のアパルトマンの最上階だ。総見寺の華奢な躰のどこにそんな力が隠されているのだろう。これもナカノ式訓練の賜物なのか。冷えた躰の奥底で、怒りがことりと動いたが、さすがに気力がない。アルトーは、総見寺の後ろの窓に広がる夕空を眺めることにした。初夏の日も傾いている。数時間は意識を失っていたに違いなかった。

「説明させてください」

「そうしてくれ。動けるようになったら続きをやらなきゃならん」

「まだ怒ってるんですか」

「あたりまえだ」

総見寺は肩を落としたが、思い直したように、口を開いた。

「御明察通り、僕は日本とドイツを結びつけようとしていました。日独防共協定は初めの一歩です。近々、軍事協定や様々な外交関係に発展していくでしょう。アメリカとソ連という二大強国に挟まれた日本とドイツが生き残るためには、この同盟は不可欠です。我々は遅かれ早かれナチスが政権を取ると確信していました。しかしそうなれば、二国間には大きな障壁が立ち塞がることになります。人種理論です」

「糞くらえ！　劣等アーリア人種め」

「同感ではありますが、この壁はそう簡単には乗り越えられません。他ならぬヒトラー自身が提唱者なのですから。『我が闘争《マイン・カンプ》』にも、黄色人種はせいぜい文化を維持するだけの二流人種であると明記されています。日本はアーリア諸国からの文化輸入があってようやく活力を維持できるのであり、隔絶してしまえば麻痺状態に陥るとさえ批判しています。僕の役目、いや、正直に言います。情報将校としての僕の任務は、ヒトラーの人種偏見を超えて日本に圧倒的な好意を持たせ、二国間の同盟を締結することでした」

「それで奴のオカルト好きを利用したのか。秘儀を伝授されたと自称する愚か者どもが決して我慢できないような、東洋の密儀を餌《えさ》にして近づいたのだな」

総見寺はうなずいた。夕日がその白い肌を少しずつ赤く染めていく。アルトーは自分の頭と舌がほぼ回復したのを感じた。これで、足さえ動けば……。

「しかし、簡単ではありませんでした。ドイツ国防軍には伝統的に親中国派が存在したからです。一九二七年以来、彼らは軍事顧問団を中国に派遣し続けていましてね、両者の結びつきは強固なものでした。ドイツ軍はタングステンの半分を中国からの輸入でまかない、大量のドイツ製の武器を中国に輸出していたんです。それはドイツの武器輸出総額の実に五十七・五パーセント、二千万ライヒスマルクにも及ぶものでした。中独の同盟化だけは回避しなければなりません。大陸はいずれ日本のものとなる」

「勝手な言い分だ」

「戦略は常に勝手なものです。米ソと対立し東亜に拡大しようとする我が日本にとって、ヨーロッパとの友好は必要不可欠です。その相手はドイツしかいない」

「アジアに大規模な植民地を持たず、ナポレオン以来のヨーロッパ征服の夢を狂信しているナチス・ドイツは、理想の相手だということか。ふん、信長の時代からなんの進歩もしていないじゃないか」

総見寺の顔が明るくなった。皮肉よりも、信長の名がアルトーの口から出たことの方が嬉しいようだった。

「信長ならどうしたでしょうね……。ともかく、ドイツのアンシャンレジームがナチスを完全に取り込んでしまう前に、ヒトラーに中国よりも魅力的なパートナーとして日本を売り込んでおかねばならなかったのです。おわかりでしょう？　単に東洋的でエキゾティックなオカルトなら、本場の中国にかなうはずもありません。全ユーラシアを覆いながら、ヨーロッパと日本の両端で純粋に結晶したそんな大きな神話が必要だったのです。ローゼンベルクやチェンバレン、ハースホーファーやベルヒガーを超えるような」

「私のヘリオガバルスは、アーリア神話や生存圏《レーベンスラウム》や宇宙氷説と同じにされたわけか」

アルトーは失笑した。うずたかい在庫本の山を思った。

お笑いぐさだ！

「彼らの妄想レベルなら、一人でもなんとかなったでしょう。僕は完璧なものを創りたかったんです。そのためには、あなた自身を巻き込むしかなかった」

「おかげでSAに追いかけまわされた。もっとも、最後に救ってくれたのもその一人だが」

オットーのことを思い出したアルトーの目の前で、総見寺は唇を噛んだ。

「あれはまったくの計算外でした。我々はオカルト担当であるヒムラーとまだその私兵組織にすぎなかったSSと協動していたのですが、それがレームを刺激したようです。SA

を国防軍に代わる新しいドイツ軍にしようとしていた彼には、我々の動きが有利な取り引き材料に見えたのでしょう。日独同盟締結の陰謀を一式国防軍に売り渡して関係改善の手土産にしてもいいし、直接、蔣介石政府に売り渡して中国利権をお裾分けしてもらう手もある。あるいは単に、親衛隊として独立しようとしていたSSを何がなんでも妨害して潰したかっただけかもしれません。そのために計画が大幅に遅れたのは事実です。しかし、それも過去のことです。もう、SAは死にました」

「私達がやったんだ！」

アルトーは叫んだ。

「私達が、あのマドラゴラの息子に霊石の妄想を吹き込み、奴の吸血鬼じみた言葉に魔術的な確信を与えてしまったんだ。ヒムラーとSSはもっとひどい。彼らはすべてを破壊するぞ。信長とヘリオガバルスの高貴なアナーキーは、フランケンシュタインのような屍体合成物として、無理やりあの狂人によって復活させられた。この怪物はヨーロッパ全土を徘徊する。私達の手は血と汚物に決定的に穢された！」

総見寺は澄んだ声を立てて笑った。

その美しいが悪魔的な哄笑に、アルトーは呆気に取られた。

「なんだ、そんなことを気に病んでいたのですか。僕はあなたの感情を害したことだけを心配していたのに」

総見寺の瞳が急に強く輝き始める。落日の光が宿ったようだった。

「ヒトラーは腐ったアスパラかもしれません。しかし、アスパラはアスパラです。現代最高の〈空想虚構症《ミュトマニア》〉患者です。彼はあなたが思っている以上に、実験体としてはふさわしい。両性具有的であり、近親相姦的です。ヒトラーが性的に不能に近く、とても女性的な肌を持ち、親族結婚を繰り返す家系に生まれ、彼自身も姪のゲリに恋していたことは御存じないはずです。とすれば、彼がヘリオガバルス的じゃないなんて言えないでしょう?

ヒトラーがユーラシアの西方で血と炎による拡大を始める時、我々が東方から爆発的に侵略することで応えるでしょう。想像してみてください。かつて千三百年もの時が隔てていた二人が、ヘリオガバルスと信長とが、二十世紀の今、ヨーロッパと日本で同時に復活するのです。べヘモットとレヴィアタンが、全ユーラシアを、いや、全世界を魔術的に再編し、黙示録を現実化するのです」

総見寺は落日の残照の中で燃え上がっていた。あの信長のように。

「きみはヘリオガバルスを最悪の形で誤解している！　日本軍の使い走りのデマゴーグを演じて、よくも恥ずかしくないものだな」

「日本軍？　いいえ、これは僕の計画なんです。誤解かもしれません。でもそれは、僕のヘリオガバルス、信長の半身を持った狂帝です」

「目的はなんだ！」

「アナーキーですよ！」総見寺は今や立ち上がり、すべてを抱え込むように両手を広げた。「血を流すのに値し、血を流すことで現実化する詩《ポエジー》。僕はこの地球を、丸ごと黒い太陽と化したい」

　緋の十字架。アルトーはただ喘いでいた。

「ペヨーテを齧っても実現などできはしません。いつまで〈残酷演劇〉を、舞台や論文や儀式の中に閉じ込めておくつもりなのです？　僕は残酷を解き放つ、残酷を生きる。僕につながるすべてのものが、その分身とともに錯乱に焼かれ、かつて天から投げ落とされた石がこの地上にもたらした閃光へと戻っていくのです」

「違う！　まったく、違う！　きみにそんなことができるものか。何もかも妄想にすぎない」

　アルトーは両脚に力が入るのを感じた。ありがたい。もう少しで動ける。

「僕にはできるんです」総見寺の手が灰色の軍服の釦《ボタン》にかかった。「僕にだけは」静かな声とともに、一つ一つ釦を外していく。白く長い指が、古《いにしえ》の魔術的な楽器を奏でるように動いた。

「……やめろ」

　アルトーの全身から、熱病のように汗が噴き出す。

「妄想なんかじゃ、ありません」

軍服が床に投げ捨てられた。

夕闇が迫ってきた部屋の、熾火のような暗紅色の光の中に浮かんだ総見寺の裸身には、乳房があった。屹立するペニスと、落日よりもなお赤い陰裂があった。

夢ではない。その華奢な肩には、アルトーの杖の跡がはっきりと残っている。

「ともに行きましょう。ともに滅ぶのです」

アルトーは自分が何をわめいているのかもうわからなかった。ベッドから転がり落ちると、パトリックの杖を縋るように握り締めた。

総見寺は、いや、かつて総見寺であったものは、緋の光を裸身に纏《まと》ってゆっくりとアルトーの方に近づいて来る。広げた腕も、滑らかな乳房も、未知の金属のように輝いていた。微笑みを浮かべたまま固定されたようなその顔は、内部から発光している。

アルトーはパトリックの杖を構えて、総見寺にぶつかっていった。

呆気ないほどの軽さで、総見寺の躰は窓際まで飛んだ。微笑みは消えない。アルトーは腹の底からおめきを上げると、ゆらりと立ち上がった総見寺の額に、渾身の力を込め杖を突き出した。

紫色の火花が散った。

一瞬動きを止めた総見寺は、スローモーションフィルムを見るように、後ろ向きに窓から落ちて行った。すでに街路を埋めていた蒼い闇の中に落下する裸身は、石畳に叩きつけられる寸前、瑠璃色の光の粒子の集合体となり、次の瞬間に、ばらばらな光の軌跡を曳きながら散じ、消えた。

アルトーは床にへたり込んだ。

自分の精神が今、決定的に崩壊していく。総見寺の血を浴びたからだろうか、急速に暗くなっていく闇の中で燐光を発しているパトリックの杖を抱き締めて、アルトーはいつまでも啜り泣いていた。

一九三七年八月十四日、アントナン・アルトーは突然、アイルランドに旅立つ。「聖パトリックに杖を返しにいく。これが生涯最後の旅となるだろう」と友人達に話していたという。アルトーは、『ヘリオガバルス』執筆中からアイルランド西海岸の光景への憧れを口にしており、彼の言う「西の果て」を訪問する目的もあったに違いない。アイルランドからブルトンに宛てた手紙に、「キリストは沙漠で杖を手にして悪魔と闘った魔術師です。そして彼自身の血の痕跡がその杖には染みついています」と彼は書いている。長々と続くパトリックの杖に関する記述は、くどいほど繰り返されるカタストロフの来襲への警告とともに、ブルトンの気を揉ませた。

パリのカフェにアンティクリストゥスが座っており、杖をふるう東方の残酷なるキリストがやがてローマ教皇を処刑し、全ヨーロッパを海中に沈めるだろうと書くにいたっては、勘ぐらないわけにはいかない。ブルトンは、「次のことを理解しなければなりません。つまり、信じ難きもの、まさしくその信じ難きものこそが真実だということです」という言いわけじみたフレーズに満ちたアルトーの手紙を読みながら、狂気の来襲は間近であると感じていた。

予感は的中する。文無しになり、ダブリンのイエズス会修道院に杖を持って押しかけ、わけのわからぬ言葉を絶叫し始めたアルトーは、直ちにフランスへ強制送還され、サン・タンヌの精神病院に収容された。一九四八年三月四日、五十二歳で死亡するまで、ついに彼の精神は、完全に回復することはなかった。

一九四六年五月十六日にピエール・ブスケに宛てた手紙に回想されている、ロマニッシェス・カフェでのヒトラーとの出会いと大喧嘩についての思い出が真実かどうか、現在も疑われているのはそのためだ。アルトーはそこで、ヒトラーは「秘儀を伝授されたと自称する人物」「つまり呪術を行う誇大妄想狂」であったと明言している。これもまた狂気の生んだ妄想であったのか。

一九三七年九月二十日、イエズス会修道院の前で、狂気に陥る寸前のアントナン・アルトーが最後に上げた叫びは、日本語であった。

「Nobunaga! Nobunaga!」

その名を、ただその名だけを、彼は叫び続けたのだ。残されたあの道化のように。

21　エピローグ

一九四一年十二月八日、日本軍による真珠湾奇襲の第一報を受けたアドルフ・ヒトラーは、「最も適切な、最も日本的な宣戦布告のやり方である。これが唯一の正しい方法だ。これは私のやり方にも一致する」と絶賛したという。この時、総統談話を記録したボルマンは、後日、意味不明な自筆メモの一文を削除した。ヒトラーは絶賛の後、「まさしく、オッケハーズム（不明調査必要）だな！」と声を上げたのだった。

一九四二年一月三日、この日の総統談話によれば、ヒトラーは自らの「総統《フューラー》」という称号について、ローマ帝国の「カエサル」と日本の「天皇」を例に挙げて、それらと並ぶ日が来る未来について語っている。「カエサル」は「二千年にわたって最高権威を表してきた」と述べた後で、彼は「天の息子」という意味である「天皇」という独自の称号について触れ、「日本は我々の千六百年前の状態に、即ちキリスト教が政治に介入した時点だが、今なおその状態にあるのだ！」と興奮気味に語っている。

自らの人種理論と根本的に矛盾するヒトラーの異常なまでの日本贔屓は、今も一つの謎とされている。特に、日独の同盟化は、彼の直接の介入がなければ決して実現しはしなかっただろう。

真珠湾奇襲の前年にあたる昭和十五年、天正十年に焼亡して以来、三百五十年以上放置されてきた安土城天主跡に初めての発掘調査が行われた。

その発掘が同年九月二十七日に締結された日独伊三国同盟調印の秘密条件であったことは、ほとんど知られていない。

この時、天主中央から、口径四十センチ、胴まわり六十センチ、高さ一メートル二十センチの備前焼きの大瓶《おおがめ》が発掘されている。現場には帝国陸軍が急行し、内容物は極秘裏に持ち去られた。現場にはただ瓶の破片だけが残されたという。

「ケラウニアか」

掌に落とされた緋に輝く結晶を、緑色の瞳が見入った。

「バエトゥルスではなくて残念でした」

灰色の軍服に身を包んだ将校は、見事なドイツ語で話しかけた。

アーネンエルベ日本支局長は、結晶をつまんで目の前にかざした。包まれていた何重もの古裂《こぎれ》から解放され、骨董的な価値を持つ香袋から取り出された石は、三百五十数年ぶりに陽光を浴びて煌めいた。星々を内部に孕むといわれたこの石は、曇天から漏れる薄日の反射では説明のつかない、強い独自の輝きをその結晶の内から放っている。

少し風が出てきた。金色の髪がかすかにゆれる。

「いや、これだけでも大したものだ。我が総統《マイン・フューラー》はお喜びになるだろう」

「軍事同盟締結のささやかな贈物になれば、発掘調査のかいがあったというものです」

「ムッソリーニは、ヴァチカンから例の屛風を持ち出すようだ」

「おやおや、統領《ドゥーチェ》らしい。もらいものですまそうとは、しっかりしている」

ドイツ人に負けない白い肌と薄い瞳を持った将校の端正な顔が、微笑んだ。

部外者を排除するために安土城天主跡に配置された帝国陸軍兵士達が顔をしかめる。

風が強くなってきた。掘り返した土埃が舞い始めている。

「これで、貴国の参謀本部にもオカルト局設置の許可が下りるでしょう。その暁にはぜひ、さらなる御協力を」

「もちろんです」

支局長の熱い言葉にうなずきながら、しかし、将校は、香袋とともに古裂に包まれ瓶に納められていた封書に関心を惹かれていた。黄変すらしていない紙を開くと、黒々とした一房の髪の束が現われた。まるで昨日切ったもののように生々しい。

髪の下には歌が一首。

時は今天《あめ》が下しる五月哉《かな》
　みなもと光る珠《たま》も頼まで

薄墨の震える筆跡だった。将校の透明な瞳が、記された花押をじっと見つめている。

「すでにドイツは動きました。貴国の行動を期待します」

「信長のやり方で、ですか」

「貴国の麗《うるわ》しい伝統が、総統の心を動かしたことをお忘れなく」

将校の白く繊細な指が、遺髪の封を切った。

「死者の髪ですか」

アーネンエルべらしい好奇心を見せて支局長が尋ねる。

「死者に捧げた髪です。間もなく死者になる者がね」

折からの風に、はらはらと髪が吹き散らされていく。支局長が思わず手をのばそうとすると、将校は封書そのものを、風の中に投げた。

「いいのですか。貴重な歴史的遺物でしょう?」

湖からの風に、大きな蝶のように舞い飛んで行く紙片を支局長は目で追う。日々、アーリア民族の失われた遺物を掻き集めることに専心している彼は、驚きと非難の混じった声を上げた。強力な呪物になるかもしれないのだ。

「かまいません。もう終わったことです」

将校のルージュをひいたような朱い唇が、きゅっと両頰に吊り上がった。


一九四〇年五月十日、ナチス・ドイツはオランダを占領した。

国境近いエクザーテンの街に、黒革と銀で身を飾ったSS将校達がサイドカーで続々と乗り込んできた時の、人々の驚きようはなかった。彼らが他のものには目もくれず、真直にイエズス会修道院に乗りつけた時には、困惑は頂点に達していた。

機銃を構えた兵士の一団に守られ、庭先に整列させた修道士達に「二時間以内に立ち退け、さもなければ全員射殺する」と言い放った長身の冷酷な目をした男が、ラインハルト・ハイドリッヒであると知ったら、彼らはパニックに陥ったかもしれない。ナチス親衛隊の事実上の指導者、第三帝国の未来の総統の座に最も近い男が、直々に姿を見せることなどめったになかったからだ。彼の合図一つで、エクザーテンを瞬時に瓦礫の山と化すこともできるだろう。

磨き上げたブーツで石段を踏み締めながら、彼がイエズス会の文書保管庫に入った時、そこはもぬけの空だったという。イエズス会の創立以来、全世界に派遣された会員達に義務づけられていた通信。そのすべてが保存されている文書の山は、一人の新顔の修道士の指揮の下、わずか二日前、海路ローマに彼とともに旅立ったところだった。

ラインハルトは動じなかった。中世史研究家にしか価値のない反故の山など、見つけなくてむしろ幸いだった。病的な教会嫌いの彼は、辛気くさい汚れた古紙の山に埋もれた自分を思って、ぞっとした。

全くヒムラーのオカルト狂いもいい加減にしてほしい。第一、総統命令最優先文書Nobunagaとは、なんの意味だ。また、錬金術か？

けだるく眉を一つ動かして、まわれ右をする。ラインハルトはアーリア戦士の沈着の理想型を、完璧に演じていた。

壁に残された小さななぐり書きを見つけるまでは。

無駄骨だったな骸骨野郎
文書って奴は商売女（主よお許しを！）と同じさ
呼ばれりゃどこにだって行く
あんたらのとこ以外はな
元古参党員にして、陽気な小羊シュトラッサー

署名の下で、太った小羊が腹を抱えて笑い転げている。

地下の保管庫には、いつまでも聞くに耐えないドイツ語の罵詈雑言が反響し続けた。案内役の修道士はその時、古写本の頁が無限にめくれていくような乾いた笑いが石柱の間を渡っていくのを、聞いたように思った。十六世紀以来、初めて空っぽになった保管庫の闇はどこまでも暗く、そこにはただ、夢を喰らう夢が蟠っているに違いなかった。

主要参考文献

アントナン・アルトー関係

『アントナン・アルトー著作集Ⅰ～Ⅴ』（白水社）
スティーヴン・バーバー『アントナン・アルトー伝　打撃と破砕』（内野儀訳　白水社）
宇野邦一『アルトー　思考と身体』（白水社）

牛頭天王、中世神道、バール信仰関係

山本ひろ子『異神』（平凡社）、『中世神話』（岩波新書）
村山修一『日本陰陽道史総説』（塙書房）、『日本陰陽道史話』（大阪書籍）、『修験・陰陽道と社寺史料』（法蔵館）
池上洵一『修験の道』（以文社）
石井廣夫『神祇古正伝』（建設社）
豊島泰国『図説日本呪術全書』（原書房）
定方晟『須弥山と極楽』（講談社現代新書）
バーナード・マッギン『アンチキリスト』（松田直成訳　河出書房新社）
ジェフリー・バートン・ラッセル『悪魔』（野村美紀子訳　教文館）
フレッド・ゲティングズ『悪魔の事典』（大瀧啓裕訳　青土社）

織田信長、戦国時代関係

藤巻一保『第六天魔王と信長』（悠飛社）
小和田哲男編『今川義元のすべて』（新人物往来社）

今井彰『地獄蝶・極楽蝶』（築地書館）
名和弓雄『長篠・設楽原合戦の真実』（雄山閣）
二木謙一『長篠の戦い』（学習研究社）
『回想の織田信長　フロイス「日本史」より』（松田毅一・川崎桃太編訳　中公新書）
松田毅一『南蛮史料の発見』（中公新書）
秋田裕毅『織田信長と安土城』（創元社）、『神になった織田信長』（小学館）
津本陽『創神　織田信長』（角川文庫）
内藤昌『復元　安土城』（講談社選書メチエ）

ヒトラー、ナチズム関係

トレバー・レブンズクロフト『運命の槍』（堀たお子訳　サイマル出版会）
『ヒトラーのテーブル・トーク』（吉田八岑監訳　三交社）
『ヒトラーはこう語った』（ブレダウ編　小松光昭訳　原書房）
田嶋信雄『ナチズム極東戦略』（講談社選書メチエ）
ジョン・トーランド『アドルフ・ヒトラー』（永井淳訳　集英社文庫）

特に、多田智満子氏の『ヘリオガバルス　または戴冠せるアナーキスト』（アントナン・アルトー著作集第Ⅱ巻）の翻訳、山本ひろ子氏の牛頭天王研究、長篠・設楽原合戦のコルドバ陣形についての名和弓雄氏の学説、安土城の内部構造に関する内藤昌氏の学説には、多くを拠《よ》りました。作品の性質上、逐次出典を明記することができませんでしたが、他にも多くの関連文献を参考にしています。フィクションなので、部分的な変更や解釈を加えたり結論が参考文献と一致しない場合もあり、あくまで文責は筆者にあります。学恩を心より感謝いたします。

ポストバブルの黄金

小谷真理

群雄割拠の戦国時代で花形といえば、やはり信長、秀吉、家康であろう。室町時代の終わりから江戸時代の始まりまでのあいだに展開される天下統一のかけひきは、何から何までエキサイティングな話題に満ちている。仮に歴史的な流れを知らなかったら、その予断をゆるさぬ展開に触れただけでも充分奇想天外と思うだろうが、仮にひととおりの歴史的事実が頭に入っていても、「なぜ、あのとき、あの武将のあのような決断があったのか」といったさまざまな解釈が乱立するのも、おもしろいのだ。

そのなかで、織田信長という人物には、ひときわ際立《きわだ》つものがある。日本の歴史ドラマとして長いキャリアをもつNHK大河ドラマでも、手をかえ品をかえ、繰り返しドラマ化されていることからも、その謎《なぞ》めいた生涯の人気のほどが窺《うかが》える。彼を題材にした作品を振り返ってみると、それこそ山岡荘八『織田信長』、司馬遼太郎『国盗《と》り物語』、辻邦生『安土往還記』といった歴史小説をはじめ、秋山駿の力作評論『信長』、さらに『信長の野望』や『鬼武者』といった大ヒットゲームに至るまで、傑作がずらりとならぶ。これらの作品は、まさに紅蓮《ぐれん》の炎に包まれているかのような華々しさで、どれも信長のずばぬけた独創性の謎に真っ向から挑み、彼の破格の斬新《ざんしん》さをどう解釈するかが、最大の読みどころになっている。

さて宇月原晴明の手になる第十一回日本ファンタジーノベル大賞受賞作の本書『信長――あるいは戴冠せるアンドロギュヌス』（一九九九年）もまた、そうした織田信長の謎を解釈するのに、奇想天外な視点を導入している。なんと、信長本人が「戴冠せるアンドロギュヌス」、つまり両性具有者であったというのだ。若き日にパンク少年としてカブキまくった稀代《きたい》の天才を、著者・宇月原は、少女のように美しい両性具有者として捉《とら》え直す。

なぜ、このような奇妙なアイディアがあらわれたのか。本書を形作るコンセプトは、アントナン・アルトーの著作にそのヒントを得ている。

物語は、一九三〇年の七月にドイツでシュルレアリスム詩人アントナン・アルトーが奇妙な日本人に接触する姿を捉える。アルトーは、かねてより、三世紀の初頭十四歳でローマ皇帝となりその四年後に夭折《ようせつ》したヘリオガバルスについて興味を抱き、実際後世になって少年皇帝ヘリオガバルスに関する著作をものすることになるわけであるが、当時その原アイディアを友人たちと語り合っていたところ、どういうわけか、総見寺龍彦なる人物の耳に入り、彼の訪問を受けることになる。そして、総見寺から日本の武将、織田信長自身の両性具有仮説を傾聴することになるのだ。かたや若くして大帝国の支配者となった少年皇帝。かたや剣で日本を統一しようとした小国の王子。ユーラシア大陸の端と端の間に、しかも千三百年もへだたったヘリオガバルスと織田信長との間には、どのような運命的な糸が結ばれていたというのだろうか？

こうして、アルトーと総見寺の前に、オリエントの古代神バールの意外な伝播《でんぱ》の姿と、両性具有をめぐる、もうひとつの闇《やみ》の歴史が浮かび上がってくる。それは驚くべきことに、信長の正体をグノーシス主義と関連する錬金術的な解釈によって説明しようとする、壮大な試みを導く。しかも二人の行為が、二〇世紀の欧州に咲いたもうひとつの闇の力に、深く深くかかわり合うことになってしまうとも知らずに……。だが、それは読んでのお楽しみ。読者は、驚天動地の知的大胆さに心から驚かされ、魅了されることだろう。

いわゆる正統な歴史世界ではなく、錬金術、古代神、超能力、異端の系譜といったオカルト的な話題が惜しみなく繰り出されて、その妖《あや》しい世界観がなんの矛盾もなく整合性を持ち、歴史世界を蹂躙《じゅうりん》していく。現実の歴史世界がまったく異質な世界観をもつものへと、突如変貌《へんぼう》する。そのように壮大な衝撃力を、本作品はまんべんなく味わわせてくれる。伝奇小説と呼ばれるものの快感原則を本書は熟知しているのである。だが、それだけではなく、随所にちりばめられるさまざまなコンセプトの錯乱に、独特の蠱惑《こわく》が潜んでいることも忘れてはならないだろう。たとえば、信長の両性具有の性質について、次のようなコンセプトが提示される場面――。

「ふたつに分断されたものが完全体となること、すなわち統一体が得られることが、混乱（アナーキー）をよぶ」。これは、信長の両性具有について説明している部分だが、ここには、完全体の神話に象徴される「統合」なるものが秩序と安寧を生むわけではなく、なぜか混乱をよんでしまうという逆説がひそんでいる。この倒錯的な修辞学に痺《しび》れたなら、織田信長の生涯にかけられた錬金術自体の解釈の斬新さに、その論理の倒錯的美学に、あなたは身も心も奪われることだろう。

それにしても、信長という主題が、こんなにも、錬金術的な概念と相性がいいとは！いちど本書を手にしてしまうと、この取り合わせほどふさわしいものもありえないように思われて、今まで、書かれなかったことのほうが驚きであるような気分にすら陥る。ただし、当時の日本には、キリスト教を伝えた宣教師ばかりではなく、多くの西洋人を初めとする外人たちが逗留《とうりゅう》していたわけであるから、異端思想のほうだって、上陸していないとはかぎらない。めったに振り返られることのなかった海外文化との大いなる接触があった時代という事実を鑑《かんが》みれば、西洋における大航海時代のバロック感覚が、日本に花開いたとしても、けしておかしくはない。

もちろん、こうした日本と西洋との間の文化混淆《こんこう》を大胆におりまぜて作り上げる「もうひとつの闇の歴史」は、伝奇小説の十八番である。ただし、本書の印象は、従来の伝奇小説とは、すこしばかり趣が異なっているように思う。

従来の伝奇作品、とくに七〇年代以降の我が国の伝奇小説ブームを牽引《けんいん》した半村良の作品『石の血脈』や『産霊山《むすびのやま》秘録』を振り返ってみると、そこには徹底的な反骨精神が満ちていた。表立った歴史ではけして語られない、まつろわぬ民の視点から、偽史の想像力が繰り出されていく迫力が、それらの作品の骨子にある。それは、闇に葬《ほうむ》られてきた人々の怨念《おんねん》を怪物性というひとつの武器として取りだすことによって、現在抑圧されている人々の無意識世界を解放するという物語学であり、当然、そこには、今そこにある権力体制を根底からひっくりかえそうという、全共闘世代とも共振するイデオロギー闘争の感性がみなぎっていた。日本文化の裏側を映しだすのに、西洋などの海外世界におけるダークサイドを導入する戦略は、そのための必須《ひっす》アイテムだったのである。ところが、本書には、そうしたイデオロギー闘争ではなく、もうすこし別の意図が隠されているように感じられる。花のように、少女のように美しい信長。いつもこのうえもなく、魅力的な信長に、秀吉も、光秀も、蜂須《はちす》賀《か》党の面々も心を奪われ、身をとろけさせる。登場人物たちの関係性は、怨念や闘争というよりも、何かを共有しあっている者たち独特の絆《きずな》に結ばれているように描かれ、たとえば、こうした小説ではけしてさわやかに描かれることのない今川義元にすら、著者はある種の崇高美学を重ね合わせる。これは、どういうことなのだろう。

そのヒントを、わたしは著者が別名義で書いた一篇の論考に見出す。本書が一九九九年、第十一回日本ファンタジーノベル大賞のみごと大賞を射止めたのとまったく同じ年に、彼は永原孝道名義で評論を書き、第六回三田文学新人賞を受賞している。この年、宇月原晴明は、小説と批評、双方ともにすぐれた才能を開花させたのだ。

くだんの論考のタイトルは「お伽《とぎ》ばなしの王様——青山二郎論のために」。青山二郎とは、日本の生んだ天才的批評家・小林秀雄とも深い親交をむすんだ人物だが、骨董《こっとう》品の目利《めき》きで一世を風靡《ふうび》した才人であった。論考は、青山の骨董品をめぐる考え方の真価を問う。青山は、骨董品を、従来の「美」的価値から量るのではなく、「経済」的価値から検討したところに大いなる意義があったのではないか、と推察するのである。わたしが興味深く思ったのは、青山がなぜ、利休を重要視したのかに関する彼独特の解釈であった。そのなかに、幸田露伴の「骨董」を引きながら、織田信長に言及する部分がある。信長は、「茶の湯を権威付け流行させ、茶道具を〃一種の不換紙幣〃と化す錬金術とした」という。そう、著者は、「茶の湯」を錬金術的マジックのひとつとして捉え直すというコンセプトの重要性を見出《みいだ》している。茶器は利休の「目玉」によって「新たな価値」を付与されて流布《るふ》し、市場を席巻したのだ。ものの価値観を、ひとつの文脈から別の文脈へと移し換えるという意味において、利休は錬金術師的な魔術師であり、信長もまた、権力を掌中に収めようとする戦略にこの錬金術を、応用していったというのである。

永原孝道名義で描かれた青山二郎論は、この利休像と重ね合わせるようにして、「美学」という芸術的な部分から青山の業績を云々《うんぬん》するのではなく、経済論から「ブランド」と「洗練」の意味を問い直そうとしていくのであるが、彼自身は、そうした視点がバブルを通り抜けてきたものの感性から生み出されたと論じている。この部分を読んだとき、わたしは、なぜ本書で信長が錬金術との関連で描かれたのか、その片鱗《へんりん》を垣間見《かいま》たように思った。錬金術の神髄は、物質の変化を扱う化学を本質としているが、それは観念としては、ひとつの体系から別の体系への変化を隠喩《いんゆ》化する。その文脈から文脈への読み替えとも言える所業こそ、当時の時代の革新であった織田信長という天才の、天才たるゆえんとして捉えられるものであろう。

信長の生涯を、テクノロジーとイデオロギーとエコノミクスの絡《から》み合う錬金術の文脈に落とし込む。この発想のすごさは、信長論としては革新的だが、同時に、バブル以降の感性では、経済の錬金術を夢想する主題にも通底するところがある。そんなダイナミックな価値観の変遷《へんせん》を骨格に、一定の批評眼にささえられた端正な文体が明らかにしていく信長像は、古典的な歴史世界を、いわゆるトンデモ世界にひきこみながらも、鋭角的な現代と切り結ぶ圧倒的な迫真力を生み出す。

本書に引き続き、著者は、二〇〇二年に、今度は豊臣秀次という、もうひとりの錬金術師を題材にした第二長篇『聚楽《じゅらく》——太閤《たいこう》の錬金窟《グロッタ》』を発表している。聚楽第の地下で起きた大異変の真相を明かすこの物語もまた、並はずれた想像力と知的蛮勇にささえられた傑作なのだが、その根底に、本書で描かれた信長という両性具有への憧憬《どうけい》が継承されている事実も忘れられない。これらの悪魔的な愛情に包まれた闇の歴史書は、ポストバブルを洞察する知の英断として、広く読者の想像力を挑発してやまないことだろう。

（二〇〇二年八月、ＳＦ＆ファンタジー評論家）

この作品は平成十一年十二月新潮社より刊行された。

司馬遼太郎著

関ケ原（上・中・下）

古今最大の戦闘となった天下分け目の決戦の過程を描いて、家康・三成の権謀の渦中で命運を賭した戦国諸雄の人間像を浮彫りにする。

司馬遼太郎著

峠（上・下）

幕末の激動期に、封建制の崩壊を見通しながら、武士道に生きるため、越後長岡藩をひきいて官軍と戦った河井継之助の壮烈な生涯。

司馬遼太郎著

花神（上・中・下）

周防の村医から一転して官軍総司令官となり、維新の渦中で非業の死をとげた、日本近代兵制の創始者大村益次郎の波瀾の生涯を描く。

司馬遼太郎著

城塞（上・中・下）

秀頼、淀殿を挑発して開戦を迫る家康。大坂冬ノ陣、夏ノ陣を最後に陥落してゆく巨城の運命に託して豊臣家滅亡の人間悲劇を描く。

司馬遼太郎著

果心居士の幻術

戦国時代の武将たちに利用され、やがて殺されていった忍者たちを描く表題作など、歴史に埋もれた興味深い人物や事件を発掘する。

司馬遼太郎著

馬上少年過ぐ

戦国の争乱期に遅れた伊達政宗の生涯を描く表題作。坂本竜馬ひきいる海援隊員の、英国水兵殺害に材をとる「慶応長崎事件」など7編。

司馬遼太郎著

歴史と視点

歴史小説に新時代を画した司馬文学の発想の源泉と積年のテーマ、〝権力とは〟〝日本人とは〟に迫る、独自な発想と自在な思索の軌跡。

司馬遼太郎著

胡蝶の夢（一〜四）

巨大な組織・江戸幕府が崩壊してゆく――この激動期に、時代が求める〝蘭学〟という鋭いメスで身分社会を切り裂いていった男たち。

司馬遼太郎著

項羽と劉邦（上・中・下）

秦の始皇帝没後の動乱中国で覇を争う項羽と劉邦。天下を制する〝人望〟とは何かを、史上最高の典型によってきわめつくした歴史大作。

司馬遼太郎著

風神の門（上・下）

猿飛佐助の影となって徳川に立向った忍者霧隠才蔵と真田十勇士たち。屈曲した情熱を秘めた忍者たちの人間味あふれる波瀾の生涯。

司馬遼太郎著

アメリカ素描

初めてこの地を旅した著者が、「文明」と「文化」を見分ける独自の透徹した視点から、人類史上稀有な人工国家の全体像に肉迫する。

司馬遼太郎著

草原の記

一人のモンゴル女性がたどった苛烈な体験をとおし、20世紀の激動と、その中で変わらぬ営みを続ける遊牧の民の歴史を語り尽くす。

隆慶一郎著

吉原御免状

裏柳生の忍者群が狙う「神君御免状」の謎とは。色里に跳梁する闇の軍団に、青年剣士松永誠一郎の剣が舞う、大型剣豪作家初の長編。

隆慶一郎著

鬼麿斬人剣

名刀工だった亡き師が心ならずも世に遺した数打ちの駄刀を捜し出し、折り捨てる旅に出た巨軀の野人・鬼麿の必殺の斬人剣八番勝負。

隆慶一郎著

かくれさと苦界行

徳川家康から与えられた「神君御免状」をめぐる争いに勝った松永誠一郎に、一度は敗れた裏柳生の総帥・柳生義仙の邪剣が再び迫る。

隆慶一郎著

一夢庵風流記

戦国末期、天下の傾奇者《かぶきもの》として知られる男がいた！　自由を愛する男の奔放苛烈な生き様を、合戦・決闘・色恋交えて描く時代長編。

隆慶一郎著

影武者徳川家康（上・中・下）

家康は関ヶ原で暗殺された！　余儀なく家康として生きた男と権力に憑かれた秀忠の、風魔衆、裏柳生を交えた凄絶な暗闘が始まった。

隆慶一郎著

死ぬことと見つけたり（上・下）

武士道とは死ぬことと見つけたり――常住坐臥、死と隣合せに生きる葉隠武士たち。鍋島藩の威信をかけ、老中松平信綱の策謀に挑む！

安部龍太郎著

血の日本史

時代の頂点で敗れ去った悲劇のヒーローたちを描く46編。千三百年にわたるわが国の歴史を俯瞰する新しい《日本通史》の試み！

安部龍太郎著

彷徨《さまよ》える帝

後醍醐帝の怨念が込められた三つの能面をめぐり、足利幕府と南朝方の一大争奪戦が——。気鋭が雄渾な筆致で描く傑作歴史巨編。

安部龍太郎著

関ヶ原連判状（上・下）

天下を左右する秘策は「和歌」にあり！ 決戦前夜、細川幽斎が仕掛けた諜略戦とは——。全く新しい関ヶ原を鮮やかに映し出す意欲作。

柴田錬三郎著

剣は知っていた（上・下）

戦いの世に背を向けて人間らしい生き方を求める青年剣士・眉殿喬之介と、家康の娘・鮎姫の悲しい恋——雄大なスケールの戦国ロマン。

柴田錬三郎著

眠狂四郎無頼控（一〜六）

封建の世に、転びばてれんと武士の娘との間に生まれ、不幸な運命を背負う混血児眠狂四郎。時代小説に新しいヒーローを生み出した傑作。

柴田錬三郎著

眠狂四郎独歩行（上・下）

幕府転覆をはかる風魔一族と、幕府方の隠密黒指党との対決——壮絶、凄惨な死闘の渦中にあって、ますます冴える無敵の円月殺法！

柴田錬三郎著
眠狂四郎殺法帖（上・下）
幾度も死地をくぐり抜けていよいよ冴えるその心技・剣技――加賀百万石の秘密を追って北陸路に現われた狂四郎の無敵の活躍を描く。

柴田錬三郎著
孤剣は折れず
三代将軍家光の世に、孤剣に運命を賭け、時の強権に抗する小野派一刀流の剣客・神子上源四郎の壮絶な半生を描く雄大な時代長編。

柴田錬三郎著
赤い影法師
寛永の御前試合の勝者に片端から勝負を挑み、風のように現れて風のように去っていく非情の忍者〝影〟。奇抜な空想で彩られた代表作。

柴田錬三郎著
運命峠（前・後）
豊臣秀頼の遺児・秀也を守り育てる孤高の剣士・秋月六郎太。二人の行方を追うさまざまな刺客……。多彩な人物で描く時代ロマン。

柴田錬三郎著
眠狂四郎孤剣五十三次
幕府に対する謀議探索の密命を帯びて、東海道を西に向かう眠狂四郎。五十三の宿駅に待つさまざまな刺客に対峙する秘剣円月殺法！

柴田錬三郎著
眠狂四郎虚無日誌
大奥に出現した将軍家世継ぎ家慶の贋者。その正体を探る狂四郎は、刺客を倒しつつ江戸から京へ向かい世継ぎすり替えの陰謀を暴く。

柴田錬三郎著

眠狂四郎無情控

隠された太閤の御用金百万両をめぐって起る異変――安南の日本人町から鎖国令下の母国へ潜入した人々と共に、宝探しに挑む狂四郎。

柴田錬三郎著

眠狂四郎異端状

大飢饉下の秋田藩と武部仙十郎が共謀する清国との密貿易に巻き込まれた狂四郎は、初めて日本を離れ、南支那海を舞台に活躍する。

柴田錬三郎著

徳川浪人伝（上・下）

織田信長の血を享けた孤独な剣士重四郎を中心に、徳川に一泡ふかせようとする豊臣家の残党など、権力に抵抗する浪人群像を描く。

柴田錬三郎著

御家人斬九郎

表沙汰にできない罪人の介錯をかたてわざとする御家人松平残九郎。今日も彼のもとには奇妙な依頼が舞い込む。著者晩年の痛快連作。

柴田錬三郎著

もののふ

鎌倉武士・戦国大名・幕末志士など、激動期に活躍した有名無名の男たちの物語。粒ぞろいの十二編を揃えた文庫オリジナル短編集。

柴田錬三郎著

一の太刀

巨岩をも一刀のもとに斬り断つ必殺の剣「一の太刀」。孤独の兵法者・塚原卜伝の生涯を描く表題作をはじめ時代短編13編を収める。

柴田錬三郎著
忍者からす
強靱な精神力と類稀なる秘術を備えた異形の相貌の忍者「鴉」。その血を継ぐ代々の「鴉」達の歴史の陰での暗躍を描く傑作伝奇小説。

五味康祐著
柳生武芸帳（上・下）
ひとたび世に出れば、柳生一門はおろか幕府、禁中をも危くする柳生武芸帳の謎とは？　剣と忍法の壮絶な死闘が展開する一大時代絵巻。

山本周五郎著
天地静大
変革の激浪の中に生き、死んでいった小藩の若者たち——幕末を背景に、人間の弱さ、空しさ、学問の厳しさなどを追求する雄大な長編。

山本周五郎著
樅ノ木は残った（上・下）
毎日出版文化賞受賞
「伊達騒動」で極悪人の烙印を押されてきた原田甲斐に対する従来の解釈を退け、その人間味にあふれた新しい肖像を刻み上げた快作。

山本周五郎著
青べか物語
うらぶれた漁師町浦粕に住みついた〝私〟の眼を通して、独特の狡猾さ、愉快さ、質朴さをもつ住人たちの生活ぶりを巧みな筆で捉える。

山本周五郎著
柳橋物語・むかしも今も
幼い一途な恋を信じたおせんを襲う悲しい運命の「柳橋物語」。愚直なる男が愚直を貫き通したがゆえに幸福をつかむ「むかしも今も」。

山本周五郎著

虚空遍歴（上・下）

侍の身分を捨て、芸道を究めるために一生を賭けて悔いることのなかった中藤冲也――苛酷な運命を生きる真の芸術家の姿を描き出す。

山本周五郎著

おさん

純真な心を持ちながら男から男へわたらずにはいられないおさん――可愛いおんなであるがゆえの宿命の哀しさを描く表題作など10編。

山本周五郎著

正雪記

染屋職人の伜から、〝侍になる〟野望を抱いて出奔した正雪の胸に去来する権力への怒り。超大な江戸幕府に挑戦した巨人の壮絶な生涯。

山本周五郎著

ながい坂（上・下）

下級武士の子に生れた小三郎の、人生という〝ながい坂〟を人間らしさを求めて、苦しみつつも着実に歩を進めていく厳しい姿を描く。

山本周五郎著

ひとごろし

藩一番の臆病者といわれた若侍が、奇想天外な方法で果した上意討ち！　他に〝無償の奉仕〟を描く「裏の木戸はあいている」等9編。

山本周五郎著

栄花物語

非難と悪罵を浴びながら、頑なまでに意志を貫いて政治改革に取り組んだ老中田沼意次父子を、時代の先覚者として描いた歴史長編。

信《のぶ》長《なが》
あるいは戴冠せるアンドロギュヌス

新潮文庫　う - 13 - 1

平成十四年十月一日発行

著者　宇《う》月《つき》原《ばら》晴《はる》明《あき》
発行者　佐藤隆信
発行所　株式会社 新潮社
郵便番号　一六二―八七一一
東京都新宿区矢来町七一
電話 編集部(〇三)三二六六―五四四〇
読者係(〇三)三二六六―五一一一

価格はカバーに表示してあります。

乱丁・落丁本は、ご面倒ですが小社読者係宛ご送付ください。送料小社負担にてお取替えいたします。

印刷・二光印刷株式会社　製本・憲専堂製本株式会社

ISBN4-10-130931-0 C0193